MARIAM KÜHSEL-HUSSAINI

EMIL

ROMAN

Klett-Cotta

FSC
www.fsc.org
MIX
Papier aus verantwortungsvollen Quellen
FSC® C014496

Klett-Cotta
www.klett-cotta.de

Cover: Anzinger und Rasp Kommunikation GmbH
unter Verwendung einer Abbildung von
Mondadori Portfolio / Getty Images
Gesetzt von C.H.Beck.Media.Solutions, Nördlingen
Gedruckt und gebunden von GGP Media GmbH
ISBN 978-3-608-98351-7
E-Book: ISBN 978-3-608-11939-8

»Die Organe lösen sich vom Körper ab, wie der Körper sich von uns löst: Er entrinnt uns, er gehört uns nicht mehr an. Ein Überläufer, den wir nicht einmal denunzieren können, denn er hält nirgends an, stellt sich in niemandes Dienst.«

Emil Cioran

—

»Scheinbar kann keiner die Wirklichkeit der Welt überspringen.«

Rudolf Diels

Mein Name ist Emil Cioran und ich bin Student in Berlin.

Deutsch konnte ich bereits als Jugendlicher in meiner walachischen Heimat, wo die Vampire die Gesetze machen. Doch in Transsilvanien ist alles krank und das Schicksal verschwommen. Zaubertricks machen dir weis, du wärest gesund, doch gehörst du zu den wenigen Auserwählten des Unheils, verstehst du sehr bald, du bist es nicht.

Gesund. Ich träumte immer nur davon, träumte von diesem inneren und äußeren magischen Raum, der durch nichts entsteht und durch nichts vergeht.

Ich bin angekommen. Im magischsten Raum aller Träume. Ich stehe mit meinem Schrankkoffer und einer Umhängetasche, in der mein Papier, meine Hefte und mein Kamm liegen, in der Friedrichstraße.

Meine Augen blicken wie durch einen Kristall. Die Luft ist reiner als bei uns auf den Morgenwiesen nahe des geliebten Friedhofs, trotz unendlich vieler Wagen, die auf- und abfahren.

Zwei Jungen in weißen Hemden, warm hellbraunen Westen, Krawatten und knielangen Strümpfen kommen mir entgegen. Sie haben ein und denselben Scheitel, undenkbar in dem Land, aus dem ich komme, wo das Haar in riesigen, unbeherrschten Wellen von den tollwütigen Stirnen steigt und man schon allein an der Linie von der Welle einer Strähne, wäre das Gesicht auch verborgen, denjenigen erraten würde.

Die beiden *gehen* auch gleich, das ist nicht möglich. Sie gehen gleich! Leichtfüßig, aber mit einem bestimmten Druck, wie junge Vögel, die etwas Besseres als das Fliegen erfunden haben. Sofort greife ich in meine Tasche und ziehe den Kamm hervor, um den rumänischen Wald auf meinem Kopf zu ersticken.

Ich bin Emil Cioran und es ist November 1933 in Berlin.

EINS

Als Stipendiat der Humboldtstiftung – ich habe mich als glänzender Kandidat erwiesen, was akademische Produktivität, politisches Interesse und Kameradschaft angeht – bin ich nunmehr *Reichsausländer* in einem Reich des aufsteigenden Lichts.

Mein Blick gleitet empor, was ich sehe, bringt mein hysterisches Herz zum Stillstand. Fahnen überall ... überall, wohin das Lid nur reicht! Ich sehe Schwarz und Rot und Weiß und ich sehe in regelmäßigen Abständen und parallel zum anmutig gebogenen U der U-Bahnlinie das Hakenkreuz entlangflattern, wie die frischste Wäsche, die im Luftspiel trocknet, geschmeidig von den filigran und dicht aneinandergerückten Gebäuden zwirbelnd ... dann wieder wie von einer unsichtbaren Hand beruhigt und beinah streng auf mich herabwogend.

Etwas Reines, etwas Körperliches, etwas so Kraftvolles und endlich Unpoetisches zeichnet hier alle Konturen. Umrisse, so ungelogen. Meine Füße kitzeln. Etwas in meiner Brust schwebt. So leicht und so ausgeschlafen habe ich mich noch nie gefühlt.

Was ist das, dieses offene Geheimnis, das ich hier einatme? Wo ist die Langeweile meines verfluchten Ursprungs, meines zappelnd besessenen Rumäniens, dessen Wollen kein eigenes Ziel, keine Überwältigung besitzt – warum gibt es dort keinen solchen Kristall, kein solches Fluidum, einfach in der Luft, wie hier?

Es ist sehr kalt, bedeckt, alle paar Minuten regnet es, manche spannen ihre Schirme auf, andere straucheln auf ihren Fahrrädern dicht und ziemlich eilig an den brausenden Wagen entlang, Frauen, in kurzen Jacken und langen Röcken, die beim Radeln hochrutschen – da, ein Herr im langen Mantel und Hut schafft es doch tatsächlich noch, zwischen den regenglitzernd drahtigen Fahrrädern hindurchzuhuschen, wohl nur möglich mit einem Klavierswing im Ohr. Kaum zu glauben. Als sei es kosmisch errechnet, dass er das jetzt so tut. Erwähnte ich, dass ich glücklich bin? Ich habe die Augen geschlossen und als ich sie wieder öffnete, war ich es ... glücklich.

Ich gehe weiter und weiter, die Kästen an Häusern sind aus allem Reichtum der Fantasie gebaut und ich bewundere die Dunkelheit, die sie ausströmen, wenn der Regen die Fassaden überseufzt.

Einen Hut benötige ich übrigens noch. So einen, wie ihn der wartende Mann dort an der Straßenbahnstation hält. Seine Aktentasche gefällt mir ebenso, schwarz lehnt sie da. Was starrt er an? Die harten schönen Wolken?

An der nächsten Häuserecke, vor einem leerstehenden Haus, vielleicht ein Restaurant oder eine Bar einst? – stehen zwei Wachpolizisten. Sie rauchen. Die Fenster des riesigen Gebäudes sind alle zugeklebt mit dem Hakenkreuz, dieser sich auf der Netzhaut drehenden und drehenden und drehenden eckigen Spiralspinne, die nie still steht auf ihrem weißen Grund und sich doch alles erkrallt und alles sammelt und in sich verschlingt, in einem hypnotisch stärkenden, unversehrten Rot.

»WÄHLT HITLER« hängt groß über dem Eingang.

Etwas hat meine Sehnsucht, meine unermesslichste aller Krankheiten, in einen derartigen Hintergrund katapultiert, ich spüre sie, zumindest in diesem Augenblick, nicht mehr. Ein ausgeglichener Ernst berührt eine ruhige Erfüllung, öffnet einen sehr scharfen Schnitt ins Unergründliche, ein vollkommener Aderlass, und ich fühle mich wie neugeboren und sogar Appetit und Durst suchen mich heim. So viele unbegreiflich gut geschnittene Mäntel habe ich in ganz Bukarest noch nicht gefunden. *București*, du bist nichts als ein hochmütiger Hirte!

Lasst mich noch ein wenig weiterziehen, denn ich bin vom Leben doch nicht verraten worden.

Bin ausgezeichnet worden. Bin hier. Wo etwas, das ich weder benennen noch bezeichnen kann, alles erwispert und mit unsichtbaren Frequenzen umrahmt.

Prächtig und kontemplativ gewölbte Hauseingänge begrüßen mich. Mein Atemhauch pulsiert in seinem heißen Eisnebel vor mir her und ich strahle einfach alles an, was mir begegnet.

Vor einem abgeriegelten Dienstgebäude beobachte ich eine Schar von SA-Posten in festgegürteten Jacken, die Königin von Spinne an den Oberarm gebunden, plaudernd bilden sie undurchdringliche Kreise. Ihre knielangen Stiefel sitzen wie ihnen angegossen, einem von mir ungesehenen Modell – Dornschnallenstiefel und Schaftstiefel in einem – leicht gekürzt, alle tragen sie und ein jeder hat sie sich selbst geschwärzt. Einer der Männer hat die Arme lässig am Rücken zusammengelegt, während ein anderer leise auf ihn einredet. Ich bemerke den hufeisernen Stahl an seinem Stiefelabsatz. Ich suche sein Profil ab, fahre vom kleinen

Reichsadler auf der braunfilzigen Schaftmütze seine gedrungen überaufmerksame Stirn herab, von der sich eine fest nach unten entschlossene Nasenspitze fast schon ohne einen Mund direkt ins hervorpreschende Kinn rammt.

Etwas strich soeben über die verborgene Sonne, die hier heute hinter Schichten von bewölktem Damast liegt. Eine Sonne jedoch braucht man auch gar nicht, wenn man Anderes vorhat, das hatte schon *Macbeth* erkannt. Hier ist ein neues Licht erschaffen worden und ich weiß nicht, woher es kommt.

Ich sollte mich aber nun lieber einmal um mein Zimmer kümmern.

ZWEI

Ich wartete Ecke Linden. Auf die Minute pünktlich erschien er.

»Na, hat ja wunderbar geklappt! Deutsch-rumänische Absprache hält Wort!«, rief er mir zu und ich konnte ihn sofort gut leiden. Hochgewachsen, hellbraunes, glatt gescheiteltes Haar, aufgeweckte Augen, heiser und zugewandt. »Heil Hitler!«

»Heil Hitler!«, erwiderte ich. »Otto Krause? Mir wurde gesagt, ein Herr Krause würde mich hier abfangen.«

»Steht vor dir!«, grinste er. »Und du bist der Emil.«

»Ja«, lachte ich.

»Ich begleite dich zur Humboldtstiftung, wo du deinen Ausweis bekommst. Dachte, wir treffen uns hier, gehen gemeinsam hin, damit du auch siehst, wie herrlich unser Berlin ist. Dann bringe ich dich zur Witwe Heilscher, wo du dein Zimmer beziehen wirst. Gratulation übrigens zum wohlverdienten Stipendium! Dass du trefflich schreibst und noch trefflicher denkst, ist unserer Stiftung nicht entgangen.«

»Danke vielmals!«, sagte ich. »Studierst du auch?«

»Medizin. Auch an der Friedrich-Wilhelms. Eigentlich wollte mich der Horst noch begleiten, dich kennenlernen, aber er war verhindert und lässt dich herzlich grüßen. Uns wurden ein paar Übersetzungen deiner Texte gereicht, du, die haben uns mächtig beeindruckt. Aber umbringen kannste dich später immer noch, jetzt erst ma darf uns der Tod nicht schrecken!«

»Interessierst du dich für Philosophie?«, fragte ich ihn.

»Hab's als Nebenfach, sehr sogar, ja. Vater bestand aber auf Medizin, da kam ich nicht drum rum. Aber so, im Ausgleich mit den Wissenschaften des Geistes, ist es mir erträglich.«

»Ist die Medizin denn ungeistig?«

Er lächelte im Gehen, besaß ein dürersch lineares Profil, ein klarsichtig-Verlangen-unterdrückendes und feines Todesgesicht, mit fester Haut über den ebenen Wangenknochen und abgehärtet-blutlosem Kinn, sein Schritt war vorwärtsdrängend, seine Kleidung äußerst bürgerlich. Ich hatte Mühe, meinen riesigen Koffer hinter mir herzuziehen, und kam mir ein wenig missglückt vor, ihn um zwei Köpfe zu unterragen. Kleine Regentropfen setzten sich in und auf meinem krausen Haar ab und blähten es auf, verdammt. Einen Topfdeckel aus Beton bitte, denn diese Haare kommen woanders her!

»Als Arzt musst du halt antworten, Raum für Fragen ist nicht gegeben.«

»Verstehe«, sagte ich und sah das Stadtschloss vor mir aufscheinen, im beklommenen Bisquit unter einem steinfarbenen Himmel und kurz hinter einer schwarzgrauen Spree und all das flößte mir eine eigenartige, unbekannte, fremde Verzweiflung ein. Ein langer Bau, auf einer wie gebogenen Erde, mein erster Eindruck war leer, ich meine den Kasten, er schien leer, seines Flüsterns und seiner Farben beraubt.

Ein enormes Banner – massiger, als ich es begreifen

konnte – fiel von der obersten Dachkante der Schlossfassade die Lindenseite herunter bis zum Boden. Das Hakenkreuz darauf geschlagen wie ein stummer Gong, ein schwarzes Pulsloch mitten im Raum, in seinem ganzen feingliedrig gehässigen Schaudersog.

Ich war mir sicher, Otto hatte diesen Gang sehr wohl bedacht.

Im Schlüterhof des Schlosses, ein rußig krustiger Garten aus Säulen, herrschte viel Betrieb. Ich überflog die Statuen mit ihren zarten Brüsten und ungeheuren Pranken, manche hoben den Arm, wie als wenn sie nicht recht wüssten … keine Unentschlossenheit, nein, eher ein unendliches Sehnen nach Unformbarkeit. Unformbar wie alles, was mich hier umgab. Nicht fassbar. Ziel unbekannt. Geheimniskalte Luft, in sich brennend irgendwie.

»Lass mal dein Ungetüm von Koffer hier unten, bei uns kommt nix weg, wir müssen hoch ins Dritte, komm, folge mir gern!«, Otto nahm drei Stufen gleichzeitig, leicht und federnd in seinen blankgeputzten Herrenschuhen und dem fliegenden Schal um den schmalen Hals, während ich immer kleiner zu werden schien im Mantel meines schwachsinnigen Onkels und versuchte, meinem balkanesischen Trippeln eine irgendwie elegante Entschuldigung zu verleihen. Ein blinder Dackel, der einem silbernen Schimmel folgte!

Die Büroräume der Humboldtstiftung waren hell ausgeleuchtet. Freundliche Gesichter hießen mich willkommen. Noch ehe ich mich versah, schüttelte bereits jemand meine Hand, sehr fest, wie mir auffiel. »Heil Hitler! Da haben wir ja den begabten Gast und Freund unserer großen deutschen Kultur!«, ein Mann mittleren Alters stand vor mir. »So so,

Philosophie, Soziologie, Kunstgeschichte und dann wollen Se ja auch noch eine Promotion für Psychologie ansteuern; Donnerwetter, wenn das mal nicht vielversprechend ist!«, an seinem Anzug über dem Herzen steckte ein kleines Parteiabzeichen, golden glitzernde Lettern auf einem metallicroten Kreis. »Und dann, ja dann ham Se sich auch noch den denkbar ergreifendsten Augenblick ausgesucht, so kurz vor der Reichstagswahl.«

»Heil Hitler. Ich freue mich sehr, hier zu sein«, sagte ich.

Ein Telefon klingelte, durchs große Fenster sah ich gegenüber einen Giganten lässig über korinthischen Blattblüten lehnen. Er verhöhnte mich mit seiner unmenschlichen Freiheit.

»Haben Sie das Foto, Herr Zie- ... Zjo-«, die Sekretärin des Mannes beugte sich vor und streckte die Hand aus. Ihre weich gedrehte Wellenschnecke im zimtfarbenen Haar über der geraden Stirn schimmerte.

»TSCHORÀN«, versuchte ich lautsprachlich von mir zu geben und kramte nach meinem Bild. Alle im Raum summten es sofort nach und für kurz hatte es etwas von einem unheimlichen und dunklen Chor, der eingeschworen wird von einer allgegenwärtigen Augenstimme.

Mein Ausweis wurde ganz fabelhaft, ganz zu schweigen von dem engelshaften Lächeln meiner zärtlich hübschen Züge darauf, die ich von meiner gestörten Mutter geerbt habe, ein Lächeln, von dem ich selbst beglückt war. Auf olivgrün festem Papier und von der schüchternen Handschrift der Mitarbeiterin durchzuckt, war ich nun Student in Berlin. Stipendiat. Meister pro forma. Ein Junge im Flügelmantel des Erwachens aus meiner rumänischen Irrenanstalt von Herkunft, hoffentlich. Hoffentlich sage ich, denn, nun ja, ich bin selbstmordgefährdet. So nennt man das doch hier. Bei uns in Rumänien umschmeichelt man es mit *auf den Gipfeln der Verzweiflung*. Ich persönlich sage dazu: Ich bin *verflucht*.

Der Weg zu meiner neuen Bleibe ritzte sich für alle Zeit in meine Brust, ritzte schnell und doch als wäre die Zeit aufgeschnitten und würde ihre eigenen Innereien betrachten. Länglich schwarze Hakenkreuzfahnen am Lustgarten, eingedrungene Fremdkörper an der vernarbten Pracht der Gebäude. Ein Schlauch aus Linden in ein tiefes Universum hinein. Hakenkreuzler am Pariser Platz sammelten sich zu eckig wabernden Formen, zu einer Schweigeminute im Gedenken an die Opfer des Hitlerputsches 1923. Rote Hakenkreuzfahnen die Seitenstraßen ankündigend. Voll belebte Prachtachsen aus Gebäuden, wie aus Rauch geformt. Blumenfrauen, absurd. Nirgends in Europa je so viele auf einmal gehabt. Unaufgeregt aufmerksame SA mit Wahlschildern um die jungen Hälse, die Kappen mit den schwarzen Bändern um die ernst selbstgefälligen, wachen Bullterrier-Gesichter geschnürt, breitbeinig und wortlos.

Litfaßsäulen beklebt mit einem immer und immer und immer wiederkehrenden schwarzen Refrain, einer Art altmeisterlicher Doppelfotografie. Ein ziemlich matter, aufgeweichter, sich im Grunde schon abwendender, alter Hindenburg, bei dem nichts mehr geht und ein *anderes* Gesicht, ein zweites rechts daneben, das sich scharf gezeichnet heranschmiegt, mit dünn dunklem Haar, einem eigenartigen

Glanz auf der Haut und Augen, die sich auf dem Plakat *bewegten* wie tanzende Messer.

Dämmerndes Trüb fiel in Minutenschleiern herab. Auf mich. Emil Cioran. Der dem wohlerzogenen Otto Krause lauschte, wie er von seinem großen Bruder erzählte, Jurist, vom bald bevorstehenden Generalappell der deutschen Rechtsfront. Der Benno, der hätte mit der Rechtswissenschaft ein feineres Los gezogen, fand Otto, denn das Recht würde man nun ganz bald neu auffassen, von Grunde auf neu, während es in der Medizin ja praktisch nichts zu überdenken gab.

Als wir rechts in die Wilhelmstraße einbogen, ging ein einzelner Herr mit Hut und Mantel, mehrere Zeitungen unterm Arm, vor uns. Otto beschleunigte seinen ohnehin schon gehörigen Schritt mit einem Mal. Als wir auf seiner Höhe waren, zog Otto eine der Zeitungen hervor und warf sie vom Bordstein mitten auf die Straße. Der Mann blieb stehen und blickte ruhig aus dunklen Mandelaugen, glühend, wie aus einer Ferne. Otto, die Hände in den Taschen, grinste ihn an. Ich ein Stück weiter weg. Dann betrat der Herr die Straße, trat noch einmal einen Schritt zurück, denn ein Auto fuhr vorbei, trat wieder vor und bückte sich, um die Zeitung aufzuheben, an der ihm scheinbar viel lag. Otto war mit einem Sprung bei ihm und schnipste den Hut vom Kopf des Mannes. Er rollte davon. Ich stand da, in einer Mischung aus Faszination und Abscheu, einem Marmor, der sich so noch nie zuvor in mir zusammengemischt hatte, nicht in dieser Aufmerksamkeit, nicht in diesem Ernst.

Der Mann und Otto standen sich gegenüber, mitten auf der Straße, bestimmt dreißig Sekunden.

Ich glotzte. G l o t z t e.

Dann spuckte Otto einmal vor sich hin, vor die Schuhe, kehrte zu mir zurück und stieß mir freundschaftlich mit seiner Schulter gegen den Arm. »Komm Emil, dis kann noch alles warten.«

In der Schumannstraße 2 angekommen, rauchten wir noch eine Zigarette zusammen an der Laterne bei der Kreuzung. »Ein Haus weiter wohnt meine Gerda mit ihren Eltern«, sagte Otto. »Mensch Emil! Wir freuen uns auf dich, wir alle. Der Horst, Albrecht, Karl. Sie wollen dich alle kennenlernen und dann musst du uns alles über die *Eiserne Garde* erzählen. Wirklich, einfach alles! Ich brenne darauf, kannste mir glauben. Für jetzt aber zisch ich ab, bin heut noch eingetragen, bei den Stimmzetteln zu helfen. Nächstes Mal siehst du mich vielleicht in meiner Uniform!«, er lächelte, doch wurde plötzlich starr. »Guck ma, der da«, sagte er und zeigte mit dem Gesicht auf einen vorbeigehenden jungen Mann in unserem Alter. »Jude«, flüsterte Otto.

Ich sah einen mittelgroßen, konzentriert schauenden Menschen, die Haare im Streichholzschnitt der SS, unruhig. Passte irgendwie nicht zu dem, was Otto eben gesagt hatte, dass er ein Jude sei. Wie er da am Haus entlanglief, unendlich widersprüchlich. Ich hatte ein merkwürdiges Gefühl.

Otto hielt mir noch seine Faust entgegen, mit den angespannten Fingerknöcheln, die weiß auf der von der Kälte geröteten Haut hervortraten. »Schlag ein!«

»Worauf?«, fragte ich und trat meine Zigarette aus.

»Juda verrecke!«

DREI

Warum muss ich, sobald ich auch nur auf einem Laken liege, an Frauen denken? Warum fühlt sich ein Bett besser an, wenn man an sie denkt? Bin ich nicht verunreinigt genug durch das Haus des Schreckens, in das ich hineingeboren wurde? Ist nicht die Liebe die größte Schande, die wir uns selbst antun? Und ist nicht ein jeder süßer Augenblick einem Henker des Augenblicks zugeteilt?

Die Decke über mir ist ruhig, ruhig und unangestrengt wie die Stirnen der Frauen, zu denen mich Omul Mumii gerne mitschleppte, und ich ließ mich auch gern mitschleppen. Omul, Mumienmensch, nannten dich alle, mein verrücktester, mein begabtester Freund, wo bist du jetzt? In Sibiù? Nichts hast du aus dir gemacht, dein Wahnsinn hatte Flügel, doch du hast sie gebrochen, weil du sie nicht benutztest. Besoffen mit dir war alles großartig. Drei oder manchmal fünf Tage lang haben wir nur getrunken und eine Wirklichkeit ohne Bedürfnisse erstreckte sich um uns. Unser Fieber gegen jedes auf der Welt und keines konnte unseres schlagen.

Unsere rumänischen Frauen fassten unsere Bedürfnisse so an, dass sie sich in ihren langfingrigen majestätischen Bauernzauberhänden ganz einfach auflösten. Und wenn sie meine Hand nahmen, um sie von der Nasenspitze ihrer milchteefarbenen Haut über die zitternd geöffneten Lippen hinweg zu streichen, das Kinn herab, über den Atem, Schlüsselbein, zur weit geöffneten Brustdecke – Brüste, die ich trank, die ich zerriss, in die ich mich vergrub, die ich hasste und die ich liebkoste – weiter zum Bauchnabel ihrer unheiligen Identität, ihrem rumänischen Niemals, meinen armen Zeigefinger schließlich durch ein in Tollwut getränktes Nachtlaub tief hinein in eine Art Welt-Atempause schoben, wo von der Fingerspitze ich die Welt neu sah und sie war dann leichter und sie war dann dunkler und nebenan hörte ich dich lachen, Omul, und wer weiß, was du da machtest?

Ein Geruch erstickte diese kleinen unzüchtigen Zimmer, oh weißt du es noch? – ein Geruch wie modriger Frühling im Herbst, ein Schimmel aus Sehnsucht und Verständnis, eine qualvoll stickige Transparenz, durch die man alles erblicken durfte, was einem sonst verwehrt blieb. Und gehen wir nicht zu diesen tausendjährigen Frauen, die unsere Finger führen, um jene zu vergessen, die unsere Gedanken verbrannten? Jene grausamen Töchter vornehmer Leute, in die wir uns verlieben? Cela, fünfzehn warst du, sechzehn war ich und verraten hast du mein Morgenrot.

Bekannt war deine Familie meiner, ich hätte nur einen Wunsch äußern müssen, du wärst mein gewesen und keiner hätte es bezweifelt. Zwei Jahre lang habe ich dich geliebt, geliebt in meiner Liebe, keinen Ton herausbekommen, gewusst, dass du das Wunderbarste bist, was ich je empfunden hatte. Zwei Jahre habe ich dich heimlich beschützt, bin ich unbemerkt den Spuren deines Duftes gefolgt, dir überall hin, schattenlos, im All unserer Heimat.

Französisch sollte ich damals üben, deutsche Philosophen las ich, du aber bestimmtest meinen Kopf, Tag und

Nacht. Und eines Nachmittags, und ich erschlage mein Herz auch jetzt noch, eines Nachmittags führte der Duft deines weichen Sommernackens mich mitten in den Wald von Sibiù, wo du, wo ihr beide, wo du die Ratte aller mir bekannten Bewohner und Mitschüler küsstest, wie du hättest mich allein nur küssen dürfen, und du zogst deinen weißen Rock hoch, den ich so oft an dir bewundert, und zeigtest ihm deine geraden, wunderschönen Beine mit dem dunklen Haar an den Innenseiten, dem auf den Beinen belassenen Haar der rumänischen Frauen, und setztest dich erst auf sein staunendes Gesicht und dann auf seinen schäbigen Rest. Cela, deine goldgrauen Augen habe ich dabei nicht gesehen und sie mir seither immer vorgestellt.

Aus dem Wald bin ich dann getaumelt wie ein Irrer. Übel wurde mir am ganzen Leib. Hab die Buchstaben deines Namens stündlich begraben. C e l a . Wie hast du doch meinen Blick ab jenem Nachmittag vergeblich gesucht. Wie hab ich dich verleumdet, nicht mehr gekannt, nicht mehr beachtet, nie wieder. In der Kirche, wenn mein Vater predigte, hast du von links zu mir herübergeblickt, mich angefleht mit deinen Lidern, dich einmal nur anzusehen, einmal nur.

Deine Tränen fühlte ich, aber ich verfluchte dich und deinen Namen und tue es noch heute.

Und wenn ich mit meinen Freunden unterwegs war, wenn wir erzählten und lachten oder Bücher austauschten, dann wartetest du am Rande der Straße, lehntest dort, in deinem weißen Rock und deine Tränen waren der Regen in mir, doch ich ignorierte dich tadellos und verlor mein Herz darüber. Du auch deines. Sie waren beide nicht mehr da. Du, das feinste Andante im Hauch zwischen den Himmeln mir jemals, dann auch irgendwann nicht mehr.

Die Leere in meinem Leben, die Leerheit jener tau-grauenhaften und finster-überwältigenden Wiesenmusik aus dem Schlamm der Erde bei den Schluchten am Fuße der Karpaten, hast du noch leerer gemacht, Cela, ich wollte ein begnadeter Trinker werden, wollte ein Hasser sein, wollte fortan mein Leben verstümmeln, verunstalten, absichtlich und absolut sterben und nie mehr damit aufhören. Und noch immer, wenn ein Lächeln mich streift, wenn ein Weib mir ihr Lächeln schenkt, umgehend such ich den nächstgelegenen Puff auf, um niemals wieder mit meiner Seele in die Falle zu gehen. Dummes, kleines Rumänien. Fahr zur Hölle mit deinen Celas. Was wissen schon die Wangen Evas?

Eine Feder flog in diesem Moment über Cioran hinweg, flog vom Bett empor an die Zimmerdecke hoch. In ihrem unendlich körperlosen Flaum hauchte er sie immer und immer wieder von sich, bis sie sich auf Celas Brustwarze niederlegte, die gekitzelt auflachte, mit salzigen Perlen in ihren Mundwinkeln, kilometerweit entfernt in Sibiù, ihr tränenverschwommenes, albernes, fatales, wundervolles Lachen ...

– Witwe Heilscher in der Schumannstraße in Berlin hatte darauf bestanden, sein Bett frisch vor seinen eigenen Augen zu beziehen. Hat sie dann auch gemacht. Das Daunenkissen vergrub seinen dunklen Kopf mit den lumineszierenden, smaragdgrünen Augen wie eine stumme Wolke, in die er aus dem Nichts gefallen zu sein schien.

Sie klopfte an die Tür seines Zimmers.

»Abendbrot wär denn jetze so weit!«

Vorhänge, die das Abendlicht Berlins nur wie giftige Milch hindurchließen, hingen von den riesigen Fenstern ihres Wohnzimmers herab. Ein stummer Raum. Eine nicht stumme Frau.

»Machen Se doch wat ruff!«, sie schob Emil den Teller hin, auf dem sorgfältig Schinken und Vollkornbrot aufgefächert waren. »Sja janüscht druff bei Ihnen.«

»Ich mag den Klang Ihrer Worte, wie Sie sprechen, meine ich, das mag ich«, sagte er verlegen.

»Wat is los? Ne also, junga Mann, dit globick Ihnen nich. Nar alten Frau Komplimente zu machen, ja da werdick doch rot, werdick da!«, sie stand auf und öffnete eine kleine Tür in ihrem zu Hochglanz polierten kleinbürgerlichen Wandschrank. Eine Flasche kam zum Vorschein. »Na, jetze wolln wa ma anstoßn uff Ihre Ankunft hier und uff das Se ne jute Zeit valeben, wa!«

»Vielen Dank«, sagte er, »ich nehme gern einen Schluck, all die großen Eindrücke hier!«

»Na aba selbstvaständlich! Unsa Berlin is dabei, sich inne richtje Schönheit zu vawandeln, jetze, wo der Führa, unser Führa Adolf Hitla, allet so neu macht, allet besser als jemals zuvor, dit können Se ma globen. Man bökommt dit einfach zu spüren, t'jeht berguff allet, Recht und Ordnung, wo vorher allet so chaotisch und in fragwürdijen Händen war, ›vajewalticht‹, jawohl, so hat der Führa neulich selbst in seina Rede jesacht, eene ›Vajewaltjung des deutschen Volkes‹ war dit allet. Dit soll ja erst der Anfang sein, der Uffbruch jetze, die janz großen Uffjaben wieda, soll ja allet noch mehr jedeihen, soll richtich schön werden für dis deutsche Volk und für unsere herzlich willkommenen Jäste und Freunde!«, sie schenkte nach und sie stießen an und das einige Male.

»Kann ick denn wat dafür, haik jesacht, dass ick'n Volksempfänga bekommen hab und du nich, saik zu meene Nachbarin, bist och bald dranne saik, sie war trotzdem mies jelaunt, na, inzwischen hat se och een und dit is och jut so, die saß nämlich hier ümma rum, wissen Se, och, als noch der Herr Student vor Ihnen hier war, kam se och ümma an. Aber eens saik Ihnen, Herr Zi – ach sagen Se ma, wie spricht man dit eijentlich, wie sacht man denn Ihren Namen?«

Er räusperte sich, musste schmunzeln, in seinem Kopf schossen eine Millionen Gedanken durcheinander. »Tschorán, Sie müssen ... es heißt Tschorán ... also wie bei der Bratsche.«

»Na, kab ja jenuch Zeit, dit zu üben, wa!«, sie lachte und entschuldigte sich für kurz.

Emil ging derweil durch den Raum. Die hohen Wände schwangen sich wunderbar zusammen, breiteten sich wieder aus, weiße Türen führten in die Diele und der Boden unter seinen Schuhen knarrte weich. Es war der Raum, der so angenehm war, die Gegenstände schienen wertlos. Gern hätte er sein Studentenzimmer mit diesem hier getauscht.

Auf einem Beistelltisch mit grob gestrickter Tischdecke darauf und von sechs Schnapsgläschen umkränzt, stand ein kleines Portrait von Hitler. In Uniform gegürtet, blickte er einem in ein drittes, inneres, fernes Auge *hinter* den Augen, so kam es Emil vor. Die Haut glich dem Wachs der Kerzen, bevor sie angezündet werden.

Cioran hatte überhaupt nicht bemerkt, wie sie mit einem Mal ganz nah hinter ihm stand. Ein leises Grauen kitzelte ihn hinter den Ohren, sodass er kurz zusammenzuckte.

»Schöne Uffnahme, wa?«, fragte sie bedächtig und ihre Hagerkeit verschwand, die hellen Linsen glommen auf, ein wie auseinanderreißender Blick. Ihr grau gescheiteltes Haar war hinten zusammengeknotet, die cremefarbene Bluse am obersten Knopf geschlossen. »Und watta nich allet kann, unser Führa. Selba aba jönnta sich nüscht. Nich ma'n Kafffe.«

Dann kam sie wieder zu sich. »Bald hält unsa Führa eene weitere Rede, die für uns alle übertragen wird, da wolln wa doch gleich die Pflicht zum Jemeinschaftsempfang nutzen und se uns jemeinsam anhören, wa?«

»Ich warte schon gebannt, um ehrlich zu sein«, sagte Emil.

»Na, Se sprechen ja janz wie hier jeboren, wa!«, lobte sie den jungen Rumänen. »Scheinen een kluga Mann zu sein!«

»An der Klugheit mangelt es tatsächlich nicht«, sagte er lächelnd.

»Na woran denne?«

Etwas brach wie aus einem weiten Rufen zu ihm auf, blitzartig sah er die Karpaten vor sich, gestuft tobende Berge aus Bäumen, die kehlig gurgelten, als hätten sie lebendige Ungeheuer verschluckt ... im rauschenden Windregen ... wie Schallplatten manchmal rauschen.

»An der Kraft, nicht den Verstand zu verlieren.«

Abgeschreckt fiel sie in kurzes Schweigen, ungläubig über so viel plötzliche Fremdheit eines doch gleichgesinnten Menschen, der obendrein so gründlich, ja feineres Deutsch sprach als sie. Emil spürte das. »Es ist ein zu bewunderndes Ideal, das Beherrschtsein, das ich mir noch stärker erschließen will«, versuchte er zu glätten.

Sie guckte weiter misstrauisch, von einer Angst beherrscht, all ihr sorgfältig erklommenes Lebensgerüst würde sogleich allein durch seine merkwürdigen Worte in sich zusammenfallen und damit alles, woran sie je geglaubt, und alles, was sie bekommen hat.

»Hier sind Se jut uffjehoben, junga Mann. In unserm Führa und Reichskanzla Adolf Hitla verwürklicht sich würklich *allet,* woranet sich zu globen lohnt. Jibt nüscht andret als Nationalsozialist zu sein. Dit is dit einzich Richtje. Kab ja jetze sogar ne Krankenvasicharung! Tüchtich müssen Se sein, junga Mann, tüchtich!«

Sie betrachtete sein höflich verachtendes Lächeln, seine edlen Augen und diese senkrecht aufsteigenden, karussellartig ausscherenden Haare, die er hatte, *wo jibtet denn sowat eijentlich?*

»So, nu is Zeit ins Bette zu jehen, Se wollen sicha noch wat auspacken oder wat och ümma so een junga Student um diese Zeit macht, davon verstehick ja eh nich viel!«, sie wünschte ihm eine gute Nacht, bot ihm noch ein weitere Decke und eine Flasche Selters, erstklassiges Tafelwasser, an, die sie ihm neben sein Bett stellte.

»Ach, Frau Heilscher, ich habe eine Bitte. In Ihrem Wohnzimmer sah ich ein Grammophon. Dürfte ich es mir gelegentlich mal ausleihen? Schauen Sie, die Musik, sie ist, sie bedeutet mir einfach alles.«

»Ja ja, keen Problem, hat meim Mann jehört, könne Se sich jerne ins Zümma stellen, is ja een Koffagrammophon, hamwa früher manchmal mit zum Schlachtensee jenommen. Aba Nadeln haik nich mehr, die müssen Se sich selba kofen, hab schon lange uffjehört Musik zu hörn, im Radio jibtet viel nützlichere Sachen jetze. Lehrreich aba nich belehrend, wohljemerkt. Wenn zum Beispiel der Herr Doktor Goebbels spricht, mit soner Inbrunst, mit so eem Feuer für alle, wa?«

Bis auf die schlagende Uhr auf seinem staubkornfreien Schreibtisch, der an der Wand neben dem kleinen Fenster stand, und einigen vorbeifahrenden Wagen, war jetzt alles still. Deutschland schlief und all die geschlossenen Augen waren weit geöffnet.

Emil öffnete seinen Schrankkoffer, blickte hinein wie in den Eingang in ein ortloses Zelt, in ein schauriges Dunkel, unabsehbar und doch, er *musste* hinein.

Die eisige Kälte des Novembers schnaubte draußen an den Häusern entlang und befragte sie drohend. Es war so kalt, dass sogar die Luft sich wunderte.

VIER

Otto Krause lebte mit seinen Eltern und den beiden Geschwistern in Charlottenburg und er hatte geladen, zu einem Beisammensein und zur Begrüßung des frisch eingetroffenen rumänischen Stipendiaten Emil Cioran, der glaubte, dass seine Nase bald abfiele, so eisig schnitt sich der Nachmittagswind in sein Gesicht. Er stampfte durch den über Nacht reich gefallenen Schnee in der Leipziger, den Schal weit ins Gesicht gebunden. Vor der Hundertzehn machte er Halt und betrat *Odeon*. Schellack überall und Grammophone, so weit das Auge reichte. Er kaufte, für nicht viel Reichsmark, einen Mozart für sich, der über 2 Platten ging, und einen Brahms für Otto, über 5 Platten. Einige waren als Neuauflage ganz frisch eingetroffen, mit riesigen schwarzen Hakenkreuzen versehen, die sich über die beinah gesamte Platte drehten, von Rot umwahnt, dem Reichsadler obenauf, mit dem überheblich abgewandten Kopf, wie er die Flügel über der Musik breitet.

In Berlin zu sein, in dieser Stadt einer anderen Welt, die die Welt *war* für ihn, weil sie gegen die Welt war, das war ein Problem, weil es ihn beschäftigte, weil er diese Stadt keine Sekunde vergessen konnte, vergessen, wo er gerade war, und dabei wollte er doch sich selbst tief tränken, bis er nichts mehr fühlte. Die Frage nach der Haltung hatte zwar seinen rumänischen Irrsinn angehalten, doch umkreiste dafür seine Suche nach der richtigen Perspektive und das war anstrengender, als er gedacht hatte. Er glaubte, der einzige Mensch auf der Erde zu sein, der nicht existierte, sondern die anderen beim Existieren betrachtete, und der Seinsgrund seiner depressiven inneren Leuchtkraft hüllte sich in ein trübes und zugleich aufgeregtes Licht. Die Ewigkeit der Täglichkeit war hier interessanter, anmutiger und besser temperiert. Er wollte begreifen, warum Berlin gerader wirkte, gerader als seine Heimat, klarer in seinen abweisenden Fassaden und seinem todernsten Ausdruck, seiner Geschichtslosigkeit, die hier überall galt.

Emil Ciorans Suche nach der verlorenen Perspektive war eigentlich die Frage der Widerstandskraft seiner selbst. In der Manteltasche Buddhas Lehren. Würden sie Hitlers Reden überstrahlen oder würden sie zurücksinken, in den goldenen Staub sterbender Sterne?

Er nahm ein Taxi, ein langer schwarzer Kasten war das, mit der typischen schwarz-weiß-quadratischen Bordüre hintenrum, großräumig, mit kurzen weißen Vorhängen zum Zuziehen. Der Taxi-Chauffeur trug knielange Lederstiefel und eine Kappe, darunter grüßten zwei aufgeweckte Augen und ein Schnäuzer. Regen mischte sich jetzt unter den weiter fallenden Schnee, die Straßen funkelten nassgrau, formiert voller Regenschirme, voller langer Mäntel, vollgehängt mit Werbung und Leuchtreklame für Löwenbräu Bier, Klaviere oder italienische Spezialitäten.

Vorbei an den sehr schönen Spittelkolonnaden, die im feuchtdunklen Schimmer der massigen Architektur in der starren Eiseskälte wie das konkave Skelett eines Mammuts dampften.

Restaurants waren gefüllt, Paare drängten sich auf den Gehwegen herum, viel echte Seide hinter Fellen aus Lamm, ein unglaublicher Abend. In einem Lokal regnete, blitzte und donnerte es von der Decke und die Frauen piepsten und lachten, während die Männer ihre Stoffservietten schützend über sie breiteten. Ein rauschhafter Sog, ein schwarzer Foxtrott, der nicht endete, je weiter man fuhr.

Alles schien sekündlich zu wachsen, schien minütlich zu vergessen, nur so *konnte* es wachsen.

In diesem verschwiegenen Insekt raste Cioran durch den stromdurchzogenen romantischen Zylinder aus Asphalt, kleine überdrehte Fähnchen voll Hakenkreuzen von den Häuserkanten tanzend.

—

Die Giesebrechtstraße beeindruckte mich besonders durch ihre breitgelagerte Atmosphäre. Der andockende Kudamm lag ganz in Weiß, von ausladenden, spitz aufragenden Wohnhäusern aufgezogen ins Unendliche. Sofort erfasste mich wieder die Kälte, vor allem an den Ohren, als ich aus dem Taxi stieg. Was für ein Winter!

»Krause« stand ganz oben auf der alten, eisernen Klingelplatte, ich drückte auf den Knopf und wenig später wurde mir in der vierten Etage geöffnet.

»Heil Hitler!«, Otto wirkte müde.

»Heil Hitler«, sagte ich.

Ausgelaugt und fiebrig zog er mich herein. »Immer reinspaziert in die gute Stube!«

Schweiß hing auf seiner Stirn. Er nahm mir den Mantel ab. Ich folgte ihm vom großen Oktagon-Flur, der strahlenförmig die anderen Zimmer erfasste, in einen wuchtig schwankenden Wohnraum. Diese Berliner Wohnungen wiegen einen! Zwei Sofas flügelartig vor mir aufgeklappt, zwei lange Lampenständer aus Messing mit warmen Lichttrichtern, ein Biedermeier-Esstisch, lange helle Vorhänge, ein kolossaler alter wertvoller Wandschrank, angetrunkene Jungs und Mädels und ein mitten im Raum aufgestellter Tisch mit schmal verbogenen Beinen, auf dem es von Gläsern nur so wimmelte.

»Hast du irgendwie Geburtstag oder so?«, fragte ich Otto schüchtern, denn alle Blicke waren nun im Reigen auf mich gerichtet.

»Dürft ich euch allen jetzt endlich mal den Emil vorstellen, Emil komm, wir machen ne Runde. Fangen wa mal hier an, dis is meine Schwester Helga, sie is gerade 'n bisschen schlecht drauf, weil ihr Konrad sich verspätet, und wo der sich wohl wieder rumtreibt?«, Helga schubste ihren Bruder und gab mir die Hand. »Heil Hitler! Na Emil, gefällt dir unser prächtiges Berlin?«, ihre nussbraunen Locken waren mit großen Bernstein-Spangen zur Seite gelegt. Ein matt-mohnroter Lippenstiftton zeichnete ihre Lippen. Braune Augen wie Otto. Schlank. Rötliche Sommersprossen. Taubenblaues Kleid, viel zu dünn für diese Jahreszeit, die wird sich erkälten.

»Und hier hätten wir den Albrecht, Mediziner wie ich, unter lauter Juristen, denn auch sein Bruder, der junge ... der begabte ... der einzigartige Theo, macht das Recht wie unser Benno«, Albrecht war groß wie Otto, etwas stämmiger, breit brummiges Lächeln, starkes Kinn, seitlich gescheiteltes, frischgewaschenes Haar, gepflegt, gestreifte Krawatte. »Heil Hitler! Herzlich willkommen Emil, freut mich!« – autsch, was für ein schmerzhafter Händedruck!

»Wenn man vom Teufel spricht, hier der Benno, unser großer Herr Bruder und frischgebackener Kanzleipartner!«, Benno hatte feine Züge, dunkelbraunes Haar und kleine interessierte, sehr konkrete Augen. Er trug Krawatte und darüber einen teuren Pullover, einen solchen hätte ich auch gern gehabt. »Heil Hitler! Willkommen in Deutschland, Emil Cioran!«

»Dis hier is meine Gerda!«, Otto legte den Arm um eine kaum Zwanzigjährige mit rötlich-blondem, ein wenig krausem und doch dabei sehr dünnem Haar, ohne Glanz, ohne Gedanken. Ihr Gesicht war wie gestockt, als sei sie abgeschaltet. Lange Stirn, kerzengerade Nase, kirschrotlackierte Finger, eng anliegender hüftiger Rock aus dunkelgrünem Loden. »Heil Hitler! Emil, is mir'n Vagnügen. Schumannstraße wohnick übrejenz och.« – Ihre wimpernlosen Lider durchstachen mich gleichgültig. Ihr Hintern äußerst nett.

Dann zwei lange Kerle. »Horst und Karl«, sagte Otto. »Horst is'n zugereister Kamerad aus Eschwege, ganz Soldat mit großem Einsatz, bereichert nunmehr unsere Gruppe Sturm 5 hier in Berlin, und das neben ihm ist Karl, Medizinstudent.«

Ich versuchte, neben und vor all diesen langen Typen irgendwie körperlich zu wirken. Tat mich schwer. Sie waren so biegsam, so sprunghaft, so unberührt, ja saftig. Wie machten sie das? Bei ihrem geäderten Händedruck kam ich mir vor wie mein kleiner Bruder Aurel, etwas noch Kleineres als selbst ich es bin, will ich damit sagen. Kümmerlich und tot, bevor man lebt.

»Heil Hieddleee! Eeemiel, iesch han schon viel gehödd,

biest'n gutee Kameerad, mir brauch'n soisch feine Kelleee!« – Er schlug die riesigen Hacken aneinander, streckte mir den Arm entgegen. Ich spürte den Windzug im Gesicht, den seine breite Hand verursachte. Er trug die Uniform der SA, war im ockernen Braunhemd, kupferner Krawatte und der SA-Stiefelhose. Am Arm die schwarze Spinne, die im Blut wühlt.

»Dank dir, Horst!«, sagte ich. »Ich hoffe, meine Euphorie wird Früchte tragen.«

»Na na na, kein Defätismus!«, lachte Karl auf. »Heil Hitler! Freut mich, dich endlich mal kennenzulernen, du Speer von einer Zunge! Stipendiaten aus deinem geschätzten Heimatland sehen wir hier gern. Ihr Rumänen, ihr habt euer Herz eben am rechten Fleck!«

▬

Mein Gefühl? Alles saugt mich in sich hinein. Ich gäre nicht mehr in meiner rumänischen Hefe, nein, ich bin jetzt in bester Gesellschaft. Otto zieht mich ans Fenster. »Guck ma Emil, dis is mein Vater mit meiner Mutter, die besuchen jetzt befreundete Nachbarn zum Adventsessen«, ich sehe einen in sich gekehrten, bitteren, hoch aufgeschossenen Mann in langem dunklem Mantel neben einer zierlichen, dicht an ihn gepressten Frau. Aus irgendeinem seltsamen Grund fühle ich mich erleichtert, sie fortgehen zu sehen. Herr Krause blickt beim Gehen kaum auf.

»Vater hat im Krieg einen Arm verloren, zu viele Granatsplitter drin, war nich zu retten, is aber als brillanter Chemiker in der Pharmazie noch immer sehr geachtet. Nett hier in Chabu, findeste nich? Unsre Straße is zwar noch arg verjudet, aber dis wird jetzt alles Schritt für Schritt. *Aufräumen* dauert halt'n bisschen. Zigarette?«, dieser Schweiß auf Ottos blasser Stirn macht mir Sorgen.

»Ausgesprochen gern«, antworte ich und ziehe mir eine aus seiner *Trommler*-Packung heraus, eine sonngelbe Schachtel mit einer auf ihr abgebildeten Zigarette von der Größe einer Kanone.

Ottos Hände zittern, während er mir das Feuerzeug anbietet, so sehr, dass er kurz innehält. Er wirkt gehetzt. Wie in Vanitas-Gemälden, in denen sich die Gejagten ständig nach dem ihnen nachstellenden Tod umdrehen wollen und es einfach nicht ganz wagen. Nie ganz können.

»Bin gleich wieder da, Emil, dann richtig!«, sagt er nur und verschwindet in sein Zimmer.

Ich wende mich dem Raum zu, den Dingen, den Menschen, ihren Stimmen, ihren Augen. Ich versuche, in diesen deutschen Linsen Wahrheiten zu finden, Hoffnungen vielleicht, irgendeine Zeitlichkeit. Dabei gerate ich doch nur an den Augenblick mitsamt seinem Hochmut, den er immer über mich wirft. Ich weiß, ich kann diese Wirklichkeit nicht betreten und verlassen, nein, ich muss sie erfahren. Ich schwebe mit meinem Ich abstrakt über der Welt, beunruhigt über die Verwandlungen meiner Vernunft und zugleich gekitzelt vom Sekt, den mir der Horst einschenkt, glasvoll, ich saufe wie an einem Wasserfall und er redet wie ein solcher.

»Iesch wa da zu Besuuch bei de Familie, die Mendschenmenge schien uuf dem Platz vor dem Rathauus undurschdriengliesch. Iesch aber, ich han miesch duschgekämpft, bies hien zur voddersten Spietze«, beschwor er, »bis schließliesch ... ein Waaaschen ganz ien Schwazz anfuhr ... iesch ...

drückte miesch nach vonn, nein, etwas zog miesch … *zog miesch an siesch* … da sah iesch ihn auch schonn … fuhr langsam an uns vobbei … iesch ganz vonne! – konnt miesch net me beweschen … *elektrisiert* wie me so sagt … er da … in Unnifomm, Kien so nach oben, Bruuust raus … und Auschen hatte der… steschende Auschen … dursch-steschende Auschen … stand da, in seim Audo un iesch wurde das Gefühl net me los, dass er nur und einzisch und allein *miesch* angeschaut hat.«

Wie ausgetauscht tauchte Otto wieder auf, rosig-erregt. Er öffnete eine neue Flasche, schenkte nach, Zigarettenqualm umhüllte sie alle. Konrad war nun hinzugestoßen, ein gut gelaunter Jura-Absolvent mit Parteiabzeichen am Sakkokragen. »Hab heut meine erste Kurzstrecke gekauft!«, verriet er feierlich. »Mensch, ein Gedränge. Die schieben sich aber auch immer weiter da rein, bis nichts mehr geht.« Konrad hatte zwischendurch immer mal wieder viel zu tuscheln mit Otto und gelegentlich auch mit Benno. Emil aber flog von Gespräch zu Gespräch und fühlte sich sehr wohl. Rumänien war weit weg und wenigstens kannte es hier keiner so genau. Er hatte also Raum, *groß* zu antworten.

»Die *Eiserne Garde*, Konrad, nach der du mich fragst, ist deutlich anders zu begreifen, wenn auch der nationalsozialistische Gedanke genauso das Grundelement dabei ist, ganz klar. Aber stell dir mehr einen Orden darunter vor, eine Legion, eine allererste Liga Auserwählter, die unser Land retten will, ja, die allein es kann. Ein Splitter aus teilweise auch in Deutschland studierten Männern, exzellent ausgebildet, einer kleinen rumänischen Elite, die sich täglich weiterentwickelt, sehr zum Fortschritt unserer Idee. Trotz des Verbots hat selbst Nae Ionescu deutlich gemacht, dass die Gardisten weder eine künstliche Erscheinung sind noch einfach als ›störend‹ von einem Ministerium aufgelöst werden können. Die *Eiserne Garde* entspringt dem rumänischen Volk in seiner ursprünglichsten Weise, seiner Einfachheit. Wir wollen keinen König an der Macht. Diese Reinheit, Belassenheit, Wahrhaftigkeit wird seit geraumer Zeit bekämpft, von der aussaugenden Dekadenz und dem Werteverfall eines hauptsächlich jüdischen Liberalismus.«

»Was ist für dich Liberalismus, Emil?«, fragte Albrecht, sichtlich zufrieden mit Ciorans Ausführungen und sich über die kalte, von Heidelbeeren umschmückte Wildschwein-Pastete beugend.

»Der Liberalismus nimmt dem Leben sein ganzes Geheimnis«, Cioran nippte an seinem Sekt. Ein Gefühl wie in Achterbahnen durchrauschte ihn. »Eben das machte mich zum Legionär, denn das Mysterium kann man nicht eliminieren, das Absolute, die reine Ordnung. Ein Mensch muss in seinen eigenen Tiefen verweilen dürfen, diese frisst der Liberalismus auf und die ständige und mehr denn je wachsende Gefahr einer sogenannten Freiheit ist unerträglich, zumal ihre Verfechter sich selbst so unsicher fühlen, dass sie für alles und nichts Verträge brauchen, wie unser Căpitan, unser Hauptmann Codreanu, so treffend sagte!«

Alle lachten laut auf. Ja, jetzt schaukeltest du, Berlin!

»Viel wichtiger als Freiheit ist Gerechtigkeit«, fuhr Emil fort, »ein Leben zu ermöglichen entsprechend den Einkommensverhältnissen, kontrolliert von einem Kreis geistiger

Erneuerer, einem neuen Zentrum, das die Wunder und Wahrheiten der Ländlichkeit – so auch unsere Trachtenfarbe Grün und Weiß – erhält und beschützt, nach all der jahrhundertelangen Benachteiligung durch Großgrundbesitzer, Juden und Ausländer. Wir sind die Stimme, wir sind die Zeit, die Arbeit, der Wert.«

»Bemekkenswedd!«, Horst hielt sein Glas hoch und nahm einen langen gerührten Zug von seiner Zigarette.

»Was ist der Jude, Emil?«, fragte Otto, während er die nächste Flasche köpfte, den Korken einmal emporwarf und wieder auffing. Er trug einen feinen Anzug, ganz wie Cioran, die ebenmäßigen Wangen puckerten plötzlich hellrot und er schien vollgepumpt mit Tatendrang, mit dunkler Energie. Sein Blick glitzerte und glitzerte auf einen über.

»Der Jude ist erst einmal Jude. *Dann* erst ist er ein Mensch«, antwortete Emil und ein verdorbener Nelkenton zuckte über Gerdas im Bogen gezupften Brauen, deren Aussehen sie prüfte, während sie in ihren kleinen aufgeklappten Spiegel schaute, auf dessen äußerem Silber ein kleines Hakenkreuz eingraviert war. »Hast aba heute die Spendierhosen an, meen Liebsta«, sagte sie, als Otto nachschenkte. Sie zog ihn an sich und verschlang fast Ottos ganzen Mund.

»Na, heute wollen wa mal nich so sein! Heil Hitler!«, Otto schien bei wirklich wieder bester Laune.

»Die nationalsozialistische Bewegung, hier und bei euch in Rumänien, ist die einzige, die richtig ist. Die einzige, die etwas bedeutet. Eine wahre Revolution. Nieder mit der Freiheit, ein Hoch auf unsern Führer Adolf Hitler!«, Karl trank sein Glas rasch aus. »Doch wie genau lautet dein Auftrag, Emil?«, Karl reichte die nächste Zigarettenschachtel herum.

Cioran lächelte weich. »Unter Freunden gibt es keinen Auftrag, wenn du das meinst. Gemeinsam aber müssen wir die Idee des nationalen Widerstands gegen die fremde Ausbeutung von Sprache, Kultur, Gemeingut absolut aufrechterhalten. So kann es nicht weitergehen. Darin sind wir ganz eins. Ich bin, zugegeben, inspiriert von eurer linearen politischen Ordnung, sie erwärmt mich, sie ist stolz, sie weiß so viel ... auch, wenn ihr dabei alle eigentlich immer nur gleich klingt. So aber muss es sein, um eine Idee ganz und gar durch-wirken zu lassen, das habt ihr verstanden.«

Otto schaute auf, wild vor plötzlicher Wut.

»Wie biste denn Gardist geworden, wenn ich fragen darf?«, Helga setzte sich auf eines der Sofas, Gerda legte ihren Kopf auf ihren Schoß.

»Eine Zeitlang lebte ich wie neben mir. Ich war so unzufrieden mit meinem Dasein und den Formen, die es annahm, dass ich mich tagelang nicht mehr bewegen konnte, mein Puls wurde starr wie Stein, hart wie Eis und Rumänien krepierte. Es stand sehr schlimm um mich, denn ich fühlte meine Heimat in mir zerbrechen. Ich erstickte. Ich habe das Leben gehasst, hasse es immer noch abgrundtief. Tja, hier stehe ich vor euch wie Dostojewskis *Fürst Myschkin*, der schon auf den ersten Romanseiten bekundet, er sei von seiner seelischen Krankheit nicht geheilt zurückgekehrt, kaum ein anderer Roman der Weltliteratur beginnt so hoffnungslos!«, sagte Emil grinsend.

»Dostojewski, einer von Reichsleiter Rosenbergs Lieblingsschriftstellern«, warf Benno ein.

»Dostojewskis Romane müssten wir zerstören, um überhaupt noch von Unglück reden zu können. Jedenfalls hörte ich dann in meiner Jugend von einer Organisation, die sich *Erzengel Gabriel* nannte«, erzählte Emil, »und merkwürdig, dachte ich – rumänische Faschisten, dem Mystizismus zugewandt, orthodox, rebellisch, gebildet? Eines ihrer höchsten Mitglieder, ein in Paris studierter Philosoph, ein Verwundeter aus dem Krieg, ein herrlicher Verrückter, fing an, laut nachzudenken. Ich war zufällig – oder auch nicht – immer häufiger in der Nähe solcher Geschehnisse. Dann lachte ich. Ja, ich lachte! Über seine Worte lachte ich! Über seinen Weltuntergangswahn! Sehr laut und sehr unhöflich lachte ich, wann immer er über die Vorstellungen der Legion sprach. Es klang so irre, so wirr, so großartig. Ich lachte, was das Zeug hielt, so: HAHAHAHAHAHA! – bis ungefähr vier oder sechs Typen von denen mich mit einem Mal umringt hatten. Von denen lachte keiner. Ich los! Ich rannte um mein Leben, die mir hinterher. Ich hechtete mich von hier nach da, die ließen nicht locker. Ein paar Polizisten fanden sich, sodass ich Schlimmerem entkam. Dann aber, nachts im Bett, flüsterte etwas in mir ... ich hatte so viel Angst gehabt, dass ich mich für diese Gruppe zu *interessieren* begann ... dass sie auch noch gegen den König kämpften, war dann der goldene i-Punkt.«

»Ihr müsst aber noch deutlicher werden in eurer Rasseauffassung, Emil!«, rief Otto rein. Konrad gab ihm gleich recht. »Da seid ihr mir noch zu wischiwaschi, da müsst ihr noch mehr Kante zeigen, Eindeutigkeit«, Otto erhob sich. »Wir hier heute Abend, wir tragen alle ein menschliches Antlitz, man erkennt uns als Menschen dieser Erde, so unterschiedlich wir aussehen können, so sehr folgt unsere

Physiognomie einer eigenen arischen Rasse, zusammengeführt von der großen Gemeinsamkeit der Tüchtigkeit, die uns allen hier innewohnt: der Adel der Krieger. Während der Jude –«, er zog einige der Wochenzeitungen von einem Beistelltisch hervor, »– während der Jude doch viel mehr einer gierigen Fratze gleicht. Der *Illustrierte Beobachter* macht es ganz und gar deutlich, Nasen, wie sie ein kleines arisches Kind durchaus in Angst und Schrecken versetzen können, die tiefliegenden Augen immer auf Hab und Gut eines anderen gerichtet, hocken am Straßenrand und kratzen sich ganz ungeniert am Bart rum, habens immer eilig, weil se genau wissen, dass man sonst hinter all ihre Machenschaften käme, und wie der *Vorwärts* hier aufzeigt und der *Angriff* es schreibt, dass die ja auch schon aus eigenem Bekenntnis zugeben, dis Blut der Rassen Europas längst angesteckt und die Gesellschaft morsch und faul gemacht zu haben. Sie können keine deutschen Staatsbürger mehr bleiben, fertig. Hier nagen se unser Wohl an und im Ausland hetzen se gegen unser deutsches Vaterland. Betrügen, zermürben, verraten alles, was uns lieb und teuer is.«

»Ümma hecken se zu dritt wat aus«, fand Gerda.

»Tatsächlich kommen sie immer von hinten angeschlichen«, meinte Benno.

»Und immer tuscheln sie, wenn man an ihnen vorbeigeht«, rief Albrecht. »Da muss ich echt an mich halten.«

»Un diese Löggsche da, die Kringel-Löggsche!«, Horst lachte mit Gerda um die Wette, die sich beinah krümmte und Sekt über Helgas schönes Kleid goss, deren Oberschenkel sich dafür besser abzeichneten, wie es manche Meistermaler tun, um ihr Modell noch deutlicher zu sehen.

»Kennta schon den neuesten Witz?«, fragte Karl prustend.

»Wie kommt man am schnellsten von der Kaiser-Wilhelm-Gedächtniskirche nach Halensee? Na? Na? Wer weiß es?«

»Man stellt sich an die Kirche und ruft laut Cohen!«, antwortete Albrecht. »Dann dreht sich der ganze Kudamm um und schwupps, ist man in Halensee!«

»Mach mal lieber deine Hausaufgaben, statt Witze zu erzählen, es ist zum Beispiel fortan verboten, S wie Samuel zu sagen, richtig hingegen ist S wie Siegfried und dasselbe auch für D. Es darf nicht länger heißen D wie David, sondern D wie Dora«, gab Konrad zu verstehen.

»Klingt auch viel reizender! Wer sind wir denn bitte schön?«, sagte Helga.

Otto wandte sich wieder Emil zu. »Auch ihr braucht eindeutigere Symbole, Emil. Der Totenkopf etwa, schon Kaiser Wilhelm Zwo hat den mit Ehre getragen, die Furchtlosigkeit ausgedrückt, die uns ausmachen sollte, egal, ob nun Monarchist oder nicht, ob Deutscher oder Rumäne: Wir fürchten den Tod nicht. Auch in Rumänien arbeitet ihr teilweise mit dem Totenkopf, dis is sehr erfreulich, aber da geht noch mehr, denn darin liegen keine Illusionen, in diesem teuersten aller Embleme gibt es keine Lügen mehr, wir sind wir und wir begegnen ihm! Es zeigt klar, was wir wollen: ein wachsames, welterhabenes Deutsches Reich im Bündnis der Freunde im Geiste! Grundsätzlicher wollen wir werden, das Vorspiel is beendet, schreiten wir zu Taten, gemäßigt nimmermehr! Ob SA oder SS, wir müssen alles stärken, von innen heraus, jeden. Die einfachen Jungs, gerade die brauchen uns jetzt, der anständige Soldat, der braucht Vertrauen und Ordnung in die Sache, in uns, in unsern Führer Adolf Hitler. Wir sind jetzt Hunderttausende im ganzen Reich, wir dienen *einem* Führer, weil wir *einer* Wahrheit dienen, nicht länger lächerlich gemacht zu werden nämlich von fremden Elementen im eigenen Land, die ihre Krallen ausfahren und alles wegreißen, was in eigentlich deutschen und ehrlichen Händen liegen sollte! Die Drogen verteilen, um uns lahmzulegen, die mit Koks und Hinterhalt locken, um uns in unserem Wesen stillzulegen, um unsere Frauen zu holen!«

»Bäh!«, spieh Helga aus.

»Pfui Daivl!«, krächzte Gerda.

Otto setzte wieder an. »Die ganzen letzten Jahre, was für eine abscheuliche Verschwendung Deutschlands. Wie der Rathenau hier durch die Gegend gebrummt is in seiner Daimler-Motordroschke, zum Kotzen. Wie das meinen Vater fertig gemacht hat, den zu sehen, jedes Mal, diesen Anblick dreistester Eitelkeit, diesen Sausack von einem Juden, so ein Gesicht kann nur eine Mutter lieben ... und der ja auch nix anderes konnte, als den Ratten des Versailler Vertrages den Arsch zu lecken bis zum Gehtnichtmehr. Wollte Berlin ›international‹ machen, pfff. Elegant is DEUTSCH und DEUTSCH is elegant. All die Jungs, die jetzt an die zehn Jahre unschuldig eingesperrt waren, die brauchen endlich wieder frische Luft. Bringt gar nix, wenn wir uns nur persönlich etablieren wollen mit der Frage, geh ich zur SS, bleib ich in der SA, wie schnell kann ich aufsteigen? – nee, es muss weitergehen, wie Emil sagt, und dis sagt auch Röhm, alles muss sich weiterentwickeln, größere Strukturen annehmen, alles beherrschen, muss alles und jeden erreichen und mobilisieren, die Reichswehr sollte überhaupt, unter der leitenden Hand der SA, das gesamte Reich fanatisch umkrallen und schützen!«

Karl, dessen Vater bei der SS war, schaute etwas unwillig.

»Willst du was loswerden?«, fragte Otto gereizt.

»Nö, gar nicht, ich hab's nur immer so gern, wenn du für alle sprichst, da denkt unser rumänischer Gast doch glatt, wir anderen könnten das nicht allein, könnten nicht den Geist, die Energie unseres Führers ganz erkennen, unseres Führers Adolf Hitler, und die großartigen Veränderungen für ein schlagendes Deutschland, die er herbeiführt. Die SS hat nun mal einfach den Sinn für Ordnung wie niemand sonst, auch und zugegeben, wenn die SA die gewaltigere Truppe ist. Aber lass uns jetzt nicht streiten, Kamerad. Lass uns lieber die Worte Wilhelm Murrs anstimmen, der den scheiß Kommunisten entgegengehalten hat: *Wir sagen nicht, Aug um Aug, Zahn um Zahn, nein: Wer uns ein Auge ausschlägt, dem werden wir den Kopf abschlagen, und wer uns einen Zahn ausschlägt, dem werden wir den Kiefer einschlagen.*«

»Die SA hat sich die letzten Monate die Hände schmutzig gemacht«, ließ Otto nicht locker, »wenn ich dis mal so sagen darf. Wir haben uns um die Gefangenen *gekümmert*, die einfach nich mehr in die Gefängnisse reinpassten, ja, wenn die nun mal überfüllt sind, muss man Ideen haben! Muss man handeln! Die Kontrolle behalten! Lager haben wir aus dem Erdboden Brandenburgs und Bornims gehaun, Verwahrungslager, mit eigenen Händen, und gern isses geschehen für die Heimat und ganz nach dem Vorbild Himmlers in Dachau!«

»Ganz recht! Und so dämlich habt ihr euch dabei angestellt«, brüllte Karl, »dass der Diels euch die Verantwortung wieder e-n-t-z-o-g-e-n hat, von wegen Kontrolle liegt bei der SA!«

»Dürft ich dich bitten, dich zu beherrschen, Karl? Leider macht der Diels uns allen gerade einen Strich durch die

Rechnung, weil er jetzt im Dezember 'n Rappel bekommen und angefangen hat, lauter Gefangene aus der Schutzhaft zu entlassen, ›Amnestie‹ nennt er dis, aus *unseren* Lagern der SA, Tausende scheiß Kommunisten, und der macht immer weiter. Glaubt, nur weil er jetzt Chef von der Geheimen Staatspolizei is, kann er machen, was er will. Immerhin haben wir 'n paar Leutchen nur 'n bisschen ausgepeitscht«, rechtfertigte sich Otto. »Ihr wollt gar nicht erst wissen, was die anderen so machen, die andern Jungs im Reich.«

»Immehien mit rieschtiegen Nilpfedpeiitschen, sodass siesch wäniegstens die Hauut oddentliesch ablöst, immehien zu Brei wedden die dann!«, lobte Horst.

»Horst, darf ich dich bitten, dass Treue für den Führer *über* persönliche Prahlerei geht? Mehr is eben im Moment einfach noch nich drin. Wohingegen die SS in ihrem Lager in Dachau noch ganz andere Freiheiten mit den Häftlingen genießt. Mehr zur Verfügung stehende Befragungs-Möglichkeiten, wenn ich das hier vor den anwesenden Damen mal vorsichtig so bezeichnen darf. Aber Diels is eben leider nich Heydrich. Heydrich! Der Held unserer Lehre, der keinen Weg scheut, Störenfriede einzubuchten, der kommt mir so verfeinert und strukturiert vor! Diels is uns ein Dorn im Auge, nennt uns unkultiviert, meint, wir seien gewissenlose Schläger. Der schadet uns allen, der SA wie auch letztlich der SS, weil er die alten, blinden Wachen, die veralteten Strukturen schützt, die sagen, foltern machen wa nich, pfff. Die Zeiten haben sich aber nunmal geändert. Wenn der Göring doch nur standhaft geblieben wäre, stattdessen holt er den im November zurück und wir haben die Bescherung.«

»Heydrich schläft auch nur mit seiner eigenen Frau«, sagte Helga. »Diels, hab ich gehört, mit einfach jeder.«

»Soll jetzt sogar mit der Tochta des Ami-Botschafters ausjehen«, fügte Gerda hinzu und ließ sich nachschenken. »Die globt och, dass se hier machen kann, wattse will. Jibt Partys und spielt denne dis Horst-Wessel-Lied, ohne Rücksicht, Schlampe.«

»Bitte meine Damen, ich muss doch sehr zur Ordnung rufen. Aber genau die Amis machen mir Sorge«, sagte Albrecht. »Wollen jetzt immer häufiger ihre Extrawurst, wenn sie hier rumlaufen und nicht zum deutschen Gruß bereit sind. Haben jetzt einen Kameraden rangekriegt, den sie anklagen, weil er so nem Ami, der mit seiner Frau spazieren war in Nürnberg, zweimal ordentlich gegen den Kopf geschlagen hat. Muss man einfach mal verstehen, ja, der will das Beste fürs Reich und solche Defätisten, die bei einem Aufmarsch unsrer Männer nicht die geringste Aufmerksamkeit zeigen, die gefährden doch alles, die machen immer wieder kaputt, was wir aufbauen.«

»Schlimm«, antwortete Konrad. »Wollen uns diktieren, uns Deutschen!«

»So weit kommt es nicht«, beruhigte Benno. »Die Kontrolle liegt hier, liegt bei uns, aber der Röhm wird einfach ständig missverstanden und das führt immer wieder zu nicht sauber ausgeführten Strafexpeditionen, was mir einfach das Herz bricht, auch, weil mein kleiner Bruder hier so bemüht ist um Recht und Ordnung. Wie kann der Diels Leute so bald wieder freilassen? Lager schließen? Was fällt dem ein, derart auch gegen SA-Offiziere zu agieren? Göring sagt ganz richtig, dass es um juristische ›Feinheiten‹ jetzt nicht mehr gehen kann und dass nun mal Späne fallen, wo gehobelt wird. Reichsjustizkommissar Frank wird die Gleichschaltung des Rechts in allen deutschen Ländern schon bestens durchbringen, habt mal keine Sorge. Diels darf aber eben nicht unterschätzt werden, ich weißt, dass er mehrmals die Woche mit dem Führer zu Mittag isst.«

»Man schämt sich einfach richtiggehend für Berlin, sag ich euch«, fuhr Otto fort, »unserem Kameraden Willi, der heute nicht anwesend sein kann – neidlos muss ich sagen, war er es, der dem fünfzehnjährigen Kommunisten aus Köpenick die Birne so weichschlug, dass der jetzt nur noch lallt wie'n Doofi – wurde die Ehre zuteil, unsern Führer im Spätsommer zum Parteitag nach Nürnberg zu begleiten, sein SA-Trupp war die ganze Zeit beim Führer, war dabei, als dieser, zu den Klängen der Meistersinger, im Rathaus empfangen wurde! Ergreifend is dis doch! Und überhaupt is Nürnberg eine vorbildliche Stadt unserer Reichsbewegung, da traut sich aber keine mehr, sich mit einem Juden einzulassen. Eine ham se rangekriegt, die hat doch ehrlich immer noch drauf bestanden, den Untermenschen heiraten zu wollen. Die ham se erst mal hübsch durch die Stadt und auch durch die umliegenden Gegenden gezogen, dann wollte die nich mitsingen, hat sich angestellt. Im Hotel wurde se dann aber ganz ... psssssssst ... ganz still.«

Benno nahm seinem Bruder liebevoll das Bier weg, mit der Bemerkung: »Ist jetzt glaub ich genug«, strich er ihm übers Haar.

»Der Totenkopp, haik jehört, soll nu ümma stärka in die Uniformen einfließen«, sagte Gerda, deren Cousine Näherin für Hitlerjugend-, SS- und SA- Uniformen in Metzingen war. »Aluminium am Kragen und sowat wird da besprochen, wissta aba nich von mir, klar? S'allet streng jeheim, der Führa soll aba ne große Vorliebe haben fürs Ästhetische.«

»Gerdas Cousine arbeitet beim Schneider Hugo Ferdinand

Boss«, erklärte Otto. »Fleißige Deutsche sind dis, beliefern uns seit Jahren mit hochkarätigen Sachen.«

»Sieht ja auch knackig aus, lohnt sich!«, flirtete Helga Konrad an, der heute leider in juristischem Zivil war.

»Meen Cousinchen sacht, se kommen janich jintaher mit all den Ufftrăgen, 'k würd ja ma sagen, würd Zeit, dass 'n paar Jefangene von euch sowat nähen«, schlug Gerda kichernd vor.

»Totenköpfe, ja ...«, murmelte Emil verträumt, »in meiner Kindheit war ich gut befreundet mit dem Totengräber unserer Stadt, der den Leuten auch die Weihe abnahm. Der Friedhof des Ortes grenzte unmittelbar an den elterlichen Garten. Wir hatten keinen Fußball, da warf er uns Schädel hin, die er umgebettet hatte und spielte auch gleich mit, diese Frohnatur! Im Sommer steckte dann gern mal mein großer Zeh in den Augenhöhlen, aber sonst ging das ausgezeichnet. So erlösen wir unsere Toten von der Qual der ewigen Gefangenschaft unter der Erde. Der Tod ist in Rumänien kein ›Problem‹, so gesehen.«

– Stille im Raum, dass man hätte die Nadel einer Näherin auf dem federnden Berliner Holzboden auftreffen hören können. Still wie der Totenkopf auf dem Originaldruck Dürers, den der Nürnberger Oberbürgermeister dem Führer des Deutschen Reichs stolz übergeben hatte. *Ritter, Tod und Teufel* hieß der Stich. Eine Rüstung, die sich wie Fasern von Muskeln um den Reiter fesselt, dessen Körper diese Rüstung *ist.* Ein Ritter, der wunderlich hungrig beäugt, erwartet, begrüßt, empfangen, begehrt wird vom Tod.

»Albrecht, bevor du gehst«, wandte sich Otto heimlich an seinen Freund und half ihm in den Mantel. »Was is'n nun mit Theo? Sag's mir in die Augen und schwör, dass er damit nix zu tun hat.«

»Hat mein Bruder nicht«, versicherte Albrecht leise. »Das war ein Vortrag von einem NSDAP-Mitglied, eigentlich einer aus unseren Reihen, der über die Gefahr sprach, dass sich der Jude mithilfe marxistischer Lehren gegen uns verbündet. Die Roten haben den eingeladen, um noch mehr deutsche Wähler zu gewinnen, die spielen ein fieses Spiel, mein Bruder wollte nur des Vortrags wegen hin. Ist ne verworrene Geschichte, die im Sand verlief.«

»War er denn seither auch an der Uni?«

»Er sagt ja«, antwortete Albrecht. »Ich kann ja mal nachhaken.«

»Nein«, sagte Otto schnell und sein Zittern kam wieder. »Lass *mich* mit Theo reden. Junge, der muss raus da, ganz raus. Wenn der Horst Wind davon kriegt, was glaubst du, was dann los is?«

»Ja, ich bitt dich, dass du dich darum kümmerst«, sagte Albrecht.

»Du kannst dich auf mich verlassen. Bring den Theo doch die Tage mal hierher, ich nehme mich seiner an ... und ... und ich rede mit ihm, lange und ausführlich und werd ihm erklären, wie wichtig es is, dass er jetzt an sein Studium denkt und vor allem anderen ans Reich.«

»Mach ich, Großer!«, versprach Albrecht. »Dank dir recht!«

In Ottos Schlafzimmer überreichte ich ihm rasch noch mein Geschenk.

»Brahms. Lang nich vernommen. Danke Emil, dis is mir ne echte Freude.«

»Ja, weißt du, ich empfinde ihn als Fantasievollen, ich glaube, darin liegt seine Magie«, sagte ich.

»Fantasie ...«, wiederholte Otto, verschlossen wie ein eingesperrter Schatz, und es klang ganz eigenartig, wie er das sagte, seine Frische war weg und es schüttelte ihn.

Er sah mich an. Sah weg. Sah mich an.

Ablenkend stöberte ich in seinen Schallplatten, die weggeräumt in einer Ecke standen, an der Wand ein Bild von Hitler, die beißenden Augen wie aus Granit.

»Harald Paulsen!«, rief ich und zog eine Schellack hervor. »Ist der gut?«

»Sehr! Ein Gleichgesinnter, ein fabelhafter deutscher Sänger, machen gute Laune, seine Stücke. Endlich muss er nichts mehr singen, was dieser Saujude Abraham ihm geschrieben hat. Ein Banker, der sich und andere erst in den Ruin getrieben hatte und später so'n Quatsch hier komponierte *... zähl ja nicht voll, bin ja kein Mensch ... bin nur ein Johnny, zieh durch die Welt, singe für Money, tanze für Geld, Heimat ... ich werd dich niemals mehr sehen ... bin nur ein Johnny und kein weißer Mann, reich mir die Hand ... Heimat ... dich werd ich niemals mehr sehen ...* – Heimat? Dass ich nich lache!«, Otto steckte die Hände in die Taschen, lief auf und ab.

Zwischen einigen Tanzorchester-Platten und dem Horst-Wessel-Lied – »rein in Ton und Klang« – fiel mir eine langspielende Derby auf, die nicht da hineingehörte.

»Leo Monosson«, las ich vor.

Otto stürzte zu mir, entriss mir die Platte, starrte sie

ungläubig an – mit einer Scham, die so wehgetan haben musste, ging er zum Fenster über seinem Bett, öffnete es und warf die schwarze Scheibe wie einen Frisbee hinaus.

In der bedrohlich klirrenden Luft, in der selbst der kahle Atemhauch des Geästs an den Bäumen sich nicht zu regen wagte und violett anlief, in diesem Eisflug durch einen unendlichen Abgrund, flog die Platte immerfort ... flog immer weiter ... drehte sich und drehte sich dabei ... drehte und drehte sich ... und drehte und drehte sich und flog flügellos über die ganze Stadt ... bis Monossons feine und überlegene, intelligent sinnliche Stimme erklang, eine Stimme, in der auch seine Augen sangen ... entspannte, dunkle, märchenhafte Augen, deren Heimat Berlin war ... *ich hab kein Auto, ich hab kein Rittergut ... das Einz'ge was ich hab, ich hab dich lieb ... ich bin kein Rothschild, bin nicht vom blauen Blut, das Einz'ge was ich bin, ich bin dir gut ... ich kann kein Englisch, auch boxen kann ich nicht ... das Einz'ge was ich kann, ich kann nicht leben ohne dich.*

FÜNF

Fern des Reichs starb Stefan George.

Ob er selbst wusste, dass er gerade starb?

sprich nicht immer von dem laub, von dem zittern der libellen, in gewittern

Nein? Soll ich nicht? Was, wenn ich es tue?

So viele haben an ihn gedacht, im Augenblick des Todes. Ob er es spürte? Die Meistergottheit mit den weichen Befehlen, der lebendige Tempel.

glanz und ruhm rausch und qual traum und tod

Mit seinen Augen küsste er, wo andere jetzt straften, wo andere nun jagten.

sprich nicht immer von dem laub, baden wir im sanften blau, der mit duft umhüllten gränzen, werden unsre leiber glänzen, klarer scheinen als der tau

Ein plötzlich ruhig verstreichender Dezember in Deutschland.

Weit davon, *verliess der schwan das spiel*

An seinem Grab ein junger Claus Schenk Graf von Stauffenberg. Gescheitelte, aber dunkle Wellen, nachdenklich gekräuselt vom Nieselregen, streiften seine Stirn.

Schweizer Nacht am Morgen. Blau-blaue Luft.

sprich nicht immer von dem laub, vom zerschellen der reifen quitten, von den tritten der vernichter, spät im jahr

Auch ein anderer wiederholte dieselbe Zeile in seinem Buch, ein Junge der deutschen autonomen Jungenschaft, ein Jugendlicher namens Hans Scholl, der das Licht seiner Nachtlampe ausknipste. An seiner Kinderzimmerwand eine Radierung Hitlers. Jeden Abend hängt der Vater sie ab, sobald er heimkommt, legt sie in eine Schublade. Jeden Abend holt Hans sie wieder hervor, hängt sie zurück an ihren Platz.

SECHS

Die Nadel des Koffergrammophons von Witwe Heilscher setzte an und Mozarts neunte Sinfonie begann und begann wie so oft bei Mozart *sofort.* Fiel mit allem zur Tür herein, was er zu bieten hatte als Komponist, perfekte Temperatur, Ekstase, Schönheit.

Emil Cioran lag auf seinem Bett in der Schumannstraße in Berlin und nahtlos war das Jahr 1934 angebrochen. Nach einem kurzen Besuch in Bukarest, er wollte dort einen Vortrag zur Metaphysik anhören sowie einen Abstecher in eine der Irrenanstalten unternehmen, was er dann auch tat, mit zwei engen Freunden, war er nun zurück im Reich. Musik und Metaphysik waren Synonyme, waren eins. Mit dem Tod. Und der Tod war Musik und Musik, das war der Tod. Wohingegen das Leben nur ein Abklatsch Gottes, ein Spitzname der Liebe war, nicht wert der Tiefe, nicht wert der Beschäftigung.

Nie hörte er Musik ohne eine Bedingung. Er erwartete von ihr, ja vom Höchsten, was Mozart für ihn war, die Befreiung von allen Sehnsüchten der Unsterblichkeit, ihn seiner zärtlichsten Vorstellungen zu berauben, während das Mächtigste in ihn eindringt. Über die sonnenfinsternisähnliche Harmonie Mozarts wollte er seine Haut aufgelöst, seine letzten Funken Hoffnung einschlafen wissen. Hast du die stärksten Empfindungen? Töte sie mit noch stärkeren!

Neigst du zum Wahnsinn? Besuch eine Klapse! In Bukarest gab es lauter wunderbare kleine Höllen, feine kleine Menschen-Untergänge. Das Ende der Reinheit. Kloake der Träume. Der blanke Spiegel. Ausguss für alle Täuschungen.

Für Cioran kam es einer beruhigenden Droge gleich, Schritt für Schritt die offenstehenden Türen zu passieren, den Geruch absoluten Stillstands zu erfahren, all das Gestöhne von zerfetzten Herzen, von ausgeschlachteten Erinnerungen, von Eingeweiden, die die Seele okkupieren, um sich noch weiter aufzublähen in ihrer Angst. Manche waren ans Bett gegürtet, mit Riemen der Unendlichkeit aus Leder, von ihren Laken tropfte es flüssigen Kot und ihre Augen waren Höhlen, die keiner betreten würde. In denen war kein Wort mehr wie etwa in anderen Kranken, die sich krank reden oder nicht aufhören aus ihrer Fantasie zu rezitieren, die Reden verfassen und darin sich überschlagen wie ein aufwirbelnder Sturm. Nein, diese Kranken hier waren krank, weil sie nicht einmal mehr das Wort kannten, ihre Stimme verloren, ihre Gedanken entzogen bekommen hatten, sie waren Klumpen.

Hingen die Menschen nicht doch eigentlich mehr an Don Quixote als an Jesus? Der Ritter von trauriger Gestalt gegen den Ritter am Kreuz. Jesus gab sein Leben für alle, Don Quixote verschwendete seines an eine imaginäre Liebe und im Abgrund der Seele ist Don Quixotes Erfahrung tiefer schürfend, tollkühner, endgültiger. In Jesus beteuern die Menschen alles gefunden, ja der Verzweiflung entgangen zu sein. Allein, lagen sie jetzt nicht Wand an Wand, Zimmer für Zimmer da in dieser Anstalt?

Nach Don Quixote verlangt nie jemand. Er hatte sich für nichts vergeudet, er musste auch nicht geboren werden, genau darum hat ihn keiner verstanden. Sein Nichts, sich fürs Nichts hinzugeben, mehr kann man nicht erreichen, weiter kann man nicht gehen, kommen.

Cioran war klar, wenn das Leben keinen Sinn hatte, warum es dann nicht dem Nichts widmen?

Stolz lag er da, der junge und schöne Rumäne mit dem zart unversehrten Körper, mit dem Haar aus braunem Laub, raschelnd auf dem Berliner Kissen. Stolz, den Reiz der Heilung durch Musik zu kennen, stolz, nicht an Menschen zu glauben, stolz, die Geburt als Verrat schlechthin an allem entlarvt und stolz, die eigentliche Sünde gefunden zu haben: die Schuld ohne das Weil.

Immer war das so, immer gab man ja zu, schuldig zu sein, doch keiner je *für* etwas. Hier in Deutschland aber wurde die menschliche Urangst konkret, lebendig, ja sichtbar!

Hier *wollte* man sündig sein und gab es nicht nur unter der Folter zu, hier führte man sogar aus, wofür, warum und weshalb. Hier war Sünde die Entscheidung, der Weg, der Glanz. Hier war endlich Schluss mit lustig, Schluss mit der Scheinheiligkeit einer Menschheit!

Mozarts Violinen stachen in ihn ein, er lachte auf, presste sein helles Lachen ins Kissen! Sein Hirn drehte sich ganz ohne ihn, ein Kreisel aus Mozart, Mozart, Mozart!

– Frau Heilscher klopfte.

»Junga Mann, wolln wa denn? Die Rede des Führars beginnt jetze.«

Otto Krause wollte sich auch gleich zu seiner Familie gesellen, zuvor noch zog er sich kurz in sein Zimmer zurück. Das

Zittern war schon lästig. Das Zittern im Kopf noch schlimmer. Ein Tropfen Blut fiel von der Decke. Wie an jenem Tag, an dem der Jude Fritz ausgepeitscht wurde. Von neun SA-Männern, einer von ihnen Otto. Aufgehört hatten sie nicht, als Fritz sich schon gar nicht mehr bewegte auf dem Boden, sondern erst, als ein Tropfen Blut von der Decke fiel, in einer eigenartigen Zeitlupe. Eine Perle Blut gegen die blutverschmierten Gesichter der SA nach dem Auspeitschen. Warum musste dieser Jude denn auch noch so schnoddrig werden, Otto und seine Kameraden würden ja bereit sein, sich menschlich zu verhalten, aber wenn einer sagt »Ohne deine SA-Uniform am Leib bist du nichts« oder »Was, wenn die Herrenrasse nicht deine wäre?« oder »Das Bürgertum in euch ist nichts wert«? Wie soll man da anders reagieren als mit Blut?

Blut war überall gewesen in dem Keller und kam jetzt manchmal auch aus seinem Kleiderschrank geflossen, nachts, wenn er schlotternd im Bett lag. Dann floss es durchs Schlüsselloch in sein Zimmer, eimerweise. Das verriet er niemandem. Besser nicht.

– Schweißgebadet öffnete er jetzt seinen Kleiderschrank, entnahm einem sauber verriegelten Kästchen eine Spritze sowie eine kleine gläserne Heroin-Ampulle. Er setzt sich, zog den Ärmel des Hemdes über die Armkehle und ballte die junge feste Faust. Hoch-Taumel floss in seine deutschen Adern. Silber, Mut und Härte, ein angenehmes leichtes Prickeln, ein pointierter, heroischer Klarsinn, eine samtige Gewissheit, sogar Vogelzwitschern mitten im Bauch!

Ja, an Vaters Arbeitsstätte arbeitete man sauber, ohne Verunreinigungen aus dem Ausland, und der Papa wusste ja, dass das dem Otto half, auch durchs Medizinstudium oder gegen die ständige Migräne. Adrenalin wisperte in ihm auf, sollten die nächsten Stunden doch kommen und jede Stunde war ein Zeitalter im Tausendjährigen Reich!

Er legte sich zurück, lächelte. Heute war der Theo da gewesen. Hat sich brav alles angehört, was der Otto ihm ans Herz gelegt hat. *Der Führer braucht dich jetzt. Deine Ehre is deine Treue.* Hat er sich alles angehört, der Theo.

Theo ... Mann, hatte der beispiellos aufregende blaue Augen und Otto strahlte, denn Leo Monosson sang in seiner Brust.

Die ganze Welt ist himmelblau ... wenn ich in deine Augen schau ... und ich frag dabei, bist auch du so treu ... wie das Blau, wie das Blau deiner Augen? So blau, so blau, so blau ...

Ich sitze auf dem Sofa neben Witwe Heilscher.

Sie schaut stumm auf die Uhr über der Tür, vor uns auf dem Tisch steht ihr Volksempfänger.

Frontal.

Oben abgerundet, in dunkler Holzverkleidung, größer als ich annahm, kreatürlich, mit drei Drehknöpfen und einem Fenster ins Universum, das von einem groben, blickdichten Vorhang ganz bekleidet ist.

Da draußen, hier drinnen, keiner macht einen Mucks.

Sie dreht rechts.

Ein Summen.

Dann ein Rauschen.

Dumpf abgefangenes, stark abgeschwächtes, sirenenartiges Knisterheulen.

Sekundenlang.

Da ist *jemand.*

Hinter dem Gerät, hinter dem Stück Stoff, hinter dem Loch im Kasten.

Da ist *jemand.*

Ein Lauern.

Ebbe.

Buchstaben.

Worte.

Fließen sachte an.

Die Sätze bekommen einen Umriss, sie fließen geschmeidiger, wollen kommen.

Eine Stimme zeichnet sich ab, ein Körper liegt in ihr.

Welliger, die Ebbe schnappt jetzt.

Schnappt zu.

Scharf.

Der Körper zerschellt an seiner eigenen Stimme, sie wird Körper, sie umgibt mich, uns.

Die Ebbe schwillt an.

Dunkler.

Dunkler!

Immer dunkler!

Wellen brechen sich an meinem Herzen!

Mein Herz gibt auf!

Verschwindet!

Schwarze Flut!

Überall!

Überall!

Überall!

Emil Cioran durchquerte betrübt die tiefsten Rillen, Spalten und Einkerbungen des riesenhaften Tiergarten. Es war spät nachts, zwei oder vielleicht auch drei Uhr. Ein paar farblose Blätter an den Bäumen. Seine Beine wollten nicht anhalten. Wussten nicht wohin. Über ihm nicht ein einziger Stern. Kein Reitertrab in der Nähe. Nichts.

Er spürte, wie alle Musik, die er in seinem ganzen Leben gehört hatte, in ihm verschmolz zu einer gedehnt-zischenden Apokalypse ... sich langzog ... und ihn in eine unendliche Auflösung riss. Wie stolz sie immer auf ihre Vernunft gewesen waren, wie diese Vernunft nun der Beherrschung einer einzigen Stimme folgte.

War er noch immer neben der Geschichte oder war er jetzt in ihr, ein Beteiligter? Jetzt, wo er die Gerda gesehen hatte in einem Toreingang der Schumannstraße, zusammen mit dem Juden, den er am Tag seiner Ankunft mit Otto beobachtet hatte. War er spätestens, frühestens jetzt beteiligt?

Wo endete der Tiergarten, wo seine Einsamkeit und wo beginnt eine Aufgabe? Muss ein Auge handeln? Oder darf es nur Auge sein?

Tragt mich, wohin ihr wollt, sagte er zu seinen schmerzenden Füßen. Ihm war kalt. Sehr kalt.

An der Siegessäule ging er lange Minuten herum, in weiten Bögen umkreiste er sie, zwischen Reichstagsgebäude und Krolloper.

Aus dem nass bis in seine Wimpern hängenden Nebel fuhr eine schwer-massige Mercedes-Benz-Limousine an. Sie fuhr langsam. Ein gigantisch glänzendes Maul mit schmalem Vorderfenster und immensen Lichtern glomm an Emil vorbei. Unverkennbar darin mit rabenschwarzbläulich-metallischem Haar, mit Narben im Gesicht so tief, dass selbst im zersprühenden Laternenlicht ihre zu mehreren breiten Furchen verheilten Fechtschnittwunden sichtbar waren – Rudolf Diels, 33 Jahre, Chef von Hitlers Gestapo. Nimmt die Hände nicht aus den Hosentaschen, ganz gleich, wer vor ihm steht. Selbst wenn es Göring ist.

SIEBEN

Otto betrat und bestaunte Theos nigelnagelneue Junggesellenwohnung.

Zwei Zimmer. Im ersten befanden sich zwei geblümte Sessel, die Wände liefen fort im Blumenmuster, mit großen langen Fenstern und einem niedrigen Bücherregal. Im zweiten, und Otto musste auflachen, als er es beging, eine Bar, quer die ganze Wand entlang, und in der hinteren vom Raum eingeschlossenen Nische ein breitgelagertes Sofa, auf dem Theo auch schlief.

»Teufelskerl!«, lachte Otto und stand neben ihm vor den wenigen, doch erlesenen Flaschen. Dann erläuterte Theo die Gläser in ihrer Form, die alle auf den Kopf gestellt und auf weißen Servietten im Barschrank standen. »Hier haben wir ein *Pony*«, er griff nach einem kleinen, leicht ballonartigen Glas und hielt es gegen das Nachmittagslicht. »Hier ein *Porto,* wie du siehst, ist es nach oben hin offener«, er umkreiste mit seinem Finger den Glasrand. »Dieses ist ein *Knickerbein*«, er reichte Otto einen feinen, kelchförmigen Trichter auf langem gläsernen Stiel.

»Bin beeindruckt«, sagte Otto und schmunzelte. Er begutachtete die vier Barhocker. »Richtig, richtig beeindruckt bin ich.«

»Soll ich uns was machen?«

»So'n Schnaps wär jetzt nich verkehrt«, sagte Otto.

»Bist ja öd, kann uns doch was Richtiges schütteln«, sagte Theo.

»Lass ma.«

Theo füllte zwei kleine Gläser mit Pflaumenschnaps auf und setzte sich zu Otto auf das Sofa in der Nische, die weiß getäfelt war, mit kleinen arkadischen Abbildungen und der Toteninsel Böcklins.

Otto lehnte sich zurück, den Kopf mit dem hellbraunen Haar auf der Nackenrolle. »Wo hast'n dis alles her, die Flaschen mein ich?«

»Hab ich mir mit ein paar anderen Jungs rechtmäßig beschafft«, Theo lehnte sich gegen die Wand und über ihm trieb ein unbekanntes Wesen auf einen steinernen Hain schwarzer Zypressen zu.

»Ich sag jetzt mal nix«, warf Otto streng lächelnd ein und griff nervös in seine Taschen, seine *Trommler* hatte er zuhause vergessen.

»Bin unruhig, will endlich deinen Text in Händen halten, konnte die letzten Tage an nix anderes denken, zeig ihn mir, ich will ihn endlich lesen. Hab, wie versprochen, auf diesen Moment gewartet und ihn mir nich vorher besorgt.«

Theo zog aus der kleinen Eckkommode neben sich eine Zeitung hervor und reichte sie Otto. »Seite fünf beginnt's, Auflage fünftausend, erscheint an gleich mehreren Hochschulen.«

Otto sah sich das Titelbild an. Nebel, der sich lichtete, darin eine wie aufblitzende Inschrift, *Patriam*, er schlug sie auf, erhob sich langsam lesend und mit leuchtenden Augen stellte er sich mitten in den Raum und rezitierte:

Deutschland!
Deutschland ist mehr als Stadt, Land und Fluss. Deutschland ist die grau-silberne Wolke am rötlichen Abend, die mich beruhigt und an mich selbst erinnert. Viel zu lange habe ich zugeschaut, wie mein Heimatland verlustigt oder als Sorgenkind bemitleidet wird. Mein Großvater hat das noch beweint, Kameraden. Mein Vater dann im Krieg zur Strafe für die Tränen ein Auge verloren. Ich heule nicht mehr. Ich wüte gegen die Welt, gegen die Gestirne, gegen alles, was mich im Stich lassen will.
Ich fing selbst an zu schwächeln, als mir Freunde den Spiegel vorhielten und ich erschrecken musste. Ich bin zwanzig, doch ich trage Falten so tief wie ein Flussdelta. Wer ich bin? Ich bin Theodor Lohse, Deutscher, Student der Rechtswissenschaften in Berlin, Berliner, gelte als Sonderbegabung.
»Sonderbegabt.« Ausweis des Juden, nicht wahr? Ist er nicht auch von Geburt sonderbegabt, der Jud? Ist es aber wirklich so? Und: Wo wird mein Leben sein? Wie wird es sein? Die ganze Welt würde doch in mich hineinpassen, wäre da nicht der Jud.

Seit ich denken kann, seit ich ein Gewissen besitze, fressen die, was sie nur kriegen können, bevor irgendwer sonst da ran kann und eh man dann da ist, ist alles schon weg. Sind wir Deutschen Verlierer? Ja, wir haben uns selbst verloren. Wir haben unsere Augen getrübt, unsere Zungen vergiftet. Die große Aufgabe steht nun an, die Aufgabe der Aussortierung der jüdischen Rasse aus unserer, sie nicht länger, ja, keinen Tag mehr weiter als deutsche Staatsbürger zu betrachten, wäre das Erste.

Sie gehören frei geschaufelt, sie sind nicht, was wir sind, dieser Unterschied ist lebensnotwendig für das Überdauern unserer deutschen Rasse. Möge man mir an dieser Stelle meine lapidar verdichtete Ausdrucksweise verzeihen, nicht anders bilden sich Worte bei diesem ekelhaftesten aller Gegenstände, Kameraden der Stunde.
Erzogen bin ich christlich, liebe deinen Nächsten, nicht stehlen und nicht lügen. Aber die Pfaffen, die vergessen zu haben scheinen, dass es Judenpöbel war, der Jesus ans Kreuz brachte, brauchen jetzt einen guten Grund mitzuziehen. Sie heißt es mitzureißen in die wahren heiligen Gedanken an unser germanisches Herrenmenschentum. Erst der Germane kann glauben, einzig der Germane gewährt Gott den Blick in das Herz der Wahrheit, das hart wie Stein ist, weil es unser Herz ist. Nur der Deutsche kann die Religion in einem zeitgemäßen Wert neuschöpfen, an das Heldische glauben, nicht an Geister. An kräftige neue Symbole, nicht an das Kreuz.

Erfahren habe ich den Abschaum unserer Gesellschaft, das Judentum in Deutschland, am eigenen Leib. Abends, wenn ich nachhause fuhr auf meinem Drahtesel, wie oft, Kameraden, sah ich sie da überall aus ihren Lokalen torkelnd. »Blondchen«, riefen sie mir nach, »dein Schneider muss aber mehr können, wenn du gegen uns in den Krieg ziehst!« und dergleichen. Ich spuckte jedes Mal ein bisschen mehr auf die Straße. Einer von denen hat sich einmal mit einem Geldschein den Regenschlamm von den Schuhen gewischt und den Schein dann wie eine unwichtige Notiz in den Straßenschacht fallen lassen und

so auch gehen sie mit der deutschen Seele um, mit dem deutschen Blut, mit dem deutschen Geist, darum hätten sie uns ja auch so gern auf ewig im Völkerbund gesehen, dieser französischsten aller Lügen, um uns endgültig zu beherrschen.
Wir machen das alles brav mit, ich aber sage, wacht auf, eh es zu spät sein wird, und es wird zu spät sein, wenn wir sie nicht ein für alle Mal anhalten in ihrem materiellen Hunger, in ihrer raubenden Gier, in ihrer heimatlos sich aufdrängenden Allgegenwart. Sie sind gesellschaftlich betrachtet eine Seuche, doch seit Jahrhunderten rühmen sie sich, etwas außerhalb der menschlichen Norm Schillerndes zu sein.
Tatsache ist, Jud, du bist ein Pornograf, darin bist du begabt. Ganz groß im Arische-Frauen-Aussaugen. Du bist begabt als Zuhälter und Geldablecker. Du bist ein hohes Talent, wenn's um dicke Immobilien geht, ganz zu schweigen vom Bankgeschäft, das du kunstvoll zu deiner Identität machtest, wo dir nichts anderes geblieben war, kein Spiegel aus Erde und Heimat. Ja, Bankier, das bist du, von der Privatbank zum Börsenwahn, über Anlage- und Handelsbank, bis ganz weit hoch zu den Aktienbanken und ihrem Depositengeschäft samt Zweigstellennetz. Ist alles nachzulesen in der preußischen Kapitalemissionsstatistik, beim Durchblättern fast ausschließlich jüdische Namen. Überfremdung des deutschen Grundbesitzes, könnte man sagen. Raus mit euch, könnte man sagen.

Auch den Appetit auf gute deutsche Butter hat der Jud mir versaut, seh ich nur überall »Gebrüder Weinberger«

stehen, wie sie alles aufkaufen und alle beliefern mit ihrem Fraß. So auch was Korn und Hopfen, Eier und Bekleidung angeht, überall sind sie ganz vorne im Großhandel, im Vermitteln, im Absahnen. Allein mit ihren jüdischen Warenhäusern, die unterstützt werden von ihren jüdischen Bankhäusern, wo sie einzig ihre Juden anstellen, machen sie wirtschaftlich bereits fast 80 Prozent Anteil aus. Mit ihren Spezialgeschäften haben sie den deutschen Mittelstand verdrängt, ihre Position in der deutschen Wirtschaft war noch nie so erheblich, der Hausvogteiplatz noch nie so jüdisch. Ja, Herr Leiser, wärst du doch mal wirklich l e i s e r aufgetreten.

Wo es mir aber schlicht unmöglich wird weiterzugehen, das ist ihr unbedingtes Hineinwollen in die deutsche Geschichte. Was aber, Cohen, hast du mit deutscher Geschichte am Hut? Es ist nicht die Geschichte deiner Väter, nicht dein Urquell. Du sitzt als fette Henne auf einem Ei, das nicht aus dir kommt. Wann wirst auch du es endlich begreifen, dass wir Deutschen dich ebenso wenig brauchen, wie wir Sozialdemokraten brauchen, die in ihrer faulenden Grube aus Parteienorgien die letzten Jahre ohne ein Wort der Wahrheit, ohne eine echte Stellungnahme, ohne ein Neudenken der Verfassung haben wie gelähmt verstreichen und verenden lassen und gefühlt immer irgendwo da oben saßen, wo sie in aller Ruhe auf uns runter seihen konnten. Gefühlt bin ich in einem gemeingefährlichen Vakuum aufgewachsen, aus dem ich mich befreien muss. Gefühlt war da keine Jugend, nur Nachdenken. Und der Kommunist, der wird nicht einmal da benötigt, wo er es vielleicht selbst glaubt. Ein Verhasster selbst unter Kommunisten, die schlitzen sich gegenseitig auf, ihr Zusammenhalt besteht aus Zwist, aus implodierendem Chaos, aus leerem Getöse, aus staats-zersetzendem Geistesmaterial, aus Waffengewalt, aus politischen Liebschaften. Schon ihre Bibel, das »Manifest«, nichts als Hass und Asche, sie verdienen kein Mitleid.

Ich stimme ein in die vom Nationalsozialistischen Deutschen Studentenbund geforderte Entjudung der Hochschullehrerschaft, denn denken sie, so denken sie jüdisch. Raus mit einem Martin Wolff, raus mit den Juden an unserer Universität. Unsere Rasse ist unser Schicksal, nicht unser Geld.

Theodor Lohse, Juristische Fakultät, Friedrich-Wilhelms-Universität Berlin, Frühjahr 1934

Otto stand da, seine mandelbraunen Augen überboten sich gegenseitig. »Du hast wahrlich bewiesen, wer du bist. Du hast jeden Zweifel über deine wahre Gesinnung aus dem Weg geräumt«, er küsste das Blatt und ging zu Theo, legte sich neben ihn.

Die Stille im Raum mischte sich mit dem Schnapsparfüm aus Theos Atem. »Ist das eigentlich ein echtes Braunhemd, was du trägst?«, fragte er.

»Ja«, antwortete Otto, »ein echtes, kein selbstgemachtes. Hab sogar noch eins für dich im Schrank.«

Theos Linsen, blau wie sein Veilchenlikör im Barregal, suchten Ottos Profil ab.

»Hab Lust ... hab solche Lust dich ... anzufassen«, murmelte Otto und sein Herz raste stumm.

Theo warf das leere Glas vor sich auf das Polster. »Mach doch«, sagte er trocken und streifte die schmal ledernen Hosenträger von den Schultern.

Das Boot vor dem Eingang der Zypressen lag leer auf dem Wasser. Die weiße Gestalt darin, die auf die Toteninsel zufuhr, sie war verschwunden. Hatte sie die Mauern betreten? Den Leichnam überreicht?

ACHT

Eine Toteninsel ist Berlin, wenn man Angst hat. Wenn man tagelang, nächteweit nicht weiß, wie es weitergeht. Robert Fuchs wusste nicht, wie es weitergeht. Seit Otto ihm die Zeitung unterm Arm weggerissen und mitten auf die Straße geworfen hatte, war er sich sicher, die Dinge würden nicht mehr zurückfließen, zurück in Hoffnung. Stündlich versuchte er sich zu erinnern, was sein Sohn Felix alles geschrieben hatte im vergangenen Jahr, all die Essays und Artikel, die nun eine große Gefahr darstellten. Einige hatte er schon aus der Wohnung des Sohnes, der sich derzeit in New York aufhielt, herausgeschmuggelt, hatte sie auf dem Küchentisch bei sich verbrannt, nachdem er sie gelesen und an seine Lider geschmiegt hatte.

Robert Fuchs war der bestaussehende Mann in der Auguststraße. Ging er morgens aus dem Haus, dann wurde diese Straße leichter, die Leute wurden es auch, wenn sie ihn sahen, Fuchs hob dann ein jedes Mal seinen Hut. Moosfarbene Augen hatte er, wie Moos in seltenen Wäldern Finnlands, da, wo Menschen nicht hingelangen, der Teil des Waldes, der nur sich selbst gehört, der Wald-Wald. Feine schwarze Fäden von Brauen darübergehaucht. Ein schmales langes Gesicht, darin eine feine und muskulöse Nase, die über dem schmal und taktvoll abwartenden Lächeln entstieg. Graues Haar an den Schläfen, die von zahlreichen Altersflecken geschmückt waren. Das Kinn stolz, heiter und auch ein wenig bang. Der Hals schlank und vom eleganten Kehlkopf konkav modelliert. Ohne Anzug kein Spaziergang. Ohne den klaren wissbegierigen Blick keine Begegnung. Jeder Mensch war für ihn eine ernstzunehmende Gegenwart.

Felix war alles für ihn, sah aus wie Fuchs als junger Mann, mit wollig gewelltem, dunkelbraunem Haar und denselben zwei Sichel-Falten um den Mund. Er sehnte sich unerträglich nach seinem Sohn, es riss ihm die Brust auseinander.

Noch einmal, ein letztes Mal, las er Wort für Wort den – dem Himmel sei Dank, dachte er, – unveröffentlichten Text von Felix. Er sollte in einem parteilosen Blatt erscheinen, doch Felix war mit dem drohenden Schriftleitergesetz von Goebbels plötzlich kopflos abgereist und die Zeilen blieben liegen.

Trage ich Kaftan? Heiße ich Cohen? Ich stelle mich entschlossen gegen die verleumderische Hässlichkeit deutschnationaler Randalierer. Tausende Juden (sogenannte) haben das Land verlassen, manche sind zurückgekehrt, dabei traf es nicht das Paralleluniversum Scheunenviertel, sondern angesehene Ärzte, Rechtsanwälte und Architekten, Regisseure, Kaufmänner und Professoren, Menschen der deutschen Gesellschaft! Hört, ihr Haufen Geführter: Auch ich bin Jude, mein Vater ist es, meine Mutter war es, meine ganze Familie. Was aber soll dieser Sammelbegriff, der zu einer einzigen Schande und Beschimpfung verkommen ist, bedeuten? Was ist ein Jude?

»Der geschichtlich immer gleich gebliebene Kern des Bösen«, heißt es da als Antwort.
Ist aber das nicht ein wenig zu abstrakt für den Hass auf alles Entartete und für die doch vorgetäuschte Schärfe und Genauigkeit der Rechten oder wie sie sich selbst nennen, der Reichsdeutschen? Ein elendes geistiges Armutszeugnis ist es, *Jude* zu sagen, nicht jedoch *Mensch*, ja mehr noch *deutsch*. Denn ich bin weder jüdisch erzogen, noch eile ich am Tag den Gebeten nach. Aufgewachsen bin ich weltoffen und mit dem Ziel, aufrichtig zu leben, zu geben und zu finden. Konvertieren war nicht nötig, weil wir uns deutsch fühlten, weil wir deutsch dachten, weil Berlin unsere Stadt, weil Deutschland unsere Heimat ist.
Mein Vater, der unter anderem Referent für Musik- und Theaterangelegenheiten im Ministerium für Wissenschaft, Kunst und Volksbildung war, wurde jetzt entlassen. Einer seiner besten Freunde – ein Jude, wie man so sagt – ein den jüdischen Glauben praktizierender Arzt, hat eines der trefflichsten Blut stillenden Mittel erfunden, was auch in der Zahnheilkunde und bei Knochenverletzungen erfolgreich eingesetzt wird. Doch die Zulassung wurde ihm vor wenigen Wochen entzogen, das alles, obwohl er Frontkämpfer im Ersten Weltkrieg war, bei dem sein Bruder das Leben verlor für sein geliebtes Deutschland. Ich will an dieser Stelle nicht verschweigen, dass zahlreiche NSDAP-Mitglieder heimlich, still und leise ihre Geschlechtskrankheiten haben bei ihm behandeln lassen. Sein Sohn, ein begabter Medizinstudent, musste sich kürzlich einer rassischen Untersuchung unterziehen, bei der man ihn nochmal als

»mediterran« hat »springen« lassen. Nordisch, ostisch, fälisch, dinarisch, alpin und und und. Wo führt das hin? In die Stagnation des Irrsinns, richtig? Seinen Cousin hat die Hochschule trotz ausgezeichneter Noten gar nicht erst aufgenommen.
Verlasse Deutschland, sagt man mir, sagt man meinem Vater, denn ihr »riecht jüdisch«. Mein Vater darauf nur: »Ich war schon in Deutschland kein Nationalist, was soll ich es nun in Palästina werden?«
Auch verbitten wir uns jegliche Gegenüberstellungen und Vergleiche mit einem Jakob Michael, dessen Verhalten in der Finanzwelt für große Entrüstung gesorgt hat. Er ist ein Schlächter des Geldes, ein Mann, ganz ohne Seele geboren. Er hat die ohnehin an einem allerletzten Faden nur hängende Verbindung zwischen Deutschen und Juden schlimm zerrissen. Oder ist es vielmehr die Tatsache, dass er euch mit weitaus vernichtenderen und gewandteren Gehirnwindungen seiner kriminellen Geschäftstätigkeit übertroffen hat, sein Geld lieber jeder Spielbank auf der Welt anvertraut als euren deutschen Banken und euch auch weiterhin ausschabt, wo er nur kann? Haben die letzten Jahrhunderte ausschließliches Turnen, Säbeln und Paradieren euren blutsdeutschen Geist entmündigt?
Ich denke mir, die Hysterie der Rasse-Deutschen rührt aus einem nun vollkommen ans Licht getretenen Minderwertigkeitskomplex jedem jüdischen Aspekt gegenüber, ihre Tausenden Entlassungen und Beurlaubungen zeigen, wie angesehen, wie hochkarätig Deutschland durch sogenannte Juden gesteigert war. Anders kann ich es mir nicht erklären als durch innerste Selbstwert-

losigkeit und Leere und der Verachtung für jeden, der sie übertreffen mag. Auch in meinem Beruf, dem Königreich der Worte, sagen sie den sogenannten Juden unverhältnismäßige Präsenz nach. Schreiben »wir« womöglich wirklich präziser, fundierter, eleganter, rauschhafter, witziger, lebendiger, vertrauender, furchtloser, gebildeter?

Felix Fuchs, Journalist, Berlin 1933

Robert Fuchs holte sich einen Blumentopf von seinem Fenstersims im fünften Stock des Mietshauses, seit dem Tod seiner Frau hatte man dort keine Blumen mehr im Wind gesehen, klappte sein kleines Feuerzeug auf, ein silbern ummanteltes und kostbar gearbeitetes Stück, ein Geschenk von Felix, und er lachte auf, denn in dem maschinengeschriebenen Text war Felix ein Tippfehler unterlaufen, er hatte versehentlich »Rase-Deutschen« statt »Rasse-Deutschen« geschrieben. Dann knipste er und das Blatt fing Feuer. Er legte es in den Blumentopf, eine kleine Glut fraß sich in die Worte seines Sohnes.

Beunruhigt über die lauernde Stille in seiner Wohnung, schritt er die Zimmer ab. Da waren seine Bücher, sein Diwan mit den riesigen, an den Rändern schon etwas zerfressenen Seidenkissen und da war Berlin. Berlin überall in ihm. Berlin, mit seinem etwas dumpf vertrauten Eigengeruch.

Er nahm den Hörer seines Fernsprechers zur Hand, ließ sich mit seinem Freund verbinden.

»Wollte nur reden. Fühl mich nicht gut«, sagte Fuchs trüb.

»Robat! Du pass ma uff, 'k ruf da gleich zurück, hab nur eehm Bösuch hier, weeste. 'n junga Bildhaua, der Herr Breka, sehr vielvasprechend kaik nur sagen, musste ma kennenlernen. 'k meld ma ina Stunde oder so, einvastanden Robat? Ina Stunde rufik zurück! Janz böstimmt! Bis ina Stunde!«

Dann wandte sich der Angerufene, dessen Brauen wie die Buchstaben »Re« des persischen Alphabets über den schwarzen Augen spannten, wieder seinem Gast zu, der ihn zum Fenster winkte. Draußen, im leblos hellen Tageslicht, zog, vom Brandenburger Tor auf die Linden zu, ein SA-Trupp auf.

Vor den Augen begann es zu schwirren. Es waren nicht Hunderte, es waren Tausende. Ihre Körper schmolzen zusammen zu einem Fluss aus Rostbraun, einem Fluss aus verkrustetem Blut.

Sie waren entspannt, sie waren einzeln und sie waren eins.

Sie flossen vom Tiergarten wie aus dem in sich flüsternden Schoß eines Dämons weiter durchs Brandenburger Tor, sie flossen in ihren stacheligen Ellenbogen die Prachtstraße entlang, links und rechts geschützt von weiteren Hunderten fest geschlossenen Braunhemden, wie Spiegel, die sich selbst betrachten. Eine böse Wunderstunde öffnete sich wie eine verfluchte Schatulle mitten in der Stadt, mitten in der Welt.

Menschen standen entrückt da, Männer in Hüten, Frauen, den Einkauf stehen lassend, ein Junge kletterte den Mast einer Laterne empor, klammerte sich daran wie an einen gusseisernen Dorn, der aus dem Universum herabgefallen war.

Ihre SA-Kappen waren der Unendlichkeit ausgerichtet,

um die Gesichter geschnürt wie Zügel, hoch oben beritten und geführt von der Quadriga, deren Streitwagen von unheilvollen Pferden wie im angreifenden Sturz auf die Menschen an den Fäden des Schicksals zerrte.

NEUN

Otto und ich bestiegen den Bus nach Grunewald. Berlin! Was für eine Stadt du bist!

Jedes Mal, wenn die Würmer an Straßenbahnen an meinem Ohr entlang kreischten und ihre Oberleitung wie ein außerirdischer Kraftantrieb brutzelte, war ich reanimiert! Jedes Mal, wenn Fahrrad und Fahrrad wie ineinander fuhren, ohne einander zu berühren, lächelte ich! Jedes Mal, wenn ein Mann in Hut und Anzug wie auf traumartig verlängerten Stelzen über den brodelnden, fettigen Straßenpuls grätschte wie ein aufgeklappter Zirkel auf dem Papier eines Architekten, flog ich weg!

Diese Welt ist von so krankhafter und unheimlicher Schönheit. Es will alles über mir türmend stürzen.

Grunewald stiegen wir aus. Otto hielt mir noch meinen kleinen Handspiegel, während er mir genaue Anweisungen gab, wie ich meine Haare sorgfältig zur Seite kämme. »Paar Tropfen genügen bei dir wohl nich, Kamerad, du musst, fürcht ich, schon die halbe Flasche über dir ausgießen«, sagte er und reichte mir die Brillantine. Ich versuchte, so auszusehen wie er, ich geb es zu. Ich wollte groß sein, doch ich war schmächtig, wollte entschlossen aussehen, aber ich war ein Zweifler und gemeißelt hätte ich gern gewirkt, obwohl ich aus salzigem Marzipan war.

Dann verwuschelte er mein Werk wieder und rannte mit dem Spiegel davon. Ich ihm lachend hinterher. Alles von vorne.

Einigermaßen zufrieden mit meiner für kurze Zeit sortierten Haarwiese, grinste er mich an.

Ich mochte diesen Kerl. Wie er da so stand, durchzuckt von einer Unruhe, die mich tief verstörte.

»Du, Otto«, druckste ich rum, »die Gerda, also deine Gerda, ich habe sie … seht ihr euch noch?«

»Klar!«, rief er. »Dis is doch meine Liebste, weißte doch, Großer. Und ihr seid ja praktisch Nachbarn ina Schumann. Hast du sie mal gesehen?«

»Ich?«, fragte ich. »Ich weiß gar nicht so genau«, ich geriet in Verlegenheit. »Mag sie gewesen sein, mag jedoch auch eine andere Frau gesehen haben. Ich bin oft in Gedanken, weißt du?«, log ich wie gedruckt, noch Gerdas Zunge erinnernd, die sich am Toreingang mitten in das Ohr jenes jüdischen jungen Mannes schlängelte, den ich am Tag meiner Ankunft mit Otto sah.

»Ihr Philosophen, ihr!«, lachte er und nass war seine bleiche Stirn. Wir rauchten noch eine.

Er nahm wieder den steilen Kasten aus Bus zurück in die Stadt, beim Einsteigen rief er mir zu, sich am stählernen Griff neben der Bustür wie an einer Reling ins Ungewisse rausschwingend: »Und denk dran, Emil, ehrenwerte Leute sind dis, aber im Grunewald liegt nich die Wahrheit, die liegt *hier*«, und er drückte die schmirglige Faust gegen sein Herz. »Dis Vaterland is hier drin zuhause und nich in den schicken Villen!«

Benno hatte es eingefädelt, dass ich einen Staatsrechtler kennenlerne, der soeben anstelle des begabten jüdischen Zivilisten Martin Wolff – der seinen ohnehin schon zu einer Abstellkammer eingelaufenen Hörsaal unter Schreien und Schlüsselpfiffen der SA-Studenten mit seinen Schriften unterm Arm und einem wortlosen Herzen verlassen musste – an die Friedrich-Wilhelms-Universität berufen worden war. Ich sollte ihn im Haus eines berühmten Soziologen treffen, dessen rumänische Frau einen namhaften Salon führte, in den ich Einlass fand.

Ein Diener in gestreifter Seidenweste und weißen Handschuhen öffnete mir in der Humboldtstraße 35a und bat mich preußisch herein. Der Hausherr, ein groß gewachsener Mann, streckte mir die Hand entgegen, es war Werner Sombart, dessen ganzes Wesen vorsichtig, mild und doch auch erheblich erschöpft und verschlossen war, von Besessenheiten durchmischt, von Bedürfnissen gequält. Hinter seinem Zwicker funkelten mich Bälle aus Scharfsinn an, Hüter eines Wissens, das ihn, so schien mir, selbst erschrecken ließ. Ein Blick, ungläubig über die eigene grenzenlose Kenntnis und Durchdringung.

»Ihr Händedruck, junger Mann, ist eindeutig zu lasch«, fand er und riet mir, der ich ihm wohl empfindlich vorkam, unbedingt immer kalt zu duschen und nicht in geheizten Räumen zu schlafen. Ich versprach es.

Er führte mich in angenehmen Bewegungen durch die wild redende Menge an stehenden und sitzenden Gästen zu seiner Frau. »Corina«, sagte er, »hier ist der junge rumänische Philosoph.«

Die junge Corina Sombart warf mir einen interessierten, nicht zu interessierten Blick zu, musterte mich kurz von oben bis unten und stach dann mit ihren dunklen Augen in meine helldunklen, als wolle sie sagen: *Dass wir beide Rumänen sind, darauf bilde dir nichts ein.* Sie trug ein bordeaux-rotes langes rückenfreies Kleid, ihre dicken schwarzen Haare wild zusammengesteckt, die klar milchige Haut leuchtete zwischen diesem verschluckten Rot des Stoffes und dem erst recht alles wegschluckenden Sog ihres widerspenstigen Haars.

Eindeutig eine Irre, genau wie meine Mutter. Es ist diese anmutige, rumänische Tollwut, die ich sogleich in rumänischen Augen finde, ein heimliches Toben, ein immer-Enttäuschtsein, verfeinerter Wahnsinn, ein Übel, ein hochkonzentriertes Geheimnis, die Schlimmsten von allen sind wir!

Ich konnte vor Schreck nichts sagen, hatte sie mich doch mit ihrer Schönheit bedroht, konnte sie nur zurückanfunkeln, ihrem alchemistischen Ausdruck etwas ebenso unhörbar Düsteres und Allwissendes zurück-versetzen. Denn was sie nicht kannte, war meine Verachtung für alles Weibliche. Jedes Laken könnte ich verbrennen, auf dem sie je lagen, jedes Kissen mit Sprüchen verwünschen, in das ihr Haar je einstach und mir seither meine Träume entzauberte. Weg mit allen heiligen Frauen, tausendmal lieber die grausame Melodie einer Hure mitsamt ihren Magengeräuschen. Ach, je mehr man über sie nachdenkt, desto weniger versteht man sie. Aber was auch verstehen? Da ist kein Verständnis in ihrem nur der Verlockung dienenden Körper. Mir doch egal, wenn sie französische Gedichte in ihrem Salon vortragen. Sie sind einen Orgasmus lang wertvoll, weil dann die Welt einmal nie dagewesen ist, nur Wolken, Himmel, Wolken ... mit Himmel auf Wolken ... und mit mir in ihrem Hauch.

Sie küsste mich einmal links und einmal rechts, während sie meinen Nacken festhielt. Ich war sofort steif. Ich hielt mir das Glas vor die Hose.

Ich gestehe, meine Welt kippt immer leicht, wenn eine Rumänin vor mir steht, noch dazu so angreifend. Ich fühle mich augenblicklich von einer riesigen unsichtbaren Hand wie eine Schachfigur zurückgeschoben nach Siebenbürgen, raus aus der Geschichte, raus aus der Vernunft, raus aus jedem Gleichgewicht und ich weiß nicht, was geschehen wäre, hätte mir Werner Sombart nicht in genau diesem Moment Carl Schmitt vorgestellt, der sogar noch kleiner war als ich!

Carl Schmitt oder, wie er sich selbst nannte, Schmitt-Dorotič, nach seiner serbischen Frau, die ihn wiederum als *Herr Schmitt* siezte. Er schaute mir direkt in die Augen, so mitten hinein, sie waren anders als die deutschen Augen, unteuflisch trotz des Besitzes von Schlüsseln der seltensten Höllen, sie waren so großartig. Meine Versuchung, meinen begehrenden Hass der Hausherrin gegenüber, da war ich mir gewiss, hatte er binnen Sekunden bemerkt, meinen Hang zum Absoluten, meine Schwäche für das Entsetzliche, die Finsternis meines absurden Gewebes.

Da stand ich und da stand er und verdammt, warum schüttelten wir uns immer noch die Hände? Waren wir erschrocken übereinander? Konnten wir unsere Gedanken wirklich lesen? Hatte er alles in mir erblickt, alles, was ich je an Perversem, an Wundersamem, an Weitherzigem geträumt? Und hatte ich ihn mit meinen Taschenlampen durchronnen, hatte ich die Anomalie seiner Seele demaskiert, seine Verlorenheit, die er mit Ehrgeiz und den wohl juristisch weltbesten Aufsätzen zu verbergen suchte?

»Sagen Sie mir, junger begabter Gardist, haben Sie sich eigentlich inzwischen umgebracht?«, er nahm einen Schluck, als hätte er nach den Wetteraussichten gefragt.

Ich spürte, wie meine Füße kitzelten, wie mein Rücken verhärtete und wie meine Zunge, leicht gelähmt, aufgewühlt und aufgegeilt von Corinas Haus-Cocktail – ein Drittel Gin, ein Drittel Grapefruitsaft, ein Drittel Champagner – nach der *besten* Antwort aller Zeiten suchte. Ich spielte am Knoten meiner fein gestrickten Krawatte und dachte eine Sekunde nach. Eine Sekunde, die einmal von einem auf einen anderen Planeten springen musste für eine solche Frage, denn es war die Musterung eines philosophischen Meisters, das Attentat eines Rätslers auf den anderen und nur durch Eis und Feuer, durch jedes Fieber, das ich je durchstanden, durch jeden Traum und jede Krähe, die ich je verjagte, einzig durch den Sturz in den grenzenlos gewölbten Raum der Existenz, durch die Unerträglichkeit aller Erinnerungen, konnte ich diese Antwort geben.

»Ich bin leider zu gut vorbereitet. Für den Selbstmord aber muss man vor*bestimmt* sein. Darum habe ich mich entschieden, den Selbstmord nur noch zu betrachten, indem ich an allem zweifle.«

Wir guckten uns an wie zwei winzige Fische in der Meerestiefe, frontal ratlos.

»Sind Sie vorbestimmt für Deutschland?«

»Als Feind der Moral, als Gegner jedes ethischen Absolutismus, als jemand, für den Gut und Böse primitive Worte sind, ist Deutschland das Paradies! Deutschland ist die einzige Form der Wahrheit, das einzige Land ohne Lügen, einzig hier ist Gesundheit unheilbar. Seine Einsamkeit hat der Führer in Herrschaft verwandelt, seine Verzweiflung in universale Rebellion und seine Vernunft in ein einziges Gesetz, das er selbst ist. Er hat Macht verstanden und lebt nun meinen einzigen Berufswunsch: Unterdrücker. Könnte ich meine Seelenschmerzen ebenso wie er umtauschen gegen all die Großzügigkeiten Satans, würde ich keinen Augenblick zögern. Deutschland ist der einzige Ort, der einen Philosophen beglückt und einen Historiker fassungslos macht. Diese große, eitle und überschwängliche Mischung aus Barbarei, Enthusiasmus und Verzweiflung, wo auf Erden gäbe es sie sonst?

In Prag redete ein Tscheche zwölf Stunden auf mich ein und plädierte für die Demokratie, ich war auch nach zwölf Stunden nicht überzeugt. Er bedauerte den Mangel an Brutalität bei den deutschen Sozialdemokraten, ist aber das nicht längst sein Kompliment an die Nationalsozialisten gewesen? Warum darf Philosophie irrational sein, Politik aber nicht? Professoren wissen viel, doch man kann nichts von ihnen lernen. Was ich von Deutschland gelernt habe? Demokratie ist das größte Scheingeschäft. Deutschland hat seine Weltangst zu körperlicher Metaphysik gewandelt, eine groteske Höchstleistung. Diese Hingabe ans Sinnlose. Genau das brauch ich jetzt!« – Das habe ich mir, beiläufig erwähnt, ein ganzes Leben lang beibehalten, dieses auf jemanden Einreden, bis derjenige mich für meinen Worthagel an Pathos zutiefst verachtet.

Carl Schmitt sah mich an, das Kinn matschig-unbeeindruckt, die riesigen fabelhaften Augen inquisitorisch mitleidlos, aber doch auch irgendwie von meinem Giftkuss wachgetippt und wohlig angewidert. Immerhin.

»Ihre romantisch tragische Haltung bedeutet nichts im Raum der Welten. Rom bedeutet etwas, England bedeutet etwas, Sie bedeuten nichts, doch Sie ehrt, dass Sie das wissen, wenn Sie in Ihrem soeben erschienenen Roman die Sinnlosigkeit der Welt an Ihrer eigenen Existenz beweisen wollen. Sie glauben, indem Sie Ihre Melancholie foltern, werden Sie bedeutender, aber ich sage Ihnen voraus, dass Sie nicht an sich zerbrechen werden und dass Sie kein, wie Sie in Ihrem Buch schreiben, kein *Monopol des Leidens* innehaben, wenn Sie sich aus allem anderen Leid herausselektieren, sogar, wie Sie ja selber ausführen, wissend, dass es noch viel schlimmeres Leid gibt, wenn Sie etwa denjenigen beschreiben, *dem die Haut sich in Fetzen vom Fleisch ablöst,* weil er noch weit mehr Anlass als Sie hat, zu verzagen. Sie haben das im vergangenen Jahr in Rumänien verfasst, da waren Sie noch nie hier gewesen, mir liest es sich wie eine eigenartige Vorahnung, ich weiß nur noch nicht, worauf.«

»Vorahnung meines Wahnsinns, nicht mehr«, sagte ich.

»Richtig, Ihr *höchster Wahnsinn,* wie Sie schreiben. Kenne Ihr Buch nur in Teilen aus meinem rumänischen Bekanntenkreis, klar, der *höchste Wahnsinn,* ja so war's, denn Sie sind der *Einzige,* schreiben Sie, der *keinerlei Hoffnung* mehr in sich hegt und doch tragen Sie ungewollt sehr viel Reichtum in sich, die riesigen Wortwellen sind die eines großen Denkenden, der all das fühlt, was er sagt, ich sehe den Glanz ... Tanz ... den Pfauenschwanz Ihrer Fantasie, sie allein ist Ihre Sorge, doch auch in ihr allein sind Sie zuhause und *nicht* hier, in einem Reich, das noch vieles zu endgültiger Spitze steigern muss, um für einen geistigen Prinzen, wie Sie es sind, eine Heimat zu werden. Wo Sie ganz richtig gehen, sind die Zweifel an der Demokratie. Sie unterscheidet sich von der Diktatur lediglich durch eine höflichere Sprache.«

Ich schaute in seine Worte wie in Regentropfen, die verlorenzugehen drohen, finge man sie nicht auf. Doch wo ist ein solches Flakon sie einzusammeln, ihren Lichtklang, ihre Glasperlen?

Ich war allein, allein mit einem Zauberer, zuständig für sehr dunkle Säfte. Er besaß etwas Zerbrechliches, aber er konnte alles. Ich sah ihn vor mir, in seinem Cocktail wühlen, als suchte er nach sich selbst. Ich glaube, er wollte Corina noch sehnlicher als ich, wollte die ganze Welt verschlingen und sie feiner wieder ausgebären. Er war jung, wie im Schock begabt, er konnte alles denken, er war da für die Nazis und wenn es sein musste, konnte er sich schrumpfen. Er war gut für Deutschland, treu dem Augenblick, treu der schwarzen Magie und auch zur selben Zeit abgestoßen von jedem anderen Hirn.

»In den Blättern, die in Ihrer Heimat erscheinen«, sagte er, »nehmen Sie eine beachtenswerte Stellung ein. Sie sind Anfang zwanzig, doch man vertraut Ihnen den Weltblick an. Chapeau. Und mir scheint, obwohl Sie die Gemüter bei sich daheim mächtig aufheizen und Ihrem Land fast schon den eigenen Stolz nehmen, wenn Sie so sehr uns Deutsche loben, so sehe ich auch ein deutliches Gespür für Ironie, für überragende Skepsis, die sich durch nichts aus der Fassung bringen lässt und die trotz aller Lust und Sympathie Parallelen sucht, um nicht allein dem deutschen Weg zu verfallen. Sie rennen nicht mit der Zeit, Sie rennen eine gewisse Anzahl von Millimetern versetzt, genau diese Millimeter sind manchmal die überlegenere Freiheit. Sie müssen nur auch an Rumänien denken, Sie haben das Privileg aus der primitiv vergeblichen rumänischen Versuchung in ein nahezu totales Deutschland zu treten, die Natürlichkeit dieser Revolution zu bezeugen, die eben genau so stattfinden musste und vollkommen rechtmäßig ist. Jetzt will Ihre Heimat das natürlich wiederholen, halte ich für gewagt. Oh, bitte, verstehen Sie mich richtig, wenn es einen Gott gibt, so ist er dort zuhause, bei Ihnen, so kann er sich dort nur entspannen. Was ich sagen will, ist vielmehr, geben Sie Acht auf sich. Sehen Sie, es gibt auf der Welt Menschen und es gibt Gesetze. Deutschland aber hat jetzt ein neues Gesetz verabschiedet, sich selbst, in einer inneren Bewegung, in einer beinah schon politischen Biologie. Es ist *natürliches Recht,* wenn Sie so wollen, was hier gerade entstanden ist. Selten in der Geschichte der Menschheit und nicht übertragbar. Der Staat hat die Augen geöffnet, ist von allein aufgewacht. Das macht jedoch Deutschland noch zu keiner Heimat für jene, die die Wahrheit nicht weiter suchen wollen, weil sie das Leugnen verführerischer finden. Verbrennen Sie sich nur nicht an all dem Hinundhergespringe die Füße und verbrennen Sie auch nicht Ihre Heimaterde, denn dann werden Sie irgendwann nirgends mehr zuhause sein.«

Meinte er meinen Sprung der Planeten oder meinte er, dass ich zum Scheitern verurteilt war?

Ich stand vor seinen temperaturlosen Worten, in den Augenblick eingenäht, ich spürte die Stiche seines unübertrefflichen Garns. Ich hatte plötzlich ein unbeschreibliches Heimweh nach jedem einzelnen Staubkorn Rumäniens, nach den vom Sonnenuntergang angeglommenen Hügeln der Verachtung in Sibiù und fragte mich, ob ich die nächste Minute überstehen würde?

»Die Augen hat Deutschland wahrlich geöffnet, Professor Schmitt«, sagte ich. »Doch Sie verschweigen gekonnt: Ist solch ein Auge einmal geöffnet, wankt das Gebäude der

Werte und der Mensch bleibt allein und wortlos vor einer stummen Wirklichkeit zurück. So oder so ist alles auf das Herrlichste verloren!«

»Wenn alles verloren ist, was wollen Sie dann mit Ihren Texten sagen?«, fragte er.

»Man schreibt nicht, weil man etwas zu sagen hat, man schreibt, weil man *Lust* hat, etwas zu sagen«, oh ja, ich *würde* die nächste Minute überstehen! Sogar mein Nuscheln, mein Sprachfehler, mein R vom anderen Ende Europas klangen übel vollendet.

»Sie schreiben sogar über die Juden und wieder kann ich nur warnen, das Verhältnis der Deutschen zu den Juden ist ein einzigartig echtes«, schnitt er plötzlich an, »darin ungemein konkret und unmöglich, die Juden sollten als eigenständige Rasse existieren, nur so können wir sie schützen, darum gebührt den Zionisten alle Ehre. Denn die jüdische Assimilation bedroht das deutsche Staatswohl, da sie sich nicht mit uns verbinden, sondern sich lediglich gesellschaftlich und wirtschaftlich platzieren. Was aber halten Sie ganz persönlich von Juden? Nicht als Rumäne in Deutschland, nicht als entsandter Gardist, nicht als Geschmacksspion für große Revolutionen, nicht als Student in Berlin, sondern als Herr Cioran?«

Was ich von Juden hielt? »Ich glaube, ich hasse sie, weil ich sie viel zu sehr liebe, und da ich nicht weiß, warum ich sie so bewundere, hasse ich sie noch mehr, und weil sich die ganze Welt um sie allein dreht und kein bisschen um mich, hasse ich sie dreifach. Sie sind lebendiges Drama. Immer akosmisch. Anti-Masse. Ihre Vorfahren ruhen auf der ganzen Welt verstreut, sie besitzen keine Gräber, nur sich selbst. Da ist keine Heimat, ihr Zuhause ist der Exodus. All das beneide ich. Gleichsam sind sie das Interessanteste an Deutschland, denn sie lassen Deutschland einzigartig erscheinen. Ohne die Juden hätte Deutschland keine Anatomie, keine Psychologie. Jedoch, bitte vergessen Sie, was ich soeben von mir gab, ich ahne nicht, wohin die Reise hier geht, und ich möchte noch nicht erwachen, ich möchte die Explosion der Zeit noch weiter schmecken. Wenn Sie also heute Nacht ins Bett gehen, blinzeln Sie dem Führerbildnis in Ihrem Schlafgemach einmal für mich zu, er wird mir meine tausend Zungen hoffentlich nachsehen.«

Carl Schmitt lächelte zum ersten Mal. »Ich muss Sie enttäuschen, junger Freund, über meinem Schreibtisch hängt nicht Adolf Hitler. Dort hängt ein Portrait von Disraeli.«

Otto sprang vom LKW und sah sich um. Es war ein lauer Frühjahrsabend. Mehrere Tische, weiß eingedeckt, standen vor dem Eingang des *Lutter & Wegner* und Otto ging hinein, die Treppen hinab, mit der Beteuerung, als ihn ein Kellner mit Parteiabzeichen grüßte, dringend pissen zu müssen. Auf der Toilette holte er ein kleines Päckchen aus seiner Brusttasche des Braunhemdes hervor, Heroin in Pulverform. Einen halben Finger lang, eine halbe Nacht stark. Er leckte es ganz ab, rieb es sich über die Augen, über die Zunge, übers pochende Zahnfleisch, über das Herz. Dann sah er in den Spiegel vor sich.

Diels hatte alles kaputt gemacht, das Maß war voll. Fast alle Lager waren geschlossen worden, ihre SA-Quartiere eins nach dem anderen aufgelöst, einzelne SA-Offiziere und SA-Männer sogar angeklagt und verurteilt, es reichte Otto, das war nicht der Plan. Diels hätte er gerne persönlich ins Gesicht geschossen.

Gestärkt und finster stand er mitten im Restaurant. Das späte Gendarmenmarkt-Abendlicht fiel wie ein gekonnt geführter Bühnenscheinwerfer durch die Fenster. Er ging zu einem Tisch, an dem ein Paar speiste, nahm das Rotweinglas des Mannes und trank es aus.

»Entschuldigen Sie mal, was fällt Ihnen ein?«, rief dieser und stand wütend auf.

Otto schmeckte dem Wein nach, verzog das Gesicht und zerschlug dann das Glas am Kopf des Mannes. Die Frau schrie auf. Andere Gäste erhoben sich. Dem Mann wurde schwindlig und er fiel auf seinen Stuhl zurück.

»Was los?«, rief Otto traurig schaurig und legte die Arme um den Sitzenden. »Schon müde?«

Eine Kellnerin erschien. Otto musterte sie. »Na, wer is denn da? Deiner Nase nach biste die noch einzige hier verbliebene Sarah, is dis richtig junge Dame? Ich kenn deinen Namen, ich kenn deine Juden-Eltern, was machst'n du noch hier eigentlich?«

Ein korpulenter Mann schritt dazwischen, eine Zigarre wie einen sechsten Finger an der Hand.

»Da biste ja, Nicht-Arier!«, rief Otto.

»Ganz recht, da bin ich, mein arischer Gast«, sagte der Mann, der der Besitzer des Restaurants war, der Großkaufmann und Kunstsammler Max Böhm, hier, in seinem »Lieblingskind«, wie er zu sagen pflegte, seinem *Lutter & Wegner.*

»Mensch, hab dich gesucht und gesucht«, sagte Otto und in diesem Augenblick fielen zwanzig bis dreißig weitere SA-Männer in die Weinstuben ein, die dunkelhölzern getäfelt waren.

»Wir sind bereits gleichgeschaltet, junger Herr«, sagte Böhm unerschütterlich. »Als Geschäftsführer bin ich ausgeschieden, die meisten meiner jüdischen Mitarbeiter und Freunde wurden entlassen, Sie haben weder Recht noch Anlass für Ihren Auftritt hier und die Körperverletzung eben, die lasse ich freilich ahnden.«

»Dis mit dem Recht, dis lass mal unsere Sache sein! Du machst hier bald gar nix mehr!«, drohte Otto.

»Allet so schick hier«, fand ein SA-Mann und warf die kleinen Vasen von den Fensternischen. Sie zerbrachen.

»Hatta alles selbst bezahlt!«, rief Otto seinem Kameraden zu. »Mensch Böhm, wirst ja immer fetter. Nix scheint deinen Geldbeutel zu schmälern, oder? Auch ina Krise nich. Deutsche Familien hatten, kaum war die Miete bezahlt, nix mehr zu futtern übrig, da hast du nich aufhören können zu schlemmen wie'n Rabbi und ina Uhland in deinem Haus soll's ja goldene Wände geben. Bist eben, wie es alle Kathedralen Europas an ihren ehrwürdigen Mauern abbilden, eine Judensau, die an den prallen Zitzen unersättlicher Schweine saugt.«

Max Böhm, dessen dunkle Augen abwartend auf Otto lagen, fragte sich, ob der Punkt allmählich doch gekommen war, der Punkt der Umkehrung seines ganzen bisherigen Lebens? Aber warum wollte er es nicht wahrhaben? Warum konnte er Deutschland nicht verlassen, wie es viele seiner Freunde längst taten? Warum blieb er immer noch jeden Morgen an derselben Stelle in der Charlottenstraße stehen und atmete diesen Duft aus Stein, Violinstunde und Frischfischverlader ein?

»Dieses Lokal hier ist also immer noch im Besitz eines Judens. Und das soll Gleichschaltung sein?«, rief ein SA-Mann.

»Eines Juden«, korrigierte Max Böhm und zeigte gelassen hoch zum Ausgang. »Meine Herren.«

»Wie jetzt?«, rief Otto. »Willst uns nich hier haben? Dürfen nich mitfressen? Deutsche Angestellte, hört! Befolgt nicht seine Anweisungen! Es handelt sich um einen nimmersatten Juden, der nich hierher gehört. Missachtet ihn, wo ihr nur könnt!«

Max Böhm sagte nichts, er fühlte nur noch, wie er unsichtbar und unsichtbarer wurde und das bei stattlicher Körpermasse. Er dachte kurz: »Ganz unrecht hat der Bursche ja nicht. Hab zwar keine Wände aus Gold, aber Gold hing da mal ohne Zweifel.«

Ja. Das Gold der Gemälde deutscher Maler. Ausschließlich deutscher Maler. Portraits im Wind. Bauernhöfe am Nachmittag. Landstriche im Schweigen. Kein einziger französischer Impressionist. Nichts Französisches. Alles deutsche Maler, seine große Liebe. Thoma, Trübner, Liebermann, Schuch, Leibl, Leistikow. Jetzt waren sie so gut wie alle versteigert, musste und wollte Böhm doch als fairer Deutscher den deutschen Banken helfen.

»Der kooft, ohne zu fragen!«, scherzte liebevoll einmal sein Freund vom Pariser Platz über Böhms Kunstsammlung, eben jener Freund, der den wartenden Robert Fuchs noch immer nicht zurückgerufen hat.

ZEHN

Ich verließ das Haus der Sombarts, fiel in den Grunewald, weiter erinnere ich mich nicht. Vielleicht war ich betrunken, vielleicht war ich kurz vor einem Nervenzusammenbruch und vielleicht genügte mein Vorrat an Zynismus nicht, um hier mitzuhalten. Die Nacht war da, meine verhasste Prinzessin, einzige Geliebte, die Pause des Durchdrehens bei fortlaufend vollem Bewusstsein.

Meine Haare, zerrauft, als hätte ich darin nach dem *einen* alles erlösenden Haar gesucht!

Einsam bin ich, wisst ihr? Richtig einsam.

Es gibt die Einsamkeit, die man fühlt in der Welt, und es gibt die Einsamkeit der Welt. Das sind meine ständigen zwei Räume, ich will brüllen, ich will sterben, aber ganz ohne den Tod, er ist banal, weil er doch nur alle betrifft, weil er in allen liegt, weil selbst der Tod mich nicht außergewöhnlich machen wird.

Wisst ihr jedoch, wie es ist, wenn man der Einzige unter allen Oberflächen ist, der nicht in den Schlaf findet? Wenn man von der Nacht verschlungen wird, wenn sie unter einem klafft und man Stunde für Stunde einen Stein in ihre Grotte wirft und horcht und er niemals da unten auftrifft, da oben ankommt? Wie unendlich meine Traurigkeit dann leuchtet?

Eine Welt der Macht und eine Welt der Liebe. Wo dazwischen fand ich Platz? Wo darin statt? Macht war nicht meine Genetik, ich kannte nur die Grausamkeit. Und Liebe, ein einziges Scheitern, ein Ausspritzen ins Nichts.

Dieses unwahre Leben.

Mir wurde bewusst, in diesem Berlin der Theorien und der Ideale war ich nur ein Absteiger, ein Mensch ohne Geltung, ohne Teilhabe, ein Fremder, denn das Leben selbst war mir fremd und nur mit meiner unerschöpflichen Gabe der Geistesgestörtheit, die mir meine Mutter mitgegeben hatte, würde ich dieses ganze Dasein weiterführen können.

Meine Schlaflosigkeit hatte sich längst und seit Jahren in Langeweile gekehrt, in vulgäre Melancholie. Parallel zu den Sterblichen zu wachen ist wie eine ständige Vision. Für den Einschlafenden verschwindet der Tag, das Erlebte, die Angst. Der Wachende aber ist die lebendige Gestalt der Fäulnis der Stunden, er sitzt oder steht oder liegt unverändert vom Tag da und kann es durch nichts brechen, vergessen, entschärfen. Am nächsten Morgen ist er derselbe Blutsauger, während jener, der geschlafen hat, zumindest eine Voraussetzung erlangt hat, ganz neu zu sein.

In Sibiù habe ich manchmal eine Woche lang nicht geschlafen, zwei Wochen oder auch drei. Ich schlief nicht mehr ein, versteht ihr? Ich weiß nicht, wie ich das überlebte, weiß nur, dass die Bewohner von einem Gespenst sprachen, das nachts umging, um ihre Häuser, um die Wipfel ihrer Waldhöhen. Das muss ich gewesen sein.

Ich kann nur am Anfang oder am Ende der Welt leben, kann nur ich sein und werde nie etwas anderes besitzen als Stillstand oder Delirium. Was sollte ich nur mit mir anfangen? Warum wurde im Leben die Dimension der Sehnsucht nicht ganz einfach ausgespart? Warum hatten der späte Buddha und der junge Hitler nun Gleichstand bei mir? Waren sie doch beide Wahrheit und doch auch genauso verhüllte Wahrheit.

In die kalte Nachtluft hauchte ich für Stunden rumänische Worte vor mich hin.

Moarte ... singuratic ... insuportabil ... mamă ... monstru.

Wobei Mutter und Monster nur Synonyme waren.

▬

Ein Mercedes-Benz Typ 380 fuhr in den geräuschlosen Grunewald hinein. Weit, weit in ihn rein.

Sein Fahrer, ein Polizeioffizier, stieg aus und zündete sich eine Zigarette an, vertrat sich die Beine bei den Fichten, die gerade noch enger zusammenrückten als tagsüber.

Im Wagen auf den schmal aufgeblähten Bögen des weißen Lederrücksitzes saß Rudolf Diels.

Auf ihm eine Frau, die die Spangen ihrer Frisur löste und die Schnallen ihrer schwarzweißen, lochgesteppten, hochhackigen Glattlederpumps.

Diels streifte das Sakko seines asphaltfarbenen, dreiteiligen Anzugs von sich, zerrte an der Krawatte, öffnete seine weit geschnittene Bundfaltenhose. Seine Hände wussten, was sie taten, die Lippen waberten vom Wein und seine Augen pochten selbst im Dunkeln, durchsichtig und massiv, wie die verchromten Speichen seiner Autoreifen.

»Komm ... komm ...«, flüsterte er, »komm ... ja, komm ... komm, komm ...«, er löste die drei Haken an ihrem Rücken und das schwere Kleid öffnete sich wie von selbst. Zurück blieben ihre geschwollenen Brüste, genau vor seinem Gesicht. Er kostete ihre Spitzen. »Komm ... komm näher«, bat er, »komm ganz nah ...«, er zog das Kleid über ihre Hüften, sie glitten ineinander.

Die dezent langen, äußerst schmalen Fenster, nach hinten abgerundet, schimmernd umrahmt, behielten den Wald im Blick.

Sie bewegte sich wie auf einem Kamel, das Kamel, Diels, war ganz ruhig, schnappte nur hin und wieder nach Luft, während er ihr ein immer deutlicheres »O« erkreisendes Becken festhielt und ihren brennenden Atem einsog. Sie rieb sich so heftig an ihm, dass sich die Zeit überschlug, überkörperliche Physik, wie wenn in einem Kristalldrink heißer Sirup an schwerkantigen Eiswürfeln zerschellt.

»Tiefer«, sagte sie, »noch tiefer ... noch viel, viel tiefer musst du.«

Er ließ sich etwas nach unten rutschen, hob sie dafür höher, seine Schenkel stießen sie jetzt im geschmeidigen Takt von sich. Stießen und stießen und stießen sie von sich. »So?«, fragte er immer wieder in wohltrainierter Atmung. »Genau ... genau ... genau so?«

Sie konnte nichts mehr sagen. Sie wurde hochgefedert ... hochgefedert ... hochgefedert und ihre zu drei großen federleichten Schlangenschleifen gerollten Haartollen wedelten ... wedelten ... wedelten.

Diels schloss seine Augen, gleich würde er alles vergessen, gleich ... gleich würde er für den Schweif eines Augenblicks zerfließen. Sein Blut machte sich bereit. Sein Kopf lief heiß an. Seine Finger wurden fester.

Mit dem Kinn auf der Brust hielt er sie noch immer über sich, sie hüpfte wie eine wilde Reiterin ... hoch ... hoch ... hoch ... und hoch ... und hoch ... und hoch ... hoch und hoch ...

»Jetzt!«, warnte sie. »Komm! Komm! Komm du auch jetzt!«

Er erreichte sie so tief, traf sie so weich, als gelange er durch sie in eine andere Wirklichkeit. Vom Kopf bis zu den Zehen durchzuckte ihn köstlich schwereloser Schauder, Sekunden lang war er ewig.

Sie krallte sich an seinem dicht-seidenen, teerschwarzen Haar fest, ihre garnelenrot lackierten Finger gingen verloren zwischen seinen prachtvoll und sorgfältig zurückgekämmten Strähnen und er lief aus in der krausfeuchten Mitternacht ihres Körpers wie ein weißer Mond in großer Nacht.

Diels reichte ihr ihre Wäsche an, da wo man hätte ihre Schamhaare sehen können, umschloss roséfarbener Atlas alles, der Rest bestand aus Tüll oder Spitze, von zwei Seidenrosen versehen. Er betrachtete sie lächelnd, während sie sich anzog, mit seinem vollen, leicht geöffneten Mund.

»Du hast umwerfend gespielt. Die ganze Zeit wollte ich dich von der Bühne führen, vom Flügel und dem Publikum fort, in deine Kabine. Ich habe dieses Adagio noch nie zuvor so gehört, noch nie so antriebslos klug, als wolltest du allen zeigen, dass du keinen Ehrgeiz mehr hegst, nun, da du da saßt. Das machte dich unnahbar verführerisch.«

Sie sprang wieder auf ihn, umschloss ihn fest, begann ihn zu küssen, begann bei seinem gepflegten Haaransatz – die Rillen des Kamms waren einzeln zu zählen – fülliges Haar, schwarz wie Onyx-Edelsteine. Dann küsste sie seine Brauen, schwarzkohlig schattiert über den länglichen Gedanken-Augen. Die Nase war eine filigrane Zeichnung. Ihre Lippen fuhren seine leicht gewölbten Wangen fort, weiter die Schläfen zu den transparent fledermausartigen Ohren. Unter dem linken Ohrläppchen nahm ihre Zungenspitze die erste große Narbe in Form eines »V« auf, die sie im Zickzack ableckte, um dann zwischen seinem hinreißenden Mund die nächste schwere Narbe zu schmecken, die sich die liebliche Oberlippe hochschnitt, als sei ihm das Sprechen untersagt. Im rechten und wirklich hauchzarten Mundwinkel verweilte sie besonders gern, um dann die wohl drastischste Narbe abzufahren, ihre Zunge spürte, wie sich die Wange hier vom Kinn fast schon trennte, und sie war »in« seinem Gesicht, zwischen dieser Kluft aus Hoffnung und Hoffnungslosigkeit, Schrecken und Mut, so tief, dass es sie kribbelte, so tief, dass sie, während sie die letzten Narben, die genau das Kinn abschlossen, mitsamt seinem milden Rasierwassergeschmack einlutschte, sagte: »Du ... ich will schon wieder.«

Sie riss sich alles vom Leib, nackt, einzig die Schuhe blieben an, sah sie ihn todernst an, warf sich zur Seite, versank unter dem Fensterspalt, breitete die Beine, klappte ihre von durchfeuchtetem Haar schmatzenden Schamlippen auseinander. »Ich will deinen zaubernden Mund hier drin. Da, wo mein Klavierkonzert liegt.«

Der Fahrer zündete sich noch eine Zigarette an ...

Horst zeigte Otto den Revolver.

Es war null Uhr in Charlottenburg und nachts noch richtig kühl. Unter den Braunhemden aber gab es nichts zu frösteln und die Hitze ihrer Herzen für Deutschland war eine Fackel, auch ohne Feuerflammen, hatte Horst einmal gesagt, hätte er die »Sau-Büschee zestödd«!

»Iesch han da so viel gspüdd, so viel an tiewe Übezeuschuung für den Führeee …« – und er sah sich noch auf dem Opernplatz, die Augen in einem frenetischen Bluthunger geweitet, ohne Uniform, im weißen Hemd und Wollweste, die Sturmbinde am Oberarm, um sich hunderte Studenten und SA. Das Zelt aus Flammen stieg immer höher, fuhr fast strahlenartig zur Nacht hoch, wie ein Pakt aus Himmel und Hölle und Seiten voll todgeweihter Bücher schlugen aufgescheucht ihre Flügel im gleißenden Sturm und erschrien ein tausendfaches Flüstern aus dem lodernden Busch, der umstellt war von dutzenden rechten Armspeeren. Horst brach Exemplare von Alfred Neumanns *Der Teufel* auseinander, mit bloßen Händen riss er den Körper der Bücher entzwei und warf sie in die heischende Brunst.

Den Revolver jetzt, den hatte ihr SA-Gruppenführer ihnen geschenkt, er habe doch so viele davon.

»Jetzt müsste er gleich rauskommen«, Otto kauerte neben Horst – Kudamm Ecke Fasanen. Ein, zwei Wagen bretterten vorbei, dann passierte eine ganze Weile nichts.

Horst rauchte. Otto schwitzte, trat auf der Stelle. Heroin war im Verzug und sein Blut nahm ihm das gerade sehr übel.

»Ich schwör's dir doch, Horst, um diese Zeit kommt der da neuerdings immer raus.«

»Mir jucken die Fiengeee.«

Ottos Zahnfleisch klopfte. Er konnte sich nicht konzentrieren, ein schmieriger Film lag über seinen Linsen und der Kiefer enthüllte, unbetäubt, all seine Entzündungen.

»Da ieseeer!«, Horst sprang auf.

Ein Mann mittleren Alters ging mit einer Tasche den Kudamm runter Richtung Tauentzien. Die beiden folgten ihm.

Irgendwann merkte er das, blieb stehen. »Bitte, kann ich Ihnen weiterhelfen?«

Otto und Horst hatten ihn schon umstellt. Ottos Hände fächerten auf wie von hundert Fingern. Er starrte sie an, sah er hundert Finger? Er sah hundert Finger!

Horst, der dem Mann gegenüberstand, fragte unscheinbar monoton: »Moritz Hirsch?«

»Ja«, erwiderte dieser.

»Sie habben einen Vottrasch gehalten, noch dazuu ien Sexualberaddung un Ihrem Späddziaalgäbied: Abtreibbuung.«

»Ja«, sagte Hirsch. »Die jungen Damen kommen zu mir und wollen wissen, wie sie verhüten können, sie sind sehr dankbar dafür. Ich finde, keine Frau sollte ein Kind austragen, das sie unglücklich macht, nicht wahr, junger Freund?«

»Ihre Zuulasuung ies Ihnen seidd eim halben Jahr entzoschen, Sie haben siesch straffbar gemacht und geh iesch ferneee rieschdiesch, dass Sie auch weiddahien Ihr Juudentum foddsetzen?«

Ottos Haut begann überall schmerzhaft zu zwicken, sein Speichel schrie.

Hirsch erklärte etwas von einem außerhalb des Rahmens gehaltenen Vortrag, der schon lange geplant war, und dass er hier seine Praxis immer noch aufsuche für persönliche Studien, da schlug ihm Horst den in Kreuzmuster gepunzten Eisengriff des Revolvers bereits gegen den Mund. Hirsch sank wie bewusstlos zusammen und verschluckte sich an blutigen Zahnklumpen. Als er um Hilfe rief, schoss Horst wenige Zentimeter neben ihn auf den Boden. »Iesch gäbb dier drei Sekuunden wäggzuulaufen, dann knall iesch diesch ab, Saujuud!«

Und er begann zu zählen.

Eins, zwei ...

... Otto schrie: »DREI!«

Hirsch eilte los, strauchelte, fiel, stürmte weiter, rannte so schnell ihn sein Leben tragen konnte.

Der lachende Horst hinterher, Otto hinter Horst wurde langsamer, Horst dafür immer schneller.

Hirsch hetzte über Holzbretter, schlängelte sich durch Absperrgitter, ein Rabe rief von einem Ast, Horst schoss immer mal wieder in die Luft. »Die scheiis Buulen sollen siesch mal trauun, miesch heudde auufzuhalden!«

Hirsch bog in die Marburger rein, Otto schnaubte zwei Ecken entfernt vor sich hin, wie ein taumelnder Kreisel versuchte er, Horsts klackernden Stiefeltanz zu erspähen.

Unterhalb eines öffentlichen Fernsprechers kauerte Hirsch. In roter Fraktur drohte über ihm *Fasse dich kurz!*

Den Hörer gerade in der Hand und in seinen Taschen nach Münzen suchend, erschien leicht aus der Puste Horst vor ihm.

Die eigensinnig begabten, verspielt gebildeten Blicke Hirschs über dem blutzerschlagenen Mund schienen Horst auf die Palme zu bringen.

»Net nur Juud, sonnern auuch Sozialldämmokratt. Iesch han ja so genugg von eusch«, er trat ihn, Hirsch kreuzte die Arme, Horst legte los, ungefähr so, als wolle er Kartons zertreten mit seinen kastanienbraunen, eng geschnürten, am Knie zweifach gegürteten Lederstiefeln. Immer und immer wieder, wieder und wieder und immer wieder und immer wieder, wieder und immer wieder und immer, immer wieder ... bis Hirschs Arme niedersanken und ein dunkelroter Kopf voll Blutschleim auf dem edlen Mantel zurückblieb.

ELF

»Absacker«, sagt Rudolf Diels seinem Fahrer.

Bald darauf betritt er eine Bar, in der einige amerikanische Journalisten und deutsche Offiziere sitzen. Wie Diels hereingekommen ist, bemerkt keiner, er geht wie auf Watte, indische Tiger nähern sich auf diese Art und dann stehen sie plötzlich vor einem. Im langen Salz-und-Pfeffer-Mantel und dem Hut mit gebogener Krempe und Satinband, den er, erst an der Bar lehnend, vor sich ablegt und sich einmal übers spinnenschwarze Haar fährt.

Er raucht. Im Halbdunkeln stechen seine Narben wie japanische Holzschnitt-Lichtschatten von Ästen aus einem Traum in ihm hervor, der Traum kehrt sich nach außen auf sein Gesicht.

»Negermusik« klimpert wie regnendes Geschirr vom Himmel, als er drei Weinbrand hintereinander nimmt. Allein ist er nicht, sein Fahrer wartet vor der Tür auf ihn, wartet auf Rudolf Diels.

Rudolf Diels.

Groß, extrem schlank, durchfunkelnder Blick wie von Diamanten, die sich auf einen zuschrauben. Was wollen diese Diamanten?

Klassisch gekleidet, verheiratet, katholisch.

Sohn eines zu großem Wohlstand gekommenen Landwirts, Spross eines Stammes rheinischer Bauern, die sich noch nie gern einladen oder ausschließen ließen, altdeutscher Typus, selbstdefiniertes Auftreten, Bürgerlichkeit als Persönlichkeit, der Bauer ist der König über seine goldene Kartoffelernte und über sein Handeln.

Humanistisches Gymnasium, Latein und Griechisch, schließlich Studium der Rechtswissenschaften und der Philosophie sowie der Staatswissenschaften.

Die Philosophie, das ist ihm etwas, das immer in einem Wind hängt. Unfangbar, für Diels die eigentliche Psychologie oder umgekehrt? – dieses Hinseinsickern in den Menschen, in die ultimative Technik aus Lügen und Täuschungen, Wahrheitsfindung, Sprache und Ziel, zwischen denen irgendwo man selbst liegt?

Schlagende Verbindung, keiner schaffte da mehr Bier als er. Satisfaktionsfähig. Ironisch, kein Witze-Erzähler. Spricht fließend Englisch.

Jemand, bei dem man spürt, dass er lebt. Dass er wirklich am Leben ist und es sein will.

Gesinnung, deutsch-gerecht, christlich-ritterlich. Das Christentum, das ist doch schließlich die Grenze zur Selbstüberschätzung, das Innehalten vor dem Verbrechen und gleichzeitig selbst eine Unendlichkeit, die von der Kunst gegengelesen wird, so wie die Kunstgeschichte sich selbst im Auge behält. Ausgleich und Leidenschaft.

Göring, der für ihn Sympathie und Eifersucht zugleich empfindet, brüllt ihm gelegentlich was vor. Hitler mag ihn gern.

Allein ist Diels mit der Wahrheit, allein in ihr mit sich und mit seinem riesigen Schäferhund, der in einer Ecke seines Büros ohne Regung wacht, schneller als jede Waffe und mucksmäuschenstill, wenn sein Herr den Finger an den

Mund führt, mit spitz aufgestellten Ohren, die alles hören, wie der untote altägyptische Schakal Anubis. Sein Herr ist einzig und allein Rudolf Diels, der Samurai inmitten eines wagnerianischen Heldentheaters, das Haar nach hinten geschlagen, auch die Mandelaugen liegen wie in einem Holzschnitt Eishōsai Chōkis auf dem Gesicht. Sie sind bereit. Bereit für die Zeit, in der er lebt. Bereit, mit ihnen zu sehen, was er sehen muss. Seine Haut ähnelt dem Quarzit seiner Heimat zwischen Rhein, Lahn und Taunus, wie aufgebrochenes Gebirgsgestein, zum Schweigen verdammt.

Schon seine ersten Auftritte in der preußischen Innenverwaltung in den Zwanzigern stießen auf Verwunderung. Ein *Einzelner.* Wohlerzogen, geschickt, gepflegt, kein Nationalsozialist, gebildet, eigenwillig, eigenartig, eigenmächtig.

Da wurde Göring aufmerksam auf diesen hochgewachsenen, jedem reinredenden Bearbeiter antikommunistischer Angelegenheiten der Preußischen Politischen Polizei. Göring verabscheut die Kommunisten, es ist ein mehr schlachtenartiger, taktischer Hass. Ein Hass, der in den Hacken liegt, nicht im Quälen. Mit der Machtergreifung übernahm er und übernahm er auch Diels, den einstigen Referenten der Sozialdemokratie, den überparteilichen Fachmann und Juristen, weil er mit dem übrigen Personal des so gar nicht neuen Amtes, das er Unter den Linden vorfand, nichts zu tun haben wollte und etwas an Diels schon bei den ersten Begegnungen ein Jahr zuvor die Aufmerksamkeit Görings nicht nur weckte, sondern hielt. Es ist die Art, wie Diels eine sarkastische Frage beantwortet. Er zahlt sie doppelt sarkastisch und mit einem Schliff brillanter Ruhe zurück, mit einem offenen Glanz in den Augen, wie … *ich diene dir nicht, aber ich verstehe.*

Göring, der neu ernannte Meister des preußischen Innern, machte ihn dann zum Leiter der Abteilung 1A, der Zentrale der Politischen Polizei im Berliner Polizeipräsidium. Die 1A löste sich schließlich vom Präsidium und wurde zum *Geheimen Staatspolizeiamt* mit Sitz in der Prinz-Albrecht-Straße, mit Diels als ihrem Leiter, dem ersten Chef dieser *Gestapo* Hitlers, »stellvertretend«, weil Lohengöring ihr »eigentlicher« Chef bleiben will.

Hier, aus der Beletage des Dienstgebäudes, von einem Schreibtisch aus, auf dessen Akten *Geheim!* steht, blickt der dreiunddreißigjährige Rudolf Diels in ein Berlin, in ein Drittes Reich, in ein Deutschland, das seine eigene Revolution zu verraten scheint. Fieberschock herrscht.

Wenn man »in« der Zeit ist, dann besitzt man sie nicht mehr, man ist ihr ausgeliefert und sie einem auch, solche Momente in der Geschichte gibt es wirklich. Es ist, als würde man aus dem Bett oder vom Stuhl gleiten, stürzen ... und der Sturz endet und endet nicht.

Was bleibt, ist der Drang nach Offenbarung, Diels nennt es *Judiz,* wie es schon der Gründer des preußischen Verwaltungsstaates, Friedrich Wilhelm I., von seinen Beamten forderte.

Judiz ist Urteilsfähigkeit. Das Vermögen, aus Bildung, Volksnähe und Erfahrung heraus das Wesentliche vom Unwesentlichen unterscheiden zu können. Den wahren Sinn, der über den Wortlauten von Gesetzen liegt, erkennen zu wollen. Die richtige Entscheidung zu treffen.

Die preußische Polizei hat ihre Nabelschnur zu dieser Tradition noch nicht ganz durchschnitten, sich etwas bewahrt, doch mehr und mehr stellt Diels fest, dass diese letzten Fäden zerfallen, dass Deutschland schon längst eine einwandfrei tote Apparatur geworden ist, zu der sie von der Republik gemacht wurde, zu einer verborgenen Kammer, durch deren Ritzen es glüht.

Eine Kammer, entstanden aus einer Allgegenwart von Terror-Notverordnungen, die immer schön gerecht zwischen Kommunisten und Nationalsozialisten verteilt wurden, von einem Parlament, das nicht bedroht wurde von Hitlers Bewegung, sondern Hitlers Drohungen möglich machte, weil das Parlament versagte und sein eigenes demokratisches Ende selbst herbeiführte, statt den Boden nach den Sprossen der Seelen der Menschen abzusuchen und sie zu verstehen, all diese Menschen zu verstehen. Aber die Sozialdemokratie, sie war zu frigide und die Kommunisten zu stolz und das Zentrum vermochte die Oppositionen nicht untereinander auszugleichen.

Diels kennt die illegale KPD wie kein anderer, ihre Passfälscherwerkstätten, in denen sie wie Magier aus dem Varieté internationale Geburtsscheine und Sterbeurkunden ausstellen und aus dem Gummi von Autodecken in irritierender Geschwindigkeit Stempel aller Art schneiden. Geheimtüren in Bädern, von unsichtbarem Mechanismus verschlossen: Man muss die Schrauben der Regale entfernen, die für Handtücher angebracht sind, dann einen langen Schraubenzieher ins richtige Loch einführen und eine Federung wird niedergedrückt, durch den sich eine geheime Tür öffnet. Dahinter Drucker, Maschinenpistolen, Infanteriegewehre.

Er kennt auch ihre Handschriftensammlungen, weiß, in welchen Fahrradreifen sie ihre Kennwörter oder ihr Geld verstecken, und weiß, wo am Anhalter oder Potsdamer sie ihre mehrere Divisionen starke Sprengstoffherberge halten. Wo sie gerade Bomben-Bauen unterrichten, wie unaussprechlich ihre Zentner an Explosivstoffen, wie staatsauflösend ihre intimsten Pläne sind, dass es an die 600 000 Kommunisten in Berlin gibt und dass einige dieser Typen echte Klasse haben, das weiß er auch. Die meisten aber entstehen plötzlich moskowitisch-bürgerkriegsartig vor einem auf der gegenüberliegenden Straßenseite aus dem Nichts und Diels traut dieser Front ebenso wenig, wie er den Nationalsozialisten traut, vielleicht weil er beide gut genug kennt? Womöglich weil er sie studiert wie ein Naturforscher zwei Flügel ein und desselben Schmetterlings?

Unter seinen Kollegen sind einige von der ehrenwerten Sorte, denen, wie ihm selbst, ein demokratisches Rechtsgefühl anerzogen wurde, mit allen Schwächen der Demokratie, um die seine Generation weiß. Dann noch einige lebende Karteien, Klassenkämpfer, nicht sonderlich kriegerische, aber bemühte Staatsanwälte und ein paar Liebediener des neuen Deutschland.

Seit einem Jahr nun liegen beinah allmorgendlich auf Hitlers und Görings Schreibtischen die Folterberichte von Rudolf Diels und ihre Drastik nimmt zu. Kreaturen darin, neben denen die im Pastell scheinbar von Hieronymus Bosch mit seiner ganzen Fantasie nur hineingeahnten, dämonisch obszönen Halluzinationen wie Beleidigungen der Wirklichkeit erscheinen, einer Wirklichkeit im Hier und Jetzt, aus Kommunisten, Sozialdemokraten und Juden, die der *süßen Tour,* wie es die SA nennt, in die Hände fallen.

Wenn man den Rücken über Stunden peitscht, schwingt sich die Haut ganz langsam vom Muskelfleisch, rollt ab wie ein Pullover voller Falten, wie mehrfach gefalzter Strudelteig. Hängt dann entweder noch an einem Verbindungsstück zum Körper oder löst sich ganz und der einfach nicht innehaltende Auspeitscher merkt es erst, wenn er auf einem Streifen Blutbrei ausrutscht.

Villain, ein Köpenicker SA-Mediziner, hat sich eine ganze Peitschensammlung angelegt.

Diels konfiszierte sie und breitete sie, als er auf einen Folterbericht ohne Antwort blieb, in einer Stille des Entsetzens vor Göring aus.

Peitschen aller Art, aus dunkelglänzendem oder aber aus hellem rauen Leder, geflochtene afrikanische Viehpeitschen, Ochsenziemer, gewöhnliche Reitgerten, Klopfpeitschen, mehrschwänzige Eisenkettenpeitschen, Bogenpeitschen, Doppelpeitschen, chinesische Messerpeitschen. Auch seine Gummiknüppel ließ Villain mit Stahl durchziehen.

Diels befreit Schutzhäftlinge, die entmannt wurden, indem man sie auf die tosenden Reifen eines verkehrtherum aufgestellten Motorrads gesetzt hatte. Holt Menschen als nunmehr Spuk-Gestalten aus wilden Lagern, Skelette, die auf urin- und kotdurchätztem und faulendem Stroh auf weitere Schläge gewartet hatten, tagelang stehend in lange körperenge Schränke eingesperrt, deren Köpfe zu verbeulten Kürbissen geprügelt, deren Augen eingeschlagen worden waren und wenn sie noch immer nicht den von Kommunisten ermordeten Horst Wessel mit anstimmen wollten, dann, ja dann kam irgendwann »Schweinebacke« aus Pankow und lächelte ausgeruht, während er langsam sein gebügeltes Braunhemd aufknöpfte und den Hochdruckwasserschlauch auswarf, um ihn tief in den After des Opfers zu rammen und um dann gefasst zu erklären, es war praktisch Selbstmord, so frech, wie der sich hier aber auch aufführe.

Rudolf Diels kennt den Geruch von eiternden Menschen, sieht die verstümmelten Münder, in denen die entzündeten Zahnstifte wuchern, die sich manch einer, der die Schmerzen einfach nicht mehr aushält, ganz raushauen lässt. Er schaut in ihre erloschenen, zu schleimkrustigen Schlitzen geschwollenen Augen, hört ihre verzweifelten Beschreibungen, hört zu an einem Krankenhausbett oder schickt seine Staatsanwälte, wenn Schutzhaft-Entlassene, am Rücken hautlos, Fragen beantworten.

Die zuckenden, wundverklebten, von Rollkommandos Verschleppten versucht er, in Freiheit zu setzen, Hochverratsfälle unwirksam zu machen und einzelne schwer misshandelte Häftlinge durch Einzelverhandlungen rauszubekommen. Manch einen kennt er noch als heitere, kampflustige und faszinierende Ausnahmepersönlichkeit der Weimarer Zeit, Kasper, Ebert oder Mühsam. Manch einen mag er gern und ihre Familien, ihre Freunde suchen ihn verzweifelt auf.

Diels sieht die Misshandlungen mit eigenen Augen, die mageren Gestalten, die zerquetschten Gliedmaßen, die vom Peitschen getroffenen Nieren, die offenen Wunden vom Kriechen durchs Moor, hört die Klagen über Magenschäden von chemischem Fleischersatz, zählt die Fälle von Wahnsinn, weil jemand unter erheblichem Zwang einen Mithäftling erschlagen sollte, erfährt von geplatzten Hirnhäuten bewusstlos Liegengebliebener, nachdem von ihnen verlangt wurde, wie Steinböcke gegen des anderen Schädel anzurennen, Erniedrigungen erzwungener Masturbation in Sandlöchern, ein angeleinter Heilmann, ein beinah zu

Tode geprügelter Litten, ein lebensgefährlich gefolterter Ossietzky in der Herrschaft kaum zwanzigjähriger SS- und SA-Wachmannschaften, die glauben, den angeborenen Führerwillen zu verkörpern.

Er holt sie aus den ersten Konzentrationslagern, aus tumorartig in der Stadt und im Umland verteilt versteckten Prügelkellern, Folterquartieren und hier und da entstandenen SA-Strafetagen. Er sorgt dafür, dass Frau Thälmann und die Kinder weiter die Wohlfahrt empfangen, er bekommt blutig zerrissene Hemden über Nacht entführter Ehemänner von den Ehefrauen ausgebreitet. Bei unbegründeter Festnahme drängt er bis tief in die Justiz, alarmiert ganze Strukturen, bis es etwa zu einem Austausch kommt, bei dem die Gestapo die Gefangenen übernimmt – ein Aufatmen für jeden, der zuvor von SA oder SS gepeinigt worden war.

Dem Thälmann, dem riss er eigenhändig die Kleider vom Leib, als dieser, stolz und zögernd, aus Angst und aus Wut zögernd, es nicht tat, die riss Diels ihm weg, damit der ausländische Journalist den Rücken Thälmanns doch einmal betrachten konnte. Polizisten im Gang hatten auch eine gute Sicht auf diese Körperfläche der Vergeltung, die einem das Herz umdrehte, und kein Laut fiel, für Minuten nicht.

Misshandlungen, die kein Weinbrand fortspült, die kein heimliches Rendezvous wegküsst. Revolutionäres Inferno, Menschenjagden und die Jagd beginnt in einem alten Personen- oder Viehwaggon und kann sich bis zu einer Woche ziehen, wenn alle Verdächtigen aus unterschiedlichen Städten aufgenommen werden sollen. Mit verbundenen Augen und Gewehrkolbenschlägen gegen den Mund oder gegen den Kopf, mit einem Orkan an Demütigungen geht es dann durch den Irrgarten der Ungewissheit. Nach der Ankunft im Nirgendwo des Grauens bis zum Aufnahmezimmer regnet es dann Stahlruten, der Häftling bricht zusammen, noch eh er etwas sagen kann, und wird dann bewusstlos getreten, weil er nicht mal anständig ein Zimmer zu betreten weiß.

In seiner Anfangszeit als Ministerialbeamter war ihm bereits etwas aufgefallen, eine Art Paralyse, etwas Kaputtes. Das, obwohl freiheitliche Grundprinzipien noch funktionierten. Der preußische Staat, etwas, wofür er angetreten war, schien getrübt und nun, ein Jahr nach der Machtergreifung, waren aus diesen überall im Land auf ein Zeichen der Erlösung wartenden und vergessenen schlecht organisierten Arbeiterschaften aus jugendlichen Männern, Bäckern, Metzgern, Elektrikern, Arbeitslosen, dem Kleinbürgertum, ja sogar erheblich breiten Schichten eines entwurzelten Bürgertums der Republik, die reinsten Sadisten geworden, die sich jetzt hineindrängen in alle erdenklichen Ämter und Sessel, sich zu Direktoren mit Riesengehalt in Film und Industrie ausrufen, Eigentum unter vorgehaltenen Pistolen übertragen lassen, elegante Wagen ergattern und sich auch mit derselben Ausdauer dank ihrer Gauleiter, SA-Polizeipräsidenten und Polizeioffiziere als Sonderkommissare und SA-Beauftragte in die Polizei und in die Gestapo hineinfiltern, sich nur zu gern mit dem Namen dieser Behörde wichtigmachen.

Göring öffnet die Tore und einen Vorschuss an den Münchener Polizeichef Himmler gibt es auch, mit einem SS-Gefälligen, dem Anführer der Berliner SS und Ingenieur der Berliner Müllabfuhr mitten in der preußischen Gestapo,

Daluege, »Dummi-Dummi« genannt von der SA und »Idiot« von Göring, hindert diesen aber nicht, ihn zum Polizeigeneral zu ernennen.

Diels aber bedient sich beim Mitarbeiterstab am liebsten alter Berufsbeamter und muss nun all diesen Selbsternannten begegnen, sie bei *ihrer* Art von Verhören anhalten und ihre Knüppel aus den Schubladen holen. Es sind landesweite Hilfspolizisten-Bewerber aus der SA, die sich weder an mehrmonatige Fachseminare überstellen lassen, wo Diels sie ruhigzustellen gedenkt und wo sie redliche SA-Offiziere bewusstlos schlagen, weil die Zeit der Vorträge für sie beendet ist, noch zum Lernen oder Zuhören auf den Plan getreten sind: Sie wollen zuschlagen, die Feinde des Augenblicks erledigen, sie holen sie aus den Gefängnissen des Staates, sie holen sie zuhause ab, um sie zu bearbeiten und sie glauben, genau das wird jetzt von ihnen erwartet, die einmalige Abreibung im Namen der Machtergreifung. Kinder des Schreckens sind es, gelähmt und gleichzeitig vom ziellosen Racheakt durchrauscht, wie geladen und im ganzen Enthusiasmus für die Stunde des geschichtslosen Führers zu einer Schar der Verbrecher erhoben.

In ihren Augen stöhnt ein vollkommen hinfällig gewordener Wahnsinn. Er gilt ihrem eigenen Leben, ihrer verlorenen Jugend, einem Dasein zwischen den Fragen, die ihnen keiner beantwortet hat, bis Hitler kam. Und nun liegt die Antwort, dieses nackte Versprechen, wie die feinstmögliche Luft im Raum ihrer Lebenszeit. Sie erlaubt alles, sie fordert jeden und wie in einem Pieter Bruegel wimmelt es von ihnen unter einem die Sehnsucht wegdrückenden Himmel des meuchelnden Glücks.

Gesteinigt seit Jahren in ihren Herzen von den nichts erwidernden Enden der Träume der stumm deutschen Eltern, den ihrer Jugend gegenüber fast schon abgeneigten und übermüdeten Wachsfigurenherren aus den Weimarer Parteispielen, die niemals etwas Persönliches bedeutet hatten, mit allem Latein, mit all ihren politischen Improvisationen am Ende, all ihre mangelnde Staatsführung im Gesicht trugen, ja, endlich sind diese von all dem verspotteten Deutschen eine Herde an ihrer Bestimmung, eine Bestimmung, die sie nicht definieren, nicht ausloten, nicht verantworten können, die sie aber jetzt um jeden Preis ausleben wollen. Auch mal wie ein General marschieren. Auch mal einen Pelz wie die Frau Direktorin überwerfen.

Die Maschine, die Deutschland in Folge der leeren Jahre geworden ist, die entzieht ihnen längst alle intellektuellen Hemmungen, und wozu Geist, wenn alles komprimierter und noch viel beschleunigter gehen kann, ohne Widerspruch und ohne Buch?

Hitler hat in ihr Herz hineingesprochen, ihre Sinne sind nun außer Kontrolle, ihr Fanatismus die ganze Vollendung ihrer Schwäche. Nur einfach nie mehr allein sein. Geordnet schreiten. *Ein* Gesicht werden. Krieg braucht es nicht, die Heimat ist die Front.

Dass Diels ihnen all diese eben erst gewonnenen Zusagen wieder nimmt, ihre wilden Lager, ihre spontanen Bunker, ihre Waffen, die sie den Kommunisten entwenden; dass er ihre Gefangenen entlassen und die Taten der Täter einzeln juristisch erfassen, einzeln strafrechtlich verfolgen lässt, das spricht sich einzeln herum und fängt eine eigenartig knisternde Phiole ein. Unbehagen über seine Person brütet und verbreitet sich, Verachtung, die er auf Görings Geburtstag spürt, wenn der uniformierte Glitzer-Reigen ihn wie ein unbedingt und möglichst bald abzuknallendes Wild begutachtet, mittels kleiner Anspielungen in einer Atmosphäre des Ekelhaften, die Diels zunehmend bezeugt, die ihn bedrückt.

Sein Rechtsspiegel und seine tiefe Liebe für ein in sich geklärtes Deutschland in einem organischen Staatsrecht mit dem Dienst am Ganzen, nach nur knapp einem Jahr ist all das erschüttert. Mitansehen zu müssen, wie Deutschland über sich selbst schwebt, geschändet in seinen Sitten und Vorstellungen, wie die Gefolterten der SA und SS.

Fieber statt Klarsinn, Brutalität statt Ehrenkodex, Folter statt Kampfkunst, Massenseele statt Persönlichkeit. Eine Massenseele, entstanden ohne Eliten, ohne Vorbilder. Darum gibt es in ihr auch keine Schuld mehr, keine Schuldigen, keine Rechtsverletzer. Nur die blockierte Panik, die sich in Führerrausch aufgelöst hat.

Das sind in seinen Augen weder deutsche Bauern noch deutsche Krieger. Eher gleichen sie einer dem anderen in ihren hemmungslosen Minderwertigkeiten in fotografischer Treue. Weder Sozialdemokratie noch Kommunismus sind ihr Begriff von sozial, sondern einzig und allein der frische und verständliche, untheoretisch physische, blendend selbstleuchtende Hall in Hitlers Stimme.

Der kühle Kopf aber, der in Diels Fall voll von Albträumen, zugleich voller Lebenslust ist, der sieht die Verbrecher und ihr Werk, er sieht sie sogar *am* Werk und es lässt ihm keine Ruhe mehr.

Er ist nicht hier, ist nicht geboren, um zu verlieren, vor ein paar seelisch zerstückelten Kindern der Weimarer Republik zu weichen und ihnen zuzuschauen. Er ist hier, um das Gewebe des Rechts vom Unrecht zu entwirren und möglichst keinen in Blut getränkten Faden darin zu belassen und möglichst keine verborgene rechtsfreie Schicht die Revolution zu überdauern gewähren und doch ist es unmöglich, unmöglich einen jeden zu retten! Unmöglich jeder Fährte zu folgen, eh derjenige schon grausam entstellt ist, und doch muss das große Foltern enden, eh es zum großen Morden wird.

Auf einen Joel kann er sich verlassen, immer und zu jeder Zeit. Das ist die vertrauensvollste, eindringlichste Figur aus der Zentralen Staatsanwaltschaft. Sie reden heimlich in Diels Wohnung *In den Zelten* über einen möglichen »Ordnungsblock«, eine Idee von Diels, um der Parteiwillkür entgegenzutreten. Strafverfolgungsbehörden sind auch für Joel ein unabhängiges Gut, Verbrechen zu verfolgen, Verbrechen aus den Umwälzungen der Revolution heraus, begangen von den Ausführenden der Revolution selbst. Die Anklagen, die bei den überforderten oder bedrängten Provinzstaatsanwaltschaften liegen, die holt er sich an Ort und Stelle und die Täter bringt er ins Zuchthaus. Täglich heißt es, Freiheitsberaubungen, lebensgefährliche Körperverletzungen, misshandelte Katholiken, Unterschlagungen durch SA, schwere Folter an einer Jüdin ... gemeinsam mit Joel und Polizeibeamten bricht Diels dann auf, um mithilfe einer bewaffneten Hundertschaft an Ordnungspolizisten ein Lager zu beschlagnahmen, von dem sie zunächst noch beschossen werden, von dessen SA- oder SS-Moral sie erst nach Wochen erfuhren, wo man nicht gut auf sie zu sprechen ist und wo Raufbolde regieren, die man mit einem staatlichen Amt nicht beeindrucken kann. Ohne Joel an seiner Seite wäre die Justizverwaltung verloren. Ein Widerständler wie Diels selbst es ist, unaufgeregt, unerschrocken, angesehen und verhasst und der »Bestgehasste«, wie Joel selbst sagt, ist und bleibt Diels.

»Bin weder Soldat noch Ihr Adjutant«, hatte Diels Göring entgegengeschleudert, als dieser einmal von Befehlen sprach. »Ich nehme Weisungen entgegen«, sagte Diels, »ich bin ziviler Rat, ich empfange, ich folge nicht. Würde ich Befehle befolgen, wäre ich Verräter.«

Warum er sogar Hitlers Anweisungen missachtet, wenn sein Verstand es ihm erlaubt? Weil er in diesem Führer Flächen und Energien abfängt, die zu ungewiss, zu bewegt, zu unwiderstehlich sind, um ihnen *nicht* zu widerstehen. Vor Diels steht nicht der Massenführer, vor ihm steht einer, der Angst hat. Hitler ist für ihn etwas Drittes, der etwas Drittes will. Auch wenn der Jubel überschäumt, bereit ist hier keiner dafür, das weiß Diels. Dieses Dritte, das zum ersten Mal *anders* zu den Menschen gesprochen hat, gilt es zu lesen, abzuhören, zu bändigen. Noch ist dieser Führer nicht schuldig geworden, noch jagt die Revolution durchs Land, nicht anders als 1789 in Frankreich, wo Menschen an ihren Zöpfen durch die Straßen geschleift wurden und man den kleinen Sohn Marie Antoinettes Stück für Stück von seinen kindlichen Erinnerungen entmenschte, bis er es glaubte, bis er glaubte und betrunken zugab, dass seine Mutter ihn heimlich in ihr Bett geholt hatte.

Noch ist dieser Reichskanzler kein Massenmörder, *noch nicht,* und wenn nötig, dann erscheint Diels vor ihm mit Bewunderung, mit Sympathie, die er nicht spielt und die auch Hitler nicht spielt. Wie lange könnte man Hitlers andere Seite, dieses Es in ihm, hinauszögern? Die Lava-Früchte seiner autistischen Fantasievisionen dirigieren? Inwiefern Hitlers zehnköpfigen Drachendämon von Hitlers Kopf spalten? Ja, den Stierkopf Hitler vom Stierleib, dem Massenvolk, trennen? Würden nicht die Hufe allein schon ganz ohne Haupt jeden Widerstand tottrampeln?

Das ist die eine Frage, die Diels beschäftigt. Wie die ganze Zeit anhalten, sie in einer Art stehendem Bild überdauern und ihr das Gift entziehen? Eingefroren wie in den stehengebliebenen holländischen Altmeistern, die an seiner Wand in seiner Wohnung hängen, wo das gemalte Wasser den Atem ausgesetzt und die Vögel ihren Flug unterbrochen haben, wo das Laub, das auf die warmen Wiesen fällt, sein Rascheln und die Luft ihr Licht haben versagen müssen, weil der Maler sonst all das Andere erzählt hätte, all das, was hinter dieser zarten Malerei liegt. Den blutigen Dreck.

Hitler ist innere Gewalt, keine äußere Kraft, seine Intelligenz kennt keinen Geist. Skizziert Hitler einen Befehl, skizziert Diels ihn um und Hitler lässt es zu. Tobt Göring, so ist er weitsichtiger, als wenn er seinen von Perlen und Dolchen gegürteten byzantinischen Siegfried gibt, so nutzt Diels gerade diese selten fruchtbare Hitze in Göring, um rasch einen nächsten Menschenbrecher festzusetzen, den Göring selbst noch eingesetzt und gelobt hatte, über dessen Unmenschlichkeit sich Göring nun auslässt, während Diels geräuschlos das Zimmer verlässt, um keine Zeit zu verlieren und den Befehl der Empörung für die Wahrheit zu nutzen. Es ist die ständige Suche nach der verlorenen und richtigen Entscheidung.

Warum, fragte ihn Hitler, habe er die *Frankfurter Zeitung*, dieses Judenblatt, denn noch immer nicht dicht gemacht? Warum Diels sich da so sträube? Die Nationalsozialisten würden das nicht nachvollziehen.

»Sie haben selbst wiederholt die Auffassung geäußert, mein Führer«, antwortete Diels, »dass bunte Vielfalt Ausdruck der neuen Reichsverfassung sein soll, gerade in den großen Städten. Sie erinnern Ihren Dreiklang? München sollte die Stadt der Kunst, Nürnberg die Stadt der Kultur, Frankfurt die Stadt des deutschen Journalismus sein. Die *Frankfurter Zeitung* wird weltweit gelesen, sie ist staatspolitisch und staatsbildend wertvoll. Die Beschränkungen gegen die Juden haben bereits dem Charakter der Stadt als Handelsstadt geschadet, wenn nun auch noch die *Frankfurter Zeitung* verschwindet, bleiben Frankfurt als guter Ruf eigentlich nur noch die Frankfurter Würstchen.«

Zehn weitere Jahre war dieses Blatt gerettet.

Diels hört von unterschiedlichen Seiten, wie viel Vergnügen es Hitler bereitet, mit ihm zu sprechen, seinen unbürokratischen Vorträgen zu lauschen. Die treu primitiven Beteuerungen der Clique um den Führer herum, die verwandeln sich bei Diels in ein lebendiges Barometer, das zwar ganz und gar und in dem ganzen aufgeladenen Klippengriff in diese verhängnisvolle Echtzeit pulsiert, aber darin zu einem feinsinnig kunstvollen, mitten im Zwielicht der Ereignisse handelnden Lavierer mit Einfluss auf Hitlers und Görings Entscheidungen wird.

Von reichlich hasserfüllt eifersüchtigen Blicken ist Diels umringt, ist er es doch, der diese erste frühe Nähe zum Führer genießt, ihn beinah täglich spricht, ständig etwas dreht. Er will Hitler nicht bekämpfen, Hitler hat die Luft gewaschen, er will ihn nur vor sich selbst bewahren. Hitler taumelt noch nicht durch den ihn ganz und gar eingenommenen Hass auf jede Gefahr seiner Wahrheit hin und spricht

Mordbefehle noch nicht offen aus. Diels verschweigt ihm Attentatsversuche, scheucht ihn nicht auf, wie es die SS gern tut, Heinrich Himmler etwa, der mit begierigem Blick ins unermessliche Preußen und dem noch gierigeren Blick auf die Politische Polizei und das Geheime Staatspolizeiamt gern seine kleinen Unruhen stiftet.

Hitler soll sich unwohl, unsicher und unruhig fühlen, seinen Schutz in Frage stellen und durch die gezielt gelegten kleinen anonymen Attentatsversuche ins Schwanken geraten, die Hand nach dem abhelfenden Heinrich und dessen schwarzer SS ausstrecken. Diels könnte ein Lied singen von diesen für ihn nur allzu leicht zu durchschauenden Tricks aus Bayern, vorpreschen zu wollen nach Berlin, in den absoluten Radius des Führers. Es kommt sogar vor, dass Diels selbst ein undefinierbares Kästchen mitsamt Kupferkabeln fortträgt, wenn der Hochschultechniker ausbleibt und Hitler gleich eine Rede halten oder einen Empfang geben wird.

Nein, Rudolf Diels stört viel mehr die Hofruhe, soeben wieder, zum Jahresbeginn 1934. Da ließ er Hitler einen dickleibigen Katalog der Folterschauer übersenden, ein Kaleidoskop von allen nur erdenklichen Menschenquälereien der SA, eine Denkschrift ihrer Taten, ihres Sadismus gegen Wehrlose, Gefesselte, Nackte und schon zu Krüppeln Geschlagene, von *zerschlagenen* Menschen, von Auspeitschungen und Ausprügelungen, von abgelegenen Kellern, in denen die Schreie der Blutenden verhallen, dort, wo sich all das abspielt, vor Spezialisten wie Villain, dem SA-Arzt, der so gern seine wohl sortierten Peitschen und eisernen Folterwerkzeuge reinigt, der einen Mann, nachdem er ihn unablässig gepeitscht hatte, über einer offenen Feuerstelle röstete, während er sich selbst in aller Ruhe die Hosen herunterließ, um das Bild in all seinem langsamen Sich-vor-ihm-Abspielen zu genießen. Da stand er dann, in der abgelegenen Hütte im Teufelsseemoor in Köpenick und da hing der noch Schreiende, an Haken Befestigte über dem in gleißenden Zipfeln hochschlagenden Brand puren Feuers.

Villain ließ die Zunge heraushängen und masturbierte sich den ganzen Anblick und Geruch tief ein, als der verkohlte und verstummte Stumpf des Menschen irgendwann nur noch leer knisternd rauchte. Der Rauch fand Einlass ins Berliner Firmament, das durch einige durchgebrochene Latten hindurchschimmerte ...

... Diels scheut auch nicht, eingeweihte Mitarbeiter und aufrichtige Polizisten um detaillierteste Schilderungen zu bemühen, wenn man ihm selbst etwa zu wenig Glauben schenkt, dass an den Holzlatten, mit denen man auf Schutzhäftlinge einschlug, wirklich noch die Nägel steckten.

Er lässt sich mit Hitlers Adjutanten verbinden, hakt nach, stellt sich mitten in den Weg, ihn reizt das Widersprechen, reizt ihn besonders dann, wenn er der Einzige ist, der das volle Unheil absieht.

Neben dieser wüsten Galerie, die er zusammengestellt hat, ist die Akte homosexueller Ausschreitungen der obersten SA-Clique spärlich, die sind ihm außerdem noch aus Zeiten als Referent wohlvertraut und durch Vernehmungen der Polizei von Portiers und käuflichen Jungen erhalten, doch bereits einmal vom Berliner SA-Gruppenführer Karl Ernst und seinen Freunden durchstöbert und teilweise »bereinigt« worden.

Die Dossiers um den SA-Führer Röhm selbst, diesem aus

mehreren Stücken Körperlappen zusammengeflickten Natur-Soldaten, der in erstaunlicher Befähigung auf Hitlers Anordnung hin eine paramilitärische Streitmacht namens Sturmabteilung aus dem Boden geschlagen hat, diese Dossiers hingegen werden wie Dynamit von Diels' Mitarbeitern bewacht, nicht der Homosexualität, sondern der *Erpresser* wegen, eine traditionelle Polizeitechnik aus der Weimarer Zeit.

Der Widerstand von Rudolf Diels ist Widerstand ohne Geschrei, ohne Bezeugungen, ohne fixe Ideen, ganz frei von militärischen Gesten und hymnischen Monologen. Es ist *täglicher* Widerstand eines Beamten. Splitter eines Realismus des Augenblicks in einer Sphäre von Umwälzungen und stärksten Wahnbildern. Diels verehrt und verkörpert den deutschen Staat, nicht seine Ideologien. Er strebt nach Geist und Mäßigkeit und weder sadistische Faschisten noch radikale Kommunisten will er vorbeilassen.

Er verkörpert ebensowenig den Widerstand, der sich in den Cocktailparties im Grunewald in all jenen erzeugt, die abends hundertprozentig gegen Hitler anstoßen, um am nächsten Tag dreihundertprozentig für sein Regime anzutreten. All die, die ohne Sabotage, ohne Innehalten in Krupps Rüstungswerken an menschenlangen Schrauben schleifen, in einem Übergehorsam ihrer Pflicht nachkommen, all die sind fern dieses unmerklichen Widerstands, den Hitler täglich von ihm abbekommt, von dem Göring nicht verschont bleibt.

Diels blickt mit seinen lavendelfarbenen Augen aus dem Sicherheitsglas seiner wechselnden Wagen in eine mehrfache Stadt und das ist nicht die Stadt, die die anderen sehen, er betrachtet ein Netz aus Zeitschichten, heimlichen Zeitzonen, ein ständig wachsendes Neon-Metropolis aus Schienen, die in verschachtelte und aberverschachtelte Schächte führen, Achterbahnen aus Informationen und Informanten – diagonal, waagerecht, auf ihn zu – er fährt in der Perspektive in eine unendliche Tunnelkapsel ein, die von Millionen von kreuz und quer sich abzeichnenden Leuchtlinien gerastert ist. Er ist über der Stadt, ist unter ihr, sie frisst ihn. Sein Wagen löst sich von den Straßen und hebt ab, in die grellste Dimension einer Architektur der Angst, in der es abertausende Zungen flüstert, die ihn rufen, die ihn verdammen. Immer tiefer fährt er ein. Immer mehr durchschaut er. Ein strahlenartiger Krieg aus Lasern der gegenseitigen Zerstörung. Eine menschenlose Stadt. Eine sterbende Geschichte.

Es zwickt sich knüpfend durch seinen ganzen Magen, dass man hier immer zwischen Demokraten oder Diktatoren, zwischen egoistischen Spießern des Neids, eitlen Maulhelden und eifrigen Marschierern, zwischen steinernen Schlagetots und wie Wachs zerlaufenden Intellektuellen und zwischen all den Schwärmereien leben würde, dass man hier immer Götter und Ideologien verraten wird, wenn man man selbst bleibt, wenn man keiner Gefolgschaft angehören will.

Er ist der, der *zu viel* weiß. Wissen, das mit seiner Person verbunden ist. Der Ordnungshüter, der nicht passt. In den schwarzen Tropfen seiner Pupillen, im Atemqualm seiner unzähligen Zigaretten liegen alle Unaussprechlichkeiten. Geheimnisse der besonderen Art, gibt es doch Geheimnisse und aber dann *G e h e i m n i s s e.*

Da ist das Bündel Liebesbriefe vom Arische-Rasse-Ideologen Rosenberg an seine rothaarige jüdische Lisette. Da ist der Nachweis der jüdischen Großeltern von Reinhard Heydrich, dem Stern und Schützling am Himmel Himmlers. Da sind die Zeilen Röhms, der seine nun deutschlandweit an die bald vier Millionen Mann zählende SA sogar in die Reichswehr leiten will, Zeilen an seinen Psychiater, in denen er in zugewandt unbekleideter Manier seine homosexuellen Lieblings-Flutschungen beschwört. Da ist die Meineid-Akte Hitlers, bevor er Reichskanzler wurde, die überführte Lüge des Führers und Freilegung seiner geheimsten ausländischen Geldquellen zum Stabilisieren seiner braunen Bewegung. Diels hatte als sozialdemokratischer Verwaltungsbeamter Schriftstücke zusammengetragen, die Hitlers Legalitätseid im Hochverratsprozess gegen zwei Offiziere als Meineid entlarven sollten und es ist der Name *Rudolf Diels*, der als Sachbearbeiter über all diesen Dokumenten auftaucht, und es ist Göring, der ihn zur Vorsicht für allein schon den Hitlermeineid rät: »Wenn der Inhalt dieser Akte bekannt wird, werden Sie auf offener Straße erschlagen.«

Neben all diesen Schwarzen Löchern im Raum, die sich sekündlich aufschlagen und vermehren, kommt dann auch noch Görings Abhörwahn mit hinein, Stimmen über Stimmen über Stimmen, die wie ein diffuser Elektronenkrieg durch einen Dornenwald aus Kabeln treiben. Dass Göring selbst abgehört wird, dass Göring auch Diels abhören lässt, das ist Diels klar, das tritt Diels sogar breit, wann immer er kann, öffentlich und ungeniert und seine morgendlichen Nachfragen weiß er längst über wendigere Wege an den Führer zu bringen, Putzi Hanfstaengl ist vertrauensvoll,

Leni Riefenstahl eine treue Freundin und sogar der Kopf der Leibstandarte-Adolf-Hitler tut ihm gern einen Gefallen. Göring begreift nicht, wie jemand, der unter demselben Gewölbe steckt wie er selbst, jemand, den er so weit reingeholt hat und »ganz groß« machen wollte, den er gegen Angriffe schützt, vor Gefahren schont, etwas so Abweichendes tut. Der so anders lebt, spricht, so fesselnd formuliert, so unverstellt denkt – *seien Sie nicht töricht, Herr Ministerpräsident* – und obendrein auch noch den Habicht dem Falken vorzieht.

Diels ist der, der alles weiß, alles und über jeden, es ist längst Quelltext in seinem Hirn, er ist lebender Beweis und er wird selbst zum Erpresser, sein Erpressen aber brilliert nicht durch die bloße Androhung, sondern durch seine fatale Bravour einer inneren Raumbeherrschung und Regie. Verantwortung und Machttalent eines Bewahrers. Denn Bewahren geht vor Zerstören.

Geheimste Verborgenheiten, gesammelt am Stück in einem mächtigen Ordner aus Akten und Tränen, der in Görings Tresor schlummert. Für alle Fälle, wie Göring findet. Doch der allernächste Kreis um Hitler weiß, dass Diels einige höchst brisante Sensationen längst sicher in vertrauensvolle Hände nach Lugano gebracht hat und dass man ihm besser nicht droht. Ein geheimes Deutschland mit offenen Karten, die verdeckt auf dem Tisch liegen.

Die Nähe zu Hitler, vor der man das Wort *Liebe* nicht gebrauchen darf, diese Nähe ist eine Gefahr den anderen. Sie bersten, wenn es einmal mehr Diels ist, der zum Mittagessen in die Reichskanzlei darf, um, über Hitlers Stacheldrahtgemüse gebeugt, anzusetzen: *Mein Führer, ich habe da etwas auf dem Herzen* oder auch einfach nur, um die Fliege, die sich Hitler von der Nase tippt, nicht als Mordbefehl zu werten, wie es ein Himmler tun würde.

Die Schließungen der SA-Lager und Prügelstätten – von dreißig sind achtundzwanzig Lager geschlossen worden; die unentwegten Freilassungen der Gefangenen – von dreißigtausend im preußischen Gebiet sind nur noch eintausendachthundert weiter in Haft; die Festnahmen von SA- und SS-Männern, die juristisch festgehaltenen verletzten Grenzen dieses neuen Absolutismus – während er selbst in tief und grenzenlos zweifelnder Hysterie, magischem Tatendrang, ständiger existenzieller Erregung und in rotierendem Verfolgungswahn verglüht – all der groß angelegte Schutz des Rechts, für den er in dieser Konsequenz und Unbedingtheit *allein* steht und den er nicht nur mehr in seinem Herrschaftsgebiet Preußen, sondern auf das gesamte Reichsgebiet ausdehnen und anwenden lassen will, all das macht ihn zum internen Symbol des Hasses.

Synthetische Ersatzreligionen beherrschen jetzt alles, er kann nicht mit *Du sollst nicht töten* kommen, Diels muss selbst zum Ungeheuer werden, um das Feuer zu ersticken, hineingeworfen in den eitlen Tanz der Ideologien, muss er als Kollaborateur teilnehmen, wenn er nicht das Leben selbst verraten will.

Er will die Zeit, es ist *seine* Zeit.

Er will Deutschland, es ist *sein* Deutschland.

Er spürt den schwarzen Raum, das wohlig kribbelnde, überstarke, dunkle Licht und das Begehren, nach allem greifen zu können ... nach allem ... und doch ist dieser Raum nur wahr und stolz im Recht, im Staatsrecht, im Atom eines Mindestmaßes an Freiheit.

Rudolf Diels ist der heimliche Reichsfeind Nummer 1.

ZWÖLF

»Bist du Mediziner oder bist du Schläger?«, fragte Ottos Vater, als Otto gegen drei Uhr nachts die Wohnungstür aufriss und in sein Zimmer stürzte, um eine leere Heroin-Truhe vorzufinden.

Vater Krause erhob sich im Morgenmantel aus seinem Sessel. Blauglühender Berlinregen an der Wand.

»Ich bin … bin dein Sohn«, zitterte Otto matt und leer mit klitschnasser Stirn. »Dis is, was ich bin.«

Sie sahen sich an. Glaubten es zumindest in diesem Tropfsteinhöhlenlicht.

»Wo … wo is'n dis jetzt alles hin? Dis alles in meinem … aus meinem Schrank, Vater?«, Otto riss seine Wäsche aus den Schubfächern.

Der Vater schwieg.

»Ich hab doch … ich bin sicher, dass ich … dis muss hier doch aber sein … ich hab … ich brauch … brauch dis doch … dis weißt du ganz genau … du weißt dis doch ganz genau … dass ich dis jetzt brauch … dass ich dis gegen die Kopfschmerzen brauch … bitte … bitte … ich brauch dis, bitte … bitte … BITTE!!!«, schrie er und stellte sich ganz nah und fauchend vor das Gesicht des Vaters. »Ja, verstehst du denn nicht, du Unmensch? Oder willst du nich verstehen, Vater?«

Otto sah sein Leben nicht mehr. Sah nur noch kalte

Wände. Sein Herz zog sich zusammen, bis er zusammenbrach und auf dem Flurboden liegenblieb.

Der Vater stieg über den Sohn rüber, zog sich ins Badezimmer zurück, zog seine kleine Pistole aus der Morgenmanteltasche und zielte auf den Spiegel über dem Waschbecken.

»Ein-Arm-Arschloch«, zischte er weinend. »Komm schon, damit's schneller geht.«

Gerda presste sich mit voller Wucht an Hans-Joachim. Sie knutschte ihn ab. Er drückte sich gegen die Laterne. »Na los schon, Gerda«, sagte er, »es ist fast Morgen, wir gehören ins Bett, du nach Haus zu deinen Eltern.«

»Wart do ma, dich unterm Brandnburga Tor zu küssen, is nich alle Tage. Macht mich ürgenwie an. Komm, noch ma mit Zunge«, sie streichelte ihn, seinen Hinterkopf, sein Haar im völkischen Herrenunterschnitt.

»Meinst du, das geht auf?«, fragte er. »Mein Plan? Weißt du, es ist ein ehrlicher Plan.«

»Jeht janich anders, Süssa. Du bist'n Nationalsozialist, bist eena von uns, dit sieht doch'n Blinda.«

»Weißt du«, beteuerte er, »Deutschland ist mein Vaterland. Ich kann nicht weg von dem Gefühl. Ich bin nur gut hier und ich würd alles tun, um endlich ganz angenommen zu sein. Ich meine, *alles* würde ich tun, verstehst du, alles. Ich sehe doch die magische Bannkraft, die heute von der SA ausgeht, das ist nicht zu übertreffen, nirgends auf der Welt. Es ist ein schönes Land! Und ich ...«, und der Nachthimmel war seine Ansprache, »ich bin Deutscher, ich bin hier und bin hier großgeworden, ich bin Deutscher, ja was denn sonst bin ich?«, er machte ein paar Schritte über den schlafenden Platz wie vor einem unsichtbaren Publikum. »Man hat uns die Chance gelassen, unsere Deutschheit unter Beweis zu stellen«, er brüllte die sechs Säulen des Brandenburger Tors an, »ich bin deutscher als ihr alle da draußen! Hört ihr mich? Ja, ihr alle, hört ihr mich?!«

»Krieg dich ma wieda ein«, lachte Gerda, »klar biste dis, musstet nur ümmafort beweisen. Bist doch keen Drecksjude wie dein Vata oda deine Mutta, du bist wat Besrett und ick bin scharf uff dich, wenn de die Haare so hast … ach Mensch, komm noch ma her.«

Hans-Joachim war wie auf Drogen. »Der Führer, unser Führer, der ist tapfer. Tadellos! Ja kann er denn meine Treue nicht hören? Wir Juden, wir haben nur noch Gott den Herrn als Führer über uns, aber ich hier bin bereit, bereit auch ihn, Adolf Hitler, als meinen Führer zu verehren, ihm zu folgen, komme was da mag! Er ist die nie dagewesene Fülle an Werten! Wer könnte ihm bestrebter folgen als ein Volk aus denen, die nur Gott selbst verehren und die von Gott auserwählt sind? Ich will ihm dienen, Gerda, will dem Führer dienen. Je mehr man uns Juden zu leiden gibt, desto jüdischer werden wir doch. Ich habe genug davon. Ich – bin – Deutscher. Ich will kämpfen für Deutschland. Leben für Deutschland. Es ist genau richtig, was die Nationalsozialisten gemacht haben, die haben gesagt, so kann es keine fünfzig Jahre weitergehen und kann's auch nicht. Ich bin erwacht, bin ich wirklich. Meine Vorfahren waren alte Preußen. Die hießen Julius irgendwas und waren Preußen, Preußen waren das, Gerda! Jetzt auf einmal soll ich nur noch Jude sein? Nein. Nicht mit mir! Ich will das alles angemessen lösen. Mag der Liberalismus für unsere Väter richtig gewesen sein, wir aber jetzt müssen ihn überdenken. Müssen uns besinnen. Uns emanzipieren. Uns entscheiden. Endlich ein neues Schicksal formen. Bin weder Assimilant noch Zionist, bin ein Jude für Deutschland, bin Deutscher. Ziel und Inhalt unseres deutsch-jüdischen Lebens müssen ganz neu gedacht werden. Dann wird das alles. Dann bin ich da für Deutschland. Aus dem Samen Davids hin zur Offenbarung Hitlers, ich will nicht mehr springen und schwanken. Will nicht mehr sagen, da sind meine Eltern und da ist Deutschland und hier bin ich. Ich will das Eine haben und mich dem Einen widmen. Ich bejahe die Spannungen, ich will mich befreien. Das Volk, dem wir uns verbunden fühlen, stößt uns ab, ich halte das nicht mehr aus! Und was ist schon unser jüdisches ›Leiden‹? Doch einfach nur unsere Tiefe. Wozu Tiefe, wenn ich LEBEN kann? Wozu die Reisen der Tragik, wenn ich DEUTSCH sein kann? Ich will kein Bastard der Geschichte mehr sein. Ich bin Deutscher allein.«

Gerda fasste ihm in den Schritt, Hans-Joachim schreckte zurück, wich vor ihr, trat wieder an sie heran, hockte sich hin, sprang wieder auf. Verstört, heißhungrig auf sein Leben, ohne ein *eigenes* Herz.

Er griff nach ihrer Hand und rannte mit ihr los. Der Wind war schön. Berlin gemein. Hinter jeder Ecke konnte es zu Ende sein.

»Komm!«, rief er. »Komm Gerda! Wir rennen weiter, zur Siegessäule, zur Krolloper und zurück, komm!«

Sie rannten.

Rannten in die Zeit hinein.

Wohin auch immer sie führen würde.

DREIZEHN

»Hat nich die Dusche einwandfrei funktioniat, junga Mann? Dit janze Warmwassa is doch een Traum, nich?«, Witwe Heilscher war – wieder – ohne einen Laut hinter Emil aufgetaucht. Nicht einmal in den Spiegeln vor sich hatte er sie bemerkt, dabei konnte er den Raum hinter sich doch bestens überschauen.

»Drei Spiejel«, zählte sie. »Dreie gleich? Kmeine, fesch und flott sind Se ja, aber gleich dreie? Haik ja noch nie jesehn sowat. Macht man dit so in Ihra Heimat?«

Emil zog sich sein Sakko über. »Ich muss Ihnen gestehen, ich weiß selbst noch nicht so recht, was es damit auf sich hat. Ich denke, ich werde es noch herausfinden. Aber ich habe geschlafen, stellen Sie sich vor, geschlafen! – wie ein echter Mensch und im Traum hat etwas, besser *jemand* in mir gesagt: *Stelle drei Spiegel auf.* Es klang wie ein Gebot. Also ging ich los und kaufte drei.«

Witwe Heilscher musterte ihn mit Bedenken, während er die drei schwarz gerahmten, fast quadratischen Spiegel zwischen seine Kleider in den Koffer schob.

»Ich muss nun los! Ich danke sehr und sehe Sie dann in einigen Monaten wieder!«

»Ja ja, Kleena, da is ja noch die Beerdijung gleich, vasteick allet, klar müssen Se los. Also denne, dann machenset ma jut, wa! Und meen Beileid an Frau Krause. Kab den jungen Otto ja neulich jesehn, wie-a Se abends hier abjesetzt hat, Mensch der kam mir so komisch vor, wa? Der wollt ja-nich richtich uffn Jespreesch einjehen. Wat is denn mit ihm? Se sind doch befreundet, wat fehlt ihm denn?«

Emil tat mal wieder so, als sei er in Gedanken. »Ach«, bekam er raus, »Otto macht zu viel ... da ist das Studium und seine ... seine anderen Verpflichtungen, man muss das sehen, er macht einfach zu viel.«

Witwe Heilscher schwieg.

Auf der Straße blickte Cioran hoch zu seinem Fenster. Da stand die Alte mit ihrem dünnen Haar und schaute auf ihn.

Merkwürdig, dachte er. Merkwürdig unangenehm.

Ich fand mich dann auf dem Luisenstädtischen Friedhof in Kreuzberg ein, wo Ottos Vater beigesetzt werden sollte. Als ich erschien, waren schon fast alle da. Dann geschah mehreres gleichzeitig. Otto kam auf mich zu, abgemagert, sah nicht gut aus. »Emil! Dank dir recht, dass du gekommen bist. Hast Vater nie kennengelernt, er hätte dich geschätzt. Komm, ich bring dich hin.«

Da war er wieder, mein Koffer, mein Schrankkoffer. »Werd ich den jemals los?«, bedauerte mich Otto von der Seite lächelnd, während wir auf die Trauergäste zugingen. »Du brauchst dringend mal einen neuen, Kamerad.«

Vor der Kapelle mit ihrem alt-italienisch anmutenden Portikus standen an die zwanzig bis dreißig junge SA-Männer, darunter auch Horst, und hielten jeder eine Hakenkreuzfahne hoch, auch auf den Stufen bis zum Eingang. Ich stellte meinen Koffer ab, Otto entschuldigte sich kurz und suchte die Waschräume auf. Der stämmige Horst grüßte mich von der obersten Stufe. »Heil Hitleee, Emil!«

Ich wartete auf Otto. Wartete und wartete.

Musik ertönte. Bedrohlich unschuldig. Irgendwas zwischen Horst Wessel und Bach. So ungefähr musste Ottos Seele klingen.

Ottos Schwester Helga umarmte mich und roch gut. Sie blickte auf die Uhr. Wo denn der Otto jetzt nur bliebe. Ich versprach ihr, sofort nach ihm zu sehen. Die Waschräume lagen einige Meter entfernt, ich eilte hin, riss die Tür auf, Otto leckte die letzten Tropfen aus einer winzigen Ampulle aus, erschrak, als er mich sah, die Ampulle zerbrach im Waschbecken. Ich fühlte mich wie ein Verräter, ihn so zu sehen, das war jenseits meiner Interessen. Was sollte ich denn jetzt tun?

Er kam wenige Sekunden später heraus zu mir. Vögel sangen überall in den Knospen. »Na Emil, heut geht's nach Bayern, wo du weiterstudierst, freust dich hoffentlich!«

»Sehr«, murmelte ich. »Aber Berlin wird mir fehlen. Du wirst mir fehlen.«

»Dis is ja wohl klar, mein kleiner Berliner!«, er stemmte sich gegen mich, ohne mir auch nur im Geringsten wehzutun. »Zu Ohren is mir gekommen, dass der Führer selbst einige Tage seinen Berghof aufsuchen will und noch heute nach Berchtesgaden aufbricht. Wir müssen ihm alles außerhalb seines geliebten Bayern eben noch tausendmal herrlicher machen! Komm jetzt, 's geht ans Eingemachte. Vater soll ewigen Frieden finden.«

– Verzeihung, jemand ist gestorben? Das soll eine Beerdigung sein? Diese »Konferenz« hier?

Bei uns in Sibiù laufen Bestattungen ungefähr so ab, jemand stirbt, dann sind alle wie neugeboren! Als Erstes wird das Essen geplant, mindestens 3 Schweine, die in der letzten Zeit ausgiebig zu fressen bekommen haben, und viel guten Speck, viel Knoblauch und noch mehr selbstgebrannten Schnaps. Gebrüll und Messerstechen. Dann wird ein Sarg zusammengebrettert und herbalanciert, auf den Schultern der Dorf-Macker, die nutzen das vor allem, um ihren ausgemachten Liebsten im Gedränge des versammelten Dorfes ihre starke Statur vorzuführen. Dass die Leiche dabei so richtig durchgeschüttelt wird, kümmert dann eigentlich keinen mehr, weil ja auch gerade die Mutter des Verstorbenen damit beschäftigt ist, ihre Trauer in einer Art Schrei-Konzert darzubieten, sich das Kleid zu zerreißen, sich die schweren Brüste zu zerkratzen und sich Büschel von Haaren auszureißen. Dann wirft sie sich in ihrem Mutterrecht für gewöhnlich sieben Mal auf den Sarg, schlägt krächzend mit ihren Fäusten auf ihn ein, bis der Verstorbene sich kurz aufsetzt: »Mutter! Hör endlich auf damit, ich bin tot!« – Dann erscheint irgendwann mein Vater in seinem pastoralen Gewand, seinem ruhigen Profil. Ein paar letzte rumänische Ohrfeigen, dann kehrt Ruhe ein.

Bei uns Rumänen gilt, unsterblich wirst du, wenn du ein möglichst unvollständiges Bild von dir hinterlässt. Wir flennen fünfzehn Stunden und dann ist alles vergessen. Die Welt, auch ohne Regenschauer, wie neu! Doch was sehe ich hier in Berlin? Ich sehe Menschen, die gerade stehen, nach unten blicken, die Hände vor sich zusammengelegt, jeder treibt in seinen eigenen Gedanken, als ginge es nicht um jemanden, dessen Für-immer-Verschwinden man nur in tobenden Formeln überstehen könne, sondern um einen Vertrag oder um eine Rechenaufgabe, über der alle grübeln.

Der Tod, die Belohnung all derer, die es zu nichts gebracht haben, verdient doch mehr Schwung! In Sibiù kennen wir den Geruch der Leichen schon von Geburt an und ich finde das Leben weitaus grausamer. Was ich den ganzen lieben langen Tag tue? Mich erleiden. Mich!

Allein, *was* mich am Tod anekelt, ist diese *letzte* Kälte ...

– Otto blickt auf, als Pfarrer Wenzel Vater Krause für immer in den Fahrstuhl der Ewigkeit befördert. Schaut mich an.

Und ich ihn.

Er wirkt leer, ohne Liebe und voll von ihr. Seine zitternden Hände reibt oder versteckt er.

Ich tue indessen ausgesprochen gelassen, gehöre aber nirgends hin. Wir sind zwei Verlierer und das mit Anfang zwanzig. Und das in Deutschland.

In seinem langen schwarzen Mantel nickt er mir kurz und höflich und dankbar zu, ohne das Braunhemd wirkt er wie ein Prinz, die hellbraunen Augen ruhig, das hellbraune Haar störrisch mild. Er schluckt irgendwas weg, vielleicht nur den allerletzten Rest eines Gefühls menschlicher Regung. Seine Wangen sind eingefallen, seine Schultern brodeln, sein Ausdruck sucht sich selbst. Verdammt, wie der schaut! Was sehen wir voneinander jetzt gerade? Sehen wir uns?

Unsere sich häufenden zusammengebrochenen Horizonte? Eines sehe ich jetzt wieder gewiss: Ich bin auch hier nicht im Paradies.

Rudolf Diels betrat den Standartensaal des SA-Stabsgebäudes, die Decke schwoll voll Berliner Stuck und die Wände bluteten im ganzen Schmuck des Hakenkreuzes, überall standen leere oder noch zu sprengende Champagnerflaschen herum. Eine kolossale Grammophonmuschel stand am offenen Fenster und beschallte die ganze Straße, *Eric Helgar – Schade, kleine Frau.*

Jedes Mal, wenn das Lied zu Ende war, lief Ernst hin und legte die Nadel aufs Neue an und unterhalb des Plattenspielers befand sich ein schmales Regal mit vielen Schallplatten.

Karl Ernst, junger SA-Führer Berlin-Brandenburg, empfing in seiner glänzenden Parteiuniform und mit Knicks. »Heil Hitler, Herr O-b-a-r-e-j-i-e-r-u-n-g-s-r-a-t! Kaik ja kaum aussprechen!«

»Bin eigentlich nur Bauer«, sagte Diels und stand da im Mantel, ohne Hut, rauchend, eine Hand in der Hosentasche.

»Heil Hitler, Herr Obarejierungsbauer!«, berichtigte Ernst und schlug die Hacken zusammen. Sein dunkelgolden, mit dem Lineal gescheiteltes Haar besaß etwas verborgen Distinguiertes.

»Heil Hitler, Oberkellner Ernst«, grüßte auch Diels. »Warn das noch Zeiten, als Sie einen in den Bars bedient haben und heute, SA-Gruppenführer, was für ein Aufstieg.«

»Immahin hamwa denselben Jeschmack und die öffnen jetze och alle wieder nach und nach, die Nachtlokale und Tanzbars, müssenwa ja fast ma wieder zusammen anstoßen! In Sie jeht aba och ordenlich wat rinn!«

Diels rauchte seine Zigarette in Ruhe zu Ende, während er die Szenerie beobachtete, eine Art brutales Rokoko. Einzelne junge SA-Männer tanzten in Uniform Walzer miteinander. Einige trugen Blumen am Ohr oder in den Knopflöchern und einer führte den anderen unbeholfen beschwingt durch den Raum.

Ernst schrie. »Uwe, du Lutscher! So würdet nüscht! Wat haik eem jesacht? Eben nich links!« – und Ernst schubste Uwe zur Seite. »Komma her Rainer, die Trulla hier kann dit nich. So, uffjepasst hier alle Anusse. Und: eens und zwo und dreie … und eens und zwo und dreie … und eens und zwo und dreie, jawoll! Jawolll! Jenau so! Und wieda rechts und rum und stilljestanden!«

Rainer, die Wangen in pinkem Rouge bemüht, kam ins Straucheln, die Stiefel störten ihn.

»Wat soll'n dit werden, wenns fertich is, Raina?«, Ernst brüllte: »Alle ran und nochma von vorne! Detlef, du Sohn einer doppelten Nutte, du Schwanzjesicht, du Puffbastard, wenn de globst, dass ick da so zum Ball lasse, dann haste dich aba jewaltich jeirrt, haste dich da, du Kackbratze, du Fotzenclown, leckma doch vorne und hinten!«, er wandte sich wieder dem Besuch zu. »Ja, Herr Diels, kjeb meen Jungs Untarricht in Benimm. Weil die sind ja alle überhaupt nich jesellschaftsfähig.«

»Herr Ernst, das hat sich jetzt auch wieder bei einer ihrer nächtlichen Eskapaden am Kurfürstendamm gezeigt, hatten Sie mir nicht was versprochen? Es gab weitere Fälle schwerster Körperverletzung, ich kann Ihnen das nicht mehr durchgehen lassen, ich dachte, wir hätten uns in dem Punkt geeinigt. Dachte, wir verstehen uns.«

»Die Jungs ham mir vasichart, dit so nich mehr zu machen, dit zu untalassen. Die kaputten Gläser neulich ina Kneipe am Kudamm haik alle aus eijener Tasche rückastattet, wie Se sicha längst wissen. Beim Würt haik mich entschuldicht für meene Jungs, war aber jetze halt och nur ne kleene Schießarei. Kann halt och nich jede polierte Judenfresse einzeln rechnen. Passiert. Ey wir ham Revolution hier! Und wir, die SA, wir *sind* die Revolution, sehr jeehrter Herr! Oda ham Se dit schon vajessen?«

»Das schätze ich auch an Ihnen. Sie tragen diese Bewegung auf echten Schultern, und die SA hat sie ins Rollen gebracht mit all ihren Rollkommandos, aber dafür sollten Sie meinen Rat ernst nehmen und die Gewalt zurückrufen, Sie haben Verantwortung, sie pflegen weitreichende Kontakte, schauen Sie doch nur mal, was für prächtige neuverliehene altehrwürdige Orden an Ihnen baumeln, da sollten Sie sich nicht mit Blut das Amt beschmutzen.«

»Kommen Se ma nich mit Rat. Se ham uns seit Wochen vaäppelt, ham alle unsere Quartiere jeschlossen, eenet nachm andan und Kamaraden hinta Jittarn jebracht, kab Ihre Zicken dicke. Denken Se ma nich, dassick Ihre Treibareien nich durchschaue! Wie Se hier nach allen Seiten hin Ihre Möglichkeiten ausspielen und keene Skrupel kennen, wennet nämlich um Ihre eijene Karriere jeht! Wir ham do ma jut zusammen jearbeitet, kab Se manchmal da saufen sehn, wo ick und meene Röhme och saufen waren, Se ham uns SA doch jefördert und denne so uff ehn Mal kreuzen Se ürgenwo in meinen KZs uff, sagen mir wat von wegen ick soll doch die ›Ehre‹ besitzen, den misshandelten Missjeburten och noch ne ›Kugel‹ zu jeben, wenn ick se schon so übel zurichten lasse und ob ick denn ›sehen‹ würde, wat ick täte und watik zuließe und ob ickn ›Herz‹ hätte? Ey ürgenwann Freundchen, ja, da jagik Se fort! Damitit klar is!«

»Ja, ist klar«, erwiderte Diels. »Aber verwechseln Sie mich nicht mit Ihrem verarmten und gestörten Polizeipräsidenten und Grafen von Helldorf, der, wenn alle Stricke reißen, auf jeder Seite stehen würde, nehmen Sie lieber mein Angebot an, das ich Ihnen brieflich gemacht habe.«

»Icke, SA-Sondakommissar bei da Jestapo«, sagte Ernst durchaus interessiert. »'K sach ma so, 'k würd dit jetze nich vonna Bettkante stoßen.«

»Aber die Bedingung dabei ist Ihnen doch nicht entgangen, hoffe ich?«, vergewisserte sich Diels. »Keine SA- und keine SS-Mannschaften mehr als Bewacher in den Gefängnissen«, Diels zeigte mit einem festen Zeigefinger auf Ernst. »Nur unter dieser Bedingung, Ernst.«

»Ja ja, haik nich übasehen«, murmelte Ernst. »Mussik ma durchn Kopp jehen lassen.«

»Sie sollten annehmen und zu einem Ihren Aufgaben würdigeren Leben finden. Schauen Sie, heute stehen wir uns gegenüber ohne Masken, ohne Pistolen. Sie werden allmählich erwachsen. Wir müssen ein zeitgemäßes Bekenntnis setzen, zur Wichtigkeit und Fortdauer der Verbände im innerpolitischen Staatsleben. Es wäre eine öffentlich erkennbare Hineinnahme hoher SA-Führer in den Apparat. Blut klebt, Ernst. Sie müssen es abwaschen. Sie wissen, dass ich Göring von Ihnen überzeugen könnte, eine ernstzunehmende Verbindung zu ihm würde Ihnen nicht gerade schaden, noch haben Sie nichts als seinen Segen zu Ihrer Trauung. Was Sie hingegen reichlich haben, Sie haben Dreck am Stecken und ich warne Sie heute ein allerletztes Mal. Ich weiß, dass Sie mich fürchten, dass Sie mich hassen, und was Sie mit Wilhelm Kasper getan haben, habe ich nicht vergessen.«

»Du, pass ma uff, du! Kab och nich vajessen, wie de dem Hurensohn übern kahljeschornen Kopp jestrichen und ihn da einfach raushejolt hast, du Kommunist du!«

Diels beugte sich zu ihm vor. »Ich kann dir helfen, du kleiner Gigolo-Feldwebel, der so gern die Frau eines Kommunisten auspeitscht, wenn ihr Mann gerade seinen Schwanz in Säure tunken muss und sie schutzlos ausgeliefert ist«, stellte sich wieder vor ihm auf und fuhr fort. »Würde mich nicht wundern, wenn Sie im Falle des Peitschensammlers Villain, Ihrem Duzfreund, auch bestens davon unterrichtet sind, wo er sich derzeit aufhält? Höchstwahrscheinlich in Bayern, richtig? Ein Haftbefehl erwartet ihn nämlich und ich will seine Visage dabei sehen, wenn er abgeführt wird, wenn er hinter Gitter wandert, wo er hingehört, und meine Staatsanwälte werden die Höchststrafe fordern, das versichere ich Ihnen.«

Ernsts riesige Kugelaugen hingen wie schwermütige Heißluftballons in seinem Mörderpuppengesicht herum. Die Hände hatte er nun nicht mehr keck in die Hüften gesteckt, sondern mit herabhängenden Armen stand er da wie der *Gilles* von Watteau in seinem riesigen Lustgarten Berlin.

Diels verabschiedete sich, er hatte es eilig, der Obersalzberg hatte ihn zu sich bestellt, Göring und Hitler erwarteten ihn.

Karl Ernst blieb mit Eric Helgar zurück. In seinem Herzen stiegen viele bunt-verseuchte Luftballons auf, bis an die Blutdecke seiner Herzkammern. Kein Tänzer war frei, also nahm er sich einen Champagner, trank, griff sich Hand und Hüfte der Luft, ging in Tanzstellung und ... eins und zwei und drei ... und eins und zwei und drei ... und eins und zwei und drei und eins und zwei und drei ... und eins und zwei und drei ... *schade kleine Frau ... ich hätte dich geliebt ... wie niemand dich liebt auf der Welt ... doch was fang ich an ... du hast einen Mann ... der sehr viel von Treue hält ... schade kleine Frau ...*

ich hätte dich geküsst ... wie niemand dich küsst auf der Welt ... es bleibt nur ein Traum ... ich bete dich an ... ich tu, was ich kann ... ich küss deine Hand ... du lächelst galant ... und denkst an den Gatten dabei ... schade kleine Frau.

Ich fuhr, großzügig wie meine studentischen Reichsmark zu mir waren, mit einem Taxi zum Bahnhof. Am Anhalter wollte ich meinen Zug nach München besteigen. Es hatte zu regnen begonnen und wurde jetzt prasselnder.

Deutsche Bahnhöfe sind eigentlich schon Kathedralen. Sie blähen die Stunden auf, sie entsetzen mich mit ihrer Schönheit.

Die Stadt hatte an diesem Punkt etwas Weites, Geschwungenes, etwas Frisches, wo ich andere Teile Berlins als starr und schwarz empfand.

Nasse, saubere Luft zeichnete die Kurven des Bahnhofs und aus der Ferne fieberten Himmel heran. Kurz vor dem bepflanzten Anhalter fuhr der Fahrer immer langsamer.

Ich fragte ihn schließlich, ob alles in Ordnung sei. Er antwortete nicht.

Seine Hände berührten kaum noch das Steuer, seine Augen weit geöffnet.

Er hielt mitten auf den Schienen der Tram und stieg aus.

Wie unter Hypnose stürzte er in unerträglicher Verlangsamung eines rauschhaft durchbluteten Orgasmus mit einer riesigen Traube an Menschen auf *einen* Wagen zu.

Aus allen Richtungen brachen sie wie Schnipsel in zurückgespielter Zeitlupe zu einer sich merkwürdig öffnenden Autotür.

Ihre Bewegungen waren jetzt schwer und warm, wie begraben in den streichelnden Kontraktionen der Luft, zu Wellen der Überwältigung erlahmter Schwüle, immer schwereloser näherten sie sich dem *einen* Körper, der langsam ausstieg.

Das Dach seiner Schirmmütze spannte weit über dem Gesicht, stach auf wie lackiertes Schwarzglas.

Ein selbstgewisser Mund.

Weißer Kragen.

Er nahm die Schirmmütze ab.

Sein Blick fuhr wie ein Röntgenstrahl durch jedes einzelne Gesicht in der Menge, die ihn rasend, begehrend und überschäumend überfallen hatte und nun stumm und ergriffen vor ihm lagerte, niemand sagte ein Wort, sie sahen ihn nur an.

Als registriere ein Sensor in seiner Pupille jeden Gedanken der Menschen um ihn herum, durchsuchte sein Kopf in sauber abfahrenden Bewegungen jeden einzelnen Augapfel auf das ganze Spektrum ihrer Absichten hin.

Die Regentropfen perlten an seinem glattdunklen Haar ab, er strich sich die fest an die Stirn gedrückten Strähnen in einer langgezogenen Bewegung bis weit hinters Ohr, um den Regen an den Fingern dann voller Abscheu von sich zu schütteln.

Jetzt hob er allmählich das Kinn, als würde es hochgezogen, fuhr den Arm aus, seine weiße Hand war die ruhige Spitze eines stählern durchgestreckten Teleskops, in seinem weißen Gesicht weiteten sich weiße Augen.

Alle Anwesenden stachen die Arme nach seinem Arm aus.

Heini stand in Unterwäsche vor seinem Ganzkörperspiegel in München. Er hatte etwas zu viel gefressen in der letzten Zeit, darum suchte er den Geschmack der Zigarren, die den Appetit ein wenig zu zügeln wussten. Er konnte sich Zeit lassen, heute würde Eicke, sein Lagerkommandant in seinem Dachau, schon alles bewerkstelligen und lieber entspannte er sich auch mal in diesen verrückten Zeiten, trotz all der Sorgen, die Heini plagten. Unzumutbare Sorgen. Seit Jahren unterzog er Nietzsche einem Verhör und auf keiner Seite des tausendjährigen Werkes tauchte auch nur einmal das Wort *Herrenmensch* auf. Dann das Reichs-Sorgenkind Berlin, die Gestapozentrale, die er so begehrte, praktizierte doch allen Ernstes *Observierungen*, statt Verdächtige sofort ins KZ zu bringen.

Heini betrachtete sich. Er fand, dass er selten einen solchen Eroberer vor sich hatte. Angefangen ja schon bei diesem prachtvollen Kopf, auf dem nicht etwa Haare wuchsen wie bei gewöhnlichen Menschen, sondern etwas viel Besseres, so eine Art bearbeiteter Acker, auf dem schon einige Unfälle passiert waren, schmutziges Sauerkraut, in dem lauter kleine weiße Dachauer Blumen blühten – ach nein! – bei näherer Betrachtung sind es dann doch lauter Miniatur-Leichen, ein holder Schmuck zu diesem oben aufsitzenden Grundstück für ein spießiges Einfamilien-Musterhaus.

Dann dieser herrliche Schädel, nein, viel mehr als das, ein enormes Saurier-Ei, auch ohne Knüppel modelliert zu einem Knetkürbis, schon abgefault abgeworfen von einer höheren Niedertracht, die ihn nicht wollte, die ihn lieber dem Deutschen Reich schenkte. Unsauber rasiert, einmal komplett um den Hinterkopf rum, alles ab. Andere mögen ein Kinn, einen Hals und Linien und Flächen an sich tragen, Heini nicht, Heini hatte es auch da besser, schließlich war er auserwählt, denn nichts als ein verklemmter und sich selbst aufdrückender Kloß beschloss die ganze Noblesse dieses Ausdrucks, der auch farblich verblüffend war – auf der Palette eines Malers dürfte es der Ton *weißer Kot* ziemlich genau treffen, über Nacht verteilt im ganzen Garten und man fragt sich, von welcher Bestie stammt dieser Kot denn bloß?

Eine äußerst interessierte Schnüffelnase, die sich immer gern vorbeugte, um auch nichts zu verpassen und bei deren Annäherung jede Rose im Schnelldurchlauf verweste. Ja, und Augen hatte der! Hinter den Mikroskop-Plättchen seiner Gläser so einmalig in ihrer ranzigen Feinheit, zwei abwesende Skalpelle, einzigartig in ihrem Aufschlitzen, groß in ihrer Unglaubwürdigkeit, darum auch vorsichtshalber überwacht von den haarigen Balken seiner Brauen. Ein Bild von einem Mann!

Toll war auch, dass er so gar nicht hochgewachsen war. Etwas drückte ihn existenziell runter, etwas verwehrte sich ihm: die Sterne selbst? Aber er deutete doch sein ganz neues Weltbild aus ihnen, lockte all sein Handeln aus ihrem Strahlen hervor, von ihnen wusste er doch, und das aus erster Hand, dass die Welt eine unbeschreibliche Bedrohung darstellte, wie nur konnten sie ihm so viele Kopfnüsse verpassen, dass er nie die 1,70 m wird überschreiten dürfen?

Jankerl und Lederhose waren mal, jetzt bildete seine restliche Haut vom speckigen Hals an die schwarze SS-Uniform, noch mit Braunhemd und noch ohne die passende Variante für die Sommermonate, aber dafür mit dem unterhalb des Adlers so überwältigend feigen Leibhusaren-Totenkopf auf der Hugo-Boss-Schirmmütze, der noch zu grinsen lernen würde, vom Meister des Quälens persönlich, der genauso gemeingefährlich zu grinsen lernen würde, wie Heini allein es nur vermochte, ein Totenkopf, der längst nicht mehr dem Tod, sondern dem Töten galt und sinnbildlich und feierlich in Heinis Überhirn für jeden einzelnen Toten stand und noch stehen würde.

Wie gern hätte er auf seinem Kragenspiegel noch weiteres Eichenlaub gesehen, am liebsten gekränzt vom erlogenen Lorbeer. Und erst diese herausgepresswursteten Breeches, in den polierten Schaftstiefeln mit den aufwändig gearbeiteten Eisensohlen! Und dann diese Sturmbinde, diese weißen Glacéhandschuhe, diese Reinheit von einem Mundgeruch und dieses ganze übernatürlich gebietende Format von dem einen Reichsführer SS!

Er streckte den rechten Arm aus, als würde seine Schulter ihn rausschießen, und beschrie sein vollendetes Spiegelbild mit »Heil Hitler!« – meinte aber eigentlich sich selbst, meinte »Heil Heini!«, doch das wäre Hochverrat.

Er träumte von Preußen, Tag und Nacht. Preußen hieße endgültige Entfaltung, über alle letzten Hemmungen hinweg. Preußen war bedeutendstes Reichsgebiet. Dieses Preußen, das seine Chancen kopflos verstreichen ließ mit einem Rudolf Diels. Wahnsinn allein war es, wie man den gewähren ließ, Wahnsinn allein. Unverzeihlich.

Selbst das Columbia-Haus genügte Heini nicht mehr, die Zukunft dieses einzigen in Berlin vollständig unter SS-Haushalt gebrachten Konzentrationslagers war ungewiss und wenn Diels immer noch weitergehen würde, dann wehe dir, oh Wohl des Reichs.

Im Berliner Polizeipräsidium herrschte doch gegenseitiges Bespitzeln, selbst Heinis SS-Daluege, seine Verbindung in die preußische Gestapo, war teilweise machtlos gegen die Machtausübungen dieses rassetechnisch befremdlich schwarzhaarigen Diels.

Preußen ... nur einen Millimeter vom Führer entfernt und das nicht der Zuneigung wegen, sondern um den Führer zu *benutzen* für alle großen Pläne. Die Berliner Gestapo aber lag unter der Regie eines Juristen, und das war unbegreiflich. Heini verachtete ihn so sehr, so unendlich hasste er Diels und seine polizeilichen Praktiken einer einzigen Lächerlichkeit. Wann immer Heini Gelegenheit fand, hatte er von diesen Methoden abgeraten, doch der Gestapo-Chef hatte Hitler, wie es schien, um den Finger gewickelt und genoss den vollen Schutz Görings. Mit deren Unterstützung würden bald im ganzen Reich die Dinge anders laufen, nach preußischem Vorbild umgesetzt werden. Heini spie aus! Zermalmen hätte er den Diels wollen. Zermalmen.

Heinis Dachau genoss Ruhm, das erste offizielle KZ oder wie man sagte KL, doch in nur einem Dachau konnte man sich nicht ausleben und seiner Berufung folgen. Dachau müsste Prinzip werden, schließlich hatte er obendrein auch noch Sinn für exzellentes Personal. Eicke, der ihn als Lagerkommandant abgelöst hatte, war eine aus dem besten Fleischwolf herausgedrehte Masse aus endzeitlichem Schwachsinn und beherrschter Wucht, versoffen und durchtrainiert zugleich, Übeltäter und Beichtvater, charismatisch, stramm und gut durchblutet, unleugbar konsequent und unerschrocken, aufs Erniedrigen aller Menschen aus, auch der deutschen Soldaten, um sie dann wie Hunde zu dressieren und als Kampfhunde zu entlassen. So wie Heydrich einer war, Himmlers feinsinnigster Bullterrier.

Die eng anliegenden Lider waren durchglüht von entsetzlichster Bereitschaft. Seine Statur, unproportioniert hüftig in die Länge gezogen. Ein fliehendes Gesicht, es wich aus, um dann sehr bedrohlich und sehr unerwartet zurückzuschlagen. Seine Stärke lag in der Administration der Behörden, im Suchen und Nachpumpen von auffälligen Objekten, dem frischen Fleisch der Konzentrationslager.

Dachau war Vorbild. Dachau war das Ende der Welt. Von so einem Berliner Gestapo-Chef, der Nationalsozialisten festnehmen ließ, würde man sich jetzt nicht aus der Fassung bringen lassen. Die hatten sich aber auch dämlich angestellt, wer lässt sich denn erwischen? Ein Saustall war doch das alles. Chaos ohne Kontur, ohne Struktur, ohne Einheit. Musste eben der Strafkatalog eines Konzentrationslagers juristisch uneindringlich und einwandfrei sein, mussten die Züchtigungen errechnet, die Foltermöglichkeiten verbessert, der Bettenbau täglich geprüft werden, Deutschland befand sich doch in einer einzigen Notwehr gegen Juden und Kommunisten, gegen Sozialdemokraten und intellektuelle Wühler, diese Verteidigung als Paragraph per se war längst fällig.

Stock- oder Peitschenhiebe ließen sich zahlenmäßig auf fünfundzwanzig festlegen, wobei der Häftling nicht nur irgendwohin, sondern auf einen Bock gelegt gehört und von einem anderen Häftling an den Handgelenken festgezogen bleiben muss. Die Hiebe mit der langen Weidenrute, die hat er selbst und laut mitzuzählen, verzählt er sich, so muss wieder vom Schlage eins ausgegangen werden.

Die Blockkontrolle sollte Ermessen des jeweiligen Blockführers oder des diensthabenden SS-Mannes oder des Kommandanten selbst sein, sie allein können entscheiden, wann sie unangekündigt die Baracke überfallen, wie laut sie brüllen, welche der hilfreichen Nebenstrafen sie hinzuziehen möchten; Ohrfeigen, Faustschlag, Ochsenziemer, Kostentzug, Briefverbot, Strafexerzieren, Rollen vorwärts über Stunden bis zum Erbrechen oder sogenannte »sinnlose Tätigkeiten« auferlegen, die den Gefangenen an seine Ausweglosigkeit erinnern, denn für gewöhnlich handelt es sich um sogenannte »Unverbesserliche«.

Auch sollte das Baumhängen in den Katalog aufgenommen werden, bei dem die Häftlinge stundenlang mit den Händen am Rücken zusammengebunden an einen Pfahl gekettet werden, ohne den Boden berühren zu können. Bei besonders aufwieglerischen Gegnern des Reichs sollte sich ein SS-Mann auch jederzeit an diesen hängen dürfen, um die Leiden zu verstärken.

Steharrest in körperengen Schächten oder Kaminen sollte aus mindestens drei Tagen bestehen, keinesfalls weniger, und sie sollten hineinkriechen, wenn nötig zwei weitere Unruhestifter mit hineinstecken, um Erstickung herbeizurufen oder lebenslange Klaustrophobie.

Einzelhaft sollte auf bis zu zweiundvierzig Tage ausgedehnt werden können, ja bis auf unbegrenzte Haftdauer, bei mehrmaliger täglicher und unangekündigter Züchtigung durch die SS-Wachmannschaft.

Sträflinge sollten Sträflingskleidung tragen, nichts, was an ihr persönliches Leben erinnert. Die Haare ab. Kriminelle haben keine Merkmale.

Eigenhändige Prügel, eigenhändige Exekutionen oder Scheinexekutionen sollten gleich zu Beginn bei einem neu hinzugekommenen deutschen Soldaten als Teil der Eignung vermittelt werden. Ein Soldat sollte alles tun, was der

Vorgesetzte von ihm verlangt. Differenziert er, ist er zimperlich oder weigert sich gar, so sollte er sich den Tieren in der Baracke, die auch gern viel denken und schreiben, hinzugesellen, dann aber hat er Deutschland verwirkt. Heult er, weil er einen Häftling nicht schlagen will, so solle man den Soldaten so lange drillen, nötigen und anschreien, bei möglichst wenig Abstand direkt ins Gesicht brüllen, bis er den ganzen Willen neu empfängt, die große Aufgabe erkennt und wieder klarsieht. Dann wird er nicht mehr aufhören können, seine Pflicht zu tun. Er wird dann wissen, dass er nur durch Härte reifen kann. Den Schock über die Peitschen-Schreie der Sträflinge, die muss er in sein Gefallen verwandeln. Es ist der Feind, der da schreit. Alkohol tilgt Skrupel und sollte immer in angemessenen Mengen zur Verfügung stehen. Berufsaussichten sind umso höher und besser gestellt, je brutaler ein SS-Mann zuschlägt und möglichst nicht verfehlt, tut er dies zu oft, gehört er verschmäht und ist nichts als eine Gottesanbeterin in Hosen. »Sehnig« sollte ein SS-Mann sein und »helle Augen« haben. Auslese auch hier, den Typus der absoluten Gnadenlosigkeit, den sie durch eine dreimonatige Probezeit unter Beweis stellen.

Auch sollten Frauen, die Eicke gar nicht interessierten, nicht länger von Strafen befreit sein, fand Heini. Auf das nackte Gesäß gehörten mindestens 25 Schläge, bis das Hinterteil einem offenen Kuhherzen ähnelt. Das auch mehrmals am Tag, damit keiner in ein Gefühl der Erlösung komme, denn Entlassung ist bei Hetzern und solchen, die es bleiben wollen, sowie ihren Familien unbedingt unerwünscht.

Besondere Härte muss gegenüber Juden gelten.

Krücken oder Brillen sollte man möglichst verweigern, nur die Arbeit zählt für den Häftling. Vergehen wie die Besudelung oder gar Entfernung heiliger Symbole des Germanentums ist mit Erschießen zu bestrafen, kann nur mit Blut gerächt sein, notfalls einen Hügel hinabschubsen und im Fallen erschießen: Wird als Fluchtgefahr verstanden.

In geschlossenen Kolonnen haben sie sich zu formieren, trifft ein Lager-Insasse auf einen SS-Angehörigen und wird von diesem angesprochen, so versteht sich von allein, dass der Verräter diesem bei voller militärischer Haltung gefälligst die Ehre bezeugt, das kann auch nur der Manneszucht des jämmerlichen Oppositionellen dienen. Beim Marsch durchs Lager sind sie gezwungen, SS-Männern den Blick abzuwenden. Ihre verlausten Mützen sollen sie dabei abnehmen. Augen rechts und rührt euch!

Die Kommandanten schreiben Berichte, lassen sich die Prügelerlaubnis von höchster Heydrich-Stelle bescheinigen. Ja, so würde ein Schuh draus, Heini schwärmte vor sich hin. Kleine Ergänzungen höchstens noch, die Eicke als *Inspekteur aller Konzentrationslager des Deutschen Reichs* durchsetzen würde. *Gezeichnet Eicke, SS-Oberführer!* Heini sah und las es vor sich, es gluckste in ihm vor Begeisterung. Das weltweite Untermenschentum *anständig* zugrunde richten, sagte er sich. »Anständig« wie »so richtig«.

– Doch erst musste dieser Diels weg. Die von Heini in Auftrag gegebenen Denunziationsberichte über ihn schlugen fehl, Hitler hat nicht darauf reagiert und die Berliner Gestapo lag zum Greifen nah. Was tun? Was nur tun, fragte sich die Hexe von Dachau.

VIERZEHN

Jeder Schritt durch München führt mich einen Schritt von Deutschland weg.

Gesund, ja, das gesündeste Volk der Welt sind sie, doch wo ist ihr Glücksrauschen? Wo ihr Charisma? Ich sehe vom Bier plattgesoffene Gutmütigkeit oder schändliche Ausgeglichenheit oder Normalität, meinen ärgsten Feind.

Wie können sie alle so dasitzen und nachts schlafen, nachdem sie so viel Beethoven hören?

Warum vernichten sie seine Musik nicht, um ihren auflösenden Zauber nicht länger ertragen zu müssen? Warum sind sie nicht traurig? Wie können sie derart mittelmäßig, derart behaglich sein? Müssen sie denn gar nicht sich selbst aushalten?

In Rumänien ist wenigstens niemand nur *zufrieden*, dieses Gefühl existiert bei uns nicht. Unsere Wünsche übertreffen unser Leben. Unser Schicksal ist auf den Kopf gestellt. Hier schweben sie nicht in ihren Ichs, sie sind *ein* Ich. Sie haben auch keine Bedenken sich fortzupflanzen. Wie kann man einem Kind das Leben zumuten? Hätte ich eines, ich würde es auf der Stelle erwürgen, um ihm alles zu ersparen und ich hätte etwas endlich einmal Gutes getan.

München ist nicht die Sturzflut Berlin, ich hatte mir diese Stadt überfallender, dynamischer und interessanter vorgestellt. Nicht mal die Frauen machen Lust. Da ist keine

Nuance in ihnen. Nur Liederlichkeit, frigide Undifferenziertheit. Ich bin den Tränen nah, denn kein Mangel entzieht mir den ungreifbaren Raum, sondern meine Überfülle, die ich nicht teilen kann. In keiner geheimen Musik eines anderen Menschen kann ich mich finden, sie versuchen den Akkord einer anderen Welt erst gar nicht, ich kann nur alle Seelen verlassen, denn keine vermag mir meine Furcht vor meinem Schicksal zu nehmen. Sie wissen hier nichts vom körperlosen Licht einer Entmählung von allem Sein und von allem Weltall und vor Täuschungen hüten sie sich, dabei sind es die Täuschungen, die uns besiegen und raffinieren, wie Mozart es mit seinen Adagios tut, ein gegenseitiges Beleben und Stürzen zwischen ihm und seiner Musik, auch er war einsam, wie ich es bin.

– Eine Gruppe Jugendlicher in kurzen Hosen umflattert mich. Vorneweg einer: intelligent und offensiv.

»Hey!«, ruft sein Freund ihm nach. »Wart doch, Hans! Wo willst du denn hin?« – Ein zweiter Freund ruft im Laufschritt: »Mensch Scholl, jetzt nimms halt nicht schwer, war nicht so gemeint, sei keine Memme!« – Ich sehe, wie der Junge vorwärts zieht, schneller als alle anderen, seine gebräunte Stirn atmet Ausdauer und er bleibt nur für kurz stehen, um den Jungen zuzurufen: »Ich will allein sein! Allein! Hört ihr? Allein!« – Dann stürmt er weiter und ich verliere ihn im Wind …

Wir sind nur wir selbst in den Augenblicken, in denen wir hinschauen, mit offenen Augen dastehen. Dann fühlen wir den ganzen Kupferstich der Wahrheit oder das, was sie durch uns sein könnte.

Einige Ecken weiter betrat ein junger, auffällig heiterer und sehr schöner junger Mann einen Instrumentenverleih. Er hätte seine Violine verschenkt, sagte er lachend und mit zierlich gekräuselter Nase, er brauche nun ganz dringend eine neue, diese hier sei ja im Klang so herrlich seiden und die wolle er ausleihen. Seine wohlgefeilten Nägel zupften an den Saiten und fuhren sie ab wie stromgeladene Träume.

Wie denn sein Name sei.

Mengele, Josef Mengele, sagte er und zahlte die erste Rate.

Draußen, die Frühjahrssonne strahlte, ließ er sich von den Münchener Straßen inspirieren, ließ sich sanft treiben. Das Versprechen des Frühlings war da und er spazierte mit seiner Geige an den Menschen vorbei. Diese hübsche Spalte zwischen den vordersten Schneidezähnen, sein ebenhölzernes Haar so flauschig, der schüchterne Blick. Ach, stöhnte er lieblich, so viele dunkle Augen in München. Bayern war dunkeläugig und dunkelhaarig. Man müsste, dachte er, braune oder grüne, steingraue oder schwarze Augen *blau* kriegen. Man müsste sie arisieren können. Man müsste eine Tinktur erfinden, die die Pigmentierung des Auges beeinflusst, ja verändert, vielleicht mithilfe von Hormonen? Man müsste Menschen-Augen herausnehmen, zu Forschungszwecken durchs ganze Reich verschicken oder auch und gerade die Heterochromie, die Zweifarbigkeit ein und desselben Augenpaares, die ihn so faszinierte, auf den Spitzenstand der Pathologie bringen.

In die Schöpfung einzugreifen wäre einzigartig und das Kaiser-Wilhelm-Institut in Berlin wäre doch gewiss aufgeschlossen für all diese Ideen und dankbar für Präparate aller Art, offen für diese wertvolle Arbeit am Lebewesen, an echten Organismen, an wirklichen Menschen. Versuche waren schließlich Inbegriff jeder Wissenschaft und die jüdische Rasse könnte so der Menschheit noch einmal von großem Nutzen sein, das war doch ein edler Gedanke!

Mengele kam sich überaus christlich vor und so fiel ihm auch nicht auf, dass die Biologie der Untermenschen doch eigentlich nicht seiner herrenmenschlichen Körperkunde dienen konnte. Er blieb in den ihn so belebt anziehenden Straßen stehen, zwischen all den Läden und Bierstuben, warf den Kopf in den Nacken, schloss die Augen, atmete die Luft aus tausenden Lungen ein und über ihm öffnete Carl Orff mit einer Zigarette im Mundwinkel sein Fenster, er sog denselben Atem eines tausendfachen von Messerviolinen geritzten Chores ein, er hätte sich auf der Stelle besaufen wollen, so überwältigt war er von seinen ersten Kompositionen der Carmina Burana, die auf seinem Klavier lagen:

SEMPER CRESCIS AUT DECRESCIS ! ... VITA DETESTABILIS ! ... STATUS MALUS VANA SALUS ! ... EST AFFECTUS ET DEFECTUS ! ... SEMPER IN ANGARIA !

FÜNFZEHN

Rudolf Diels schmunzelte. Er erinnerte die letzte Woche in Berlin. Es war abends gewesen, da kam sie herein. Zwar hatte seine Sekretärin mehrfach versucht, die Frau zurückzuhalten, Diels hatte gerade ein Telefonat beendet, als sie die Tür schon aufriss.

»Wusst ich's doch!«, rief sie empört und warf ihre Handtasche auf seinen Schreibtisch. »Du hast mich vergessen! Oder isst du heute mal zur Abwechslung bei deiner Frau zuhause? Oder besuchst du gleich wieder diese Amerikanerin, diese Botschaftstochter? Oder ist es diese Pianistin?«

Diels dachte zwei Sekunden nach, dann wünschte er seiner Sekretärin und den letzten Stenotypistinnen einen ruhigen Feierabend. Die Tür schloss sich, er war allein mit ihr.

»Wie kommst du darauf, ich hätte dich vergessen? Keineswegs«, sagte er. »Ich habe alles erledigt. Ich muss lediglich um sieben zu einem Abendessen ein paar Häuser weiter.« – Er sah auf die Uhr. »Zwanzig Minuten sind ... eine kleine Ewigkeit ... wenn man sie zu schätzen weiß.« – Seine Augen öffneten sich wie dunkle Schalen im Meer.

Sie stand auf sehr hohen goldenen Sandalen mit schweren Keilabsätzen, trug ein knielanges, an den Schultern zu zwei kleinen Türmen gepolstertes Kleid. Ihr Haar lag beinah ganz hinter einem eng den Kopf umfassenden Hut. Ein schwarzer Hut mit Augennetz. Jetzt, gestand sie sich, starb sie vor Aufregung, nachdem sie doch eben so hereingestürmt war.

Diels stand gegen seinen Tisch gelehnt vor ihr, die Hände in den Hosentaschen, und begann sie zu betrachten. Dabei neigte er den Kopf. Sein Blick war unverklemmt und unmissverständlich. Dabei voller Fantasie. Voller Rocaille.

»Ich mag dein Kleid«, sagte er. »Und wenn dich mein Hund nicht stört?«, Anubis horchte aufmerksam von seinem Platz aus am großen Fenster, Diels trat leise auf sie zu, in seinem lockeren schwarzen Anzug. »Er ist äußerst verschwiegen, musst du wissen.«

Diese Stille im Raum ...

»Und wenn es dich nicht stört, dass ich nix drunter trage?«, sagte sie und raffte den Stoff des teuren Kleides, zog ihn hoch, zog ihn bis zum breit umlaufenden Bügel ihres seidenen Büstenhalters. Unter ihrem Nabel forderte eine mit der Spitze nach unten zeigende Pyramide aus zart-drahtigen Haaren ihn dazu auf, die Pyramide zu betreten.

Er sah sie an, seine geschwungenen Lider zielgerichtet, die schwarzen Wimpern und Brauen klar über seinen asterblauen Augen. In seinen Narben kochte es.

Dann ging er auf sie zu, packte sie und wäre noch jemand auf der anderen Seite der Tür gewesen, hätte es zwanzig Minuten lang warm gegengepoltert.

Sie sah ihn dabei an, im Takt seiner Bewegungen, eine schwarze Strähne entglitt seinem so explizit nach hinten gekämmten Haar und fiel ihm in die Stirn, vom Blicknetz ihres Hutes aus betrachtet, schien er wie ein Raubtier in der Falle ...

... Diels trat aus seiner Erinnerung heraus, der Wagen nahm eine steile Anhöhe. Nach kurzem Aufenthalt in München war er nun am Berghof angelangt, kurz vor Hitlers Haus auf dem Obersalzberg. Es war früher Abend, die Sonne verschwand wie das leuchtende Kleid einer Frau, die den Saal verlässt und von der man nur noch die unvergessliche Schleppe verfolgen kann. Der Wagen setzte immer höher und höher und alles drehte sich in der Spirale des Schwindels mit. Sein ganzes Leben drehte sich!

Er saß im Anzug und Mantel auf dem hinteren Sitz bei offenem Dach, die Hochstimmung in ihm war kaum auszuhalten. Er konnte es nicht mehr erwarten, den Befehl zur Festnahme all der SA-Größen entgegenzunehmen und die Strafverfahren einleiten zu lassen. Er konnte nicht erwarten, dem SA-Spuk ein Ende zu bereiten und all diese Sadisten offiziell von deutschen Gerichten verurteilt zu wissen und im Gefängnis zu sehen.

Was für ein Erfolg.

Was für eine Stunde.

Die innere Welt wurde zur äußeren.

Sein Puls perlte durch seinen Körper, der Wagen hielt und er stieg schwungvoll aus.

Carl von Ossietzky lag im Bett eines Krankenhauses in Berlin über Deutschland, auf der Welt aller Universen. Ein Krüppel.

Bevor er verhaftet wurde, trotz Warnungen seiner Gestapo-Freunde, muss man ihn sich so vorstellen: grandioses lautes unberechenbares Kinn, leise unstillbare Augen.

Zigarette. Ungeduld. Schliff in jedem Satz, Kolorit in jedem Gedanken, er überführte sie alle. Welt-Talent. Weltberühmt. Weltbühne. Ein lautloser, arroganter, allwissender, loyaler, hilfsbereiter, verflucht überwältigender Trotzkopf. Gütig, begabt und entwaffnend. Die Welt war Berlin und Berlin war die Welt und dazwischen wurde Wahrheit gemacht. Von ihm. Die Nationalsozialisten hatten keinen Wert für ihn. Sie waren selbstzerstörendes Spielzeug eines bösen Kindes namens Enttäuschung.

... jetzt?

Jetzt ist er mehrfach gebrochen, ein paar Mal zu oft gegen den Kopf geschlagen hat man ihm, die Zähne eingeschlagen, er hat Schmerzen in der Lunge und hustet Rot, das Sprachzentrum des gefürchteten Stilisten hat gelitten, er, dessen Zunge mit einem behutsam triumphalen Schwert verglichen wurde.

Er ist jetzt nicht mehr Carl von Ossietzky. Er ist jetzt infiziert, verstümmelt, vereitert, er stinkt, er weint, er träumt nicht mehr, er schreibt nicht mehr, er denkt nicht mehr, er wird aufgeben.

Namenlos aufgeben als Carl von Ossietzky, Chef-Herausgeber der *Weltbühne.*

Er will den Freunden nichts mehr ausrichten. Nach wechselnden Konzentrationslagern gibt es keine Freunde mehr. Er wird wieder ein bisschen zu träumen lernen, im nächsten KZ, in Esterwegen, im aussichtslosen Moor bestialischster SS-Jugendlicher, die ihn zwingen werden *Alle Vögel sind schon da* zu singen und zwischendurch *Kuckuck* zu rufen, sieben Stunden lang in seinen Holzpantoffeln, und wenn er sich weigert, dann werden sie einen anderen Gefangenen zwingen, ihn mit Kot zu bewerfen, und eben da wird er wieder träumen lernen, wird seinen unprominenten Mithäftling zum nächtlichen Rauschglück-Flüstern verführen: *Komm, wir spielen Kurfürstendamm,* wird er wispern.

Ossietzky: Also ich sitze schon, du kommst rein.

Mithäftling: Ich will aber schon sitzen, während du reinkommst, warum muss ich immer reinkommen?

Ossietzky: Unmöglich. Im Kranzler war ich immer der Erste. Also: Du kommst rein.

Mithäftling: Es ist 16 Uhr.

Ossietzky: Die Sonne legt sich gerade in die Bäume, September in Berlin.

Mithäftling: Du hast reserviert, hoff ich.

Ossietzky: Am Fenster.

Mithäftling: Ausgezeichnet.

Ossietzky: Aber nicht für dich.

Mithäftling: Erwartest wohl deine hübsche Geliebte.

Ossietzky: Stattdessen erscheinst du, naja, setz dich halt.

Mithäftling: Du kannst deine Freude nicht verbergen, ich seh's doch!

Ossietzky: Pssssssssst ... die Gläser ... hörst du sie klirren? Hörst du all die Gläser im Lokal? Riechst du den cremigen Kaffee in den kugeligen weißen Tassen? Fühlst du den warmen Kudamm, immer wenn die Tür aufgeht? Riechst du den Wind im Sekt? Hörst du ihn rascheln in der Frankfurter Zeitung, die auf dem runden Tisch liegt und wie zwanzig Tauben fliegt, wenn die Kellnerin vorbeieilt?

SECHZEHN

Emil Cioran betrat das abendliche Neuschwanstein, den weißen Albtraum, der immer ein schwarzer Traum sein wollte, umringt von Bergen, die wie Baiser emporgezupft waren.

Er fiel weit ins Schloss hinein, in diese eigenartige Unschuld aus Übermaß, und er war unsagbar berührt. Gebogenes, gewelltes, gedrehtes, blühendes Holz überall, Holz behandelt wie Seidenstoff, gebaut für ein Kind, das sich nicht stoßen, nicht verletzen darf, weil es sonst erwacht.

Eine Ecke zog ihn an wie ein kalter Magnet, der eine *andere* Welt kennt, eine Fensternische weit ins Zimmer gerückt. Er ging auf dieses Fenster zu, kein anderer Besucher war jetzt noch im Raum, Emil stand allein in dieser verglasten Ecke, die vornüber in einen unermesslichen Wald kippte. Ihm schwindelte, er rührte sich nicht mehr. Vor ihm lag in dunkel dampfendem Smaragd das wahre Reich aus trunken raunenden, neblig wippenden Bäumen, er stand hoch über ihnen auf ihrem Waldberg und sah eine Anatomie grenzenloser Verletzlichkeit vor sich ausgebreitet.

Ein einziges Geständnis der Angst, alles atmete diese Angst, Ludwigs Angst. Er hatte sie jedem Blatt, jeder Schneespitze, jedem Turm einverleibt – selbst die Schwingen der seltenen Vogelarten schwangen noch immer in seiner Verlorenheit, gedachten seiner Befehle, heimzukommen. Sie umkreisten seine gebauten Schmerzen, sie würden nie damit aufhören.

Das war Unsterblichkeit. Das allein. Wenn die Luft, wenn die Tiere, wenn die Wolken sich auf *einen* Menschen beziehen, der schon längst nicht mehr da ist.

Die bayerische Landschaft, das war nicht München, das war so viel brüchiger und so viel betrübter. Die Waldwiesen hatten sich selbst erkannt, trugen etwas beinah schon Katholisches, Zurückhaltendes in sich, das einen zwang, angesichts großer Probleme die Nerven zu behalten. Hier lag kein Exzess, hier schrie nichts, innerste Kontrolle.

▬

Ein Diener öffnete Rudolf Diels die rund gebogene Tür in die Große Halle auf dem Obersalzberg. Er trat ein und stand wie über dem Raum, einige Stufen führten hinab und über einen erzählerischen Teppich hinweg ging er auf Hitler zu, der nicht den Hitlergruß entgegennahm, sondern die Hand.

Göring erhob sich aus einem tiefgelagerten Sessel und Diels wollte auch ihn begrüßen, doch seine Aufmerksamkeit entwich zum schmalen Fenster, ein gedrückter Glasrahmen, der eine Landschaft schnitt, von der er sich in diesem Augenblick kaum lösen konnte. Wolken hatten sich wie lange weiße Haare um die Berge geschmiegt und wie aus ruhelosen Träumen zogen sie immer um denselben Punkt herum, kontrolliert und unmittelbar. Er konnte den Blick nicht abwenden, konnte es nicht, denn es beruhigte ihn. Die graublaue Stunde, kalt und feucht, zerschmetterte vor ihm. Die Luft knackte, brach auf, unsichtbare Macht drang aus und verströmte!

—

Sie legte ihre Hand an meine Schulter und sagte: »Verzeihung, der Herr, aber wir schließen jetzt, die Schlossbesichtigung ist vorbei.« – Und dann ... dann ... dann hat sie *gelächelt.* Sie hat gelächelt, sie hatte kein Gesicht, nein, sie *war* das Lächeln selbst, derart wundervoll, dass ich das Fenster, mit dem ich eben noch verschmolz, vergaß!

Ich sah sie an, ihre tiefen Linsen mich. Mein Herz machte zehntausend Augen auf. Ich wollte sie an mich pressen, gegen meine Brust drücken, konnte mich nicht bewegen. Begierde brach in mir hervor, stieg auf! Begierde, die all mein Wissen aufhob, meine Stufenleiter in die Leere ganz einfach sprengte, meine Fesseln, all meine Worte fortriss und ich wollte sie bitten, mich nie wieder allein zu lassen, ich wollte sie küssen mit all meiner ungenutzten Sehnsucht nach einer Zukunft ... stattdessen erstarrte ich.

Ich wollte, ich wollte, ich wollte! Ich habe nicht!

Ich verließ das Schloss wie ein zerrissener Narr, wie ein begossener Pudel, mit einer Postkarte in der bloßen Hand, auf die ich, gegen einen Baum gelehnt, schrieb: *Bitte, gebt mir ein anderes Universum oder ich verende ...*

—

Hitler stellte sich neben Diels und stützte sich mit beiden Fäusten auf den riesigen Tisch am Fenster. Hitler war selbst wie ein Fenster, von dem der ganze Eis-Atem der Alpen einem die Gedanken mit Frostblumen überzog. Materie war er, ungezeugtes All. Seine Nähe war jetzt frontaler denn je, knisterte voller Melancholie, beherbergte nur noch sich selbst.

Der dickleibige Katalog von Diels über die SA-Gräueltaten und die Delikte Röhms lag ausgebreitet auf dem Tisch. Jeden Moment würde doch der Befehl erklingen, die Verbrecher unter ihnen festzusetzen, dafür hatte man Diels doch kommen lassen.

Aber dieser Befehl kam nicht.

Hitler schien wie woanders und meinte, bevor man all diese kleinen Halunken rankriege, müssten erst mal die großen Halunken weg, der Röhm ... der Strasser ... der Schleicher.

Diels hörte langsam zu und in seiner ruhigen Temperatur versuchte er zu folgen.

Die müssten weg, wiederholte Hitler, es seien Verräter der vordersten Reihe. Außerdem steckten die doch alle drei unter einer Decke und verstünden sich so gut. Die planten doch was. Die würden zu einem Scherbenrand, der sich bald reinramme, würde man es nicht verhindern. Hitler verschlang sich selbst.

Fürchtete er sich vor der SA? Vor Röhms Existenz in *seiner* Geschichte? Glaubte er, er könne sie alle nur auf diese Weise loswerden, mit einem Schlag?

Diels wollte nicht verstehen. Röhm würde man schon noch auf die richtige Seite holen, versicherte er Hitler, gegen ihn persönlich gäbe es keine besonderen Beschuldigungen. Berlin habe sich beruhigt, die SA sich mit Kommunisten vollgesogen, die Lager seien geschlossen, die Kinder hätten sich ausgetobt. Es gehe jetzt um die kleinen und die mittleren Geister der SA-Verbrechen, im Sinne von Festnahmen wegen Mord- und Totschlagverdachts und um kurze Ermittlungsverfahren und Hauptverfahren vor Schwurgerichten und Strafkammern. Sodann könne es auch die hohen Herrn Sadisten treffen, wenn nur einmal der Lauf der Dinge fortfahren und Hitler und Göring ihm, Diels, dabei helfen würden, führte er immer wieder von Neuem aus. – Was also geschehe nun auf seine Beschwerde hin gegen die SA, stellte Diels schließlich ein letztes Mal in den Raum.

»Dann«, murmelte Hitler mit einem entrückten Lächeln zwischen den blass zitternden Lippen, »dann werden wir auch mit dieser Horde fertig sein ... erst die vordersten Verräter, dann die kleinen.«

Dumpf verließ Diels die Große Halle, stand draußen mit Göring, blickte in die Stufen der Täler. Ja, dachte er, von hier aus gesehen ist die Welt ganz klein, einmal als Antlitz einer Karte vor einem ausgebreitet, die Menschen nur Striche und Gott nichts als Untertan der Natur. Graue Nacht grölte von den Bergspitzen heran.

Göring wollte wissen, ob er *verstanden* habe. Die Drei mussten verschwinden. Und zwar bald. Kein Mensch dürfe von der Sache erfahren. Er verlasse sich auf Diels.

Diels fragte, ob das nicht ein Gericht aus Offizieren und Parteiführern entscheiden könne, wenn auch nur ein Ehrengericht?

Der Führer sei das *einzige* Gericht, sagte Göring, scharf wie ein freigelassener Kettenhund.

Nach Stunden des geisterhaften Fahrradfahrens nach ich weiß nicht wohin, saß ich am Starnberger See. Der Morgen, der noch schlief, war über mir hereingebrochen und meine Seele plätscherte wie das Wasser vor mir. Ich wollte in tausend Teile zerspringen. Ich wollte ihr Lächeln wiederhaben. Ich weinte lachend und lachte weinend. Endlich war ich bei meinem liebsten aller Könige, dem interessantesten und verzweifeltsten und enttäuschtesten aller Könige, und was war geschehen? Ein Frauenlächeln hatte mich lahmgelegt.

Hier, wo Ludwig II., der geliebte Held meiner Jugend, seinen Körper dem Tod übergeben hatte, versank ich in den vergiftenden Erinnerungen der Lippen einer Frau und in meinen inneren Schwingungen.

Ich wollte, ich konnte mir nicht verzeihen und ich ertrank und ich wollte seine Schmerzen erleiden, dieselben, die er gehabt haben musste, um endlich vom Wasser aufgenommen zu werden, um endlich das Leben verlassen zu können und ich fühlte sie ihm nach, ja, ich fühlte sie.

Meine Haut färbte sich blau und meine Sinne gingen verloren, hier, wo er ein letztes Mal in schiefer-farbener Nachtmorgenstunde getrieben hatte, im Umhang des Wassers, mit Seerosen das Porzellangesicht geschmückt, den Totenblick fragend in die verschwindenden Sterne gerichtet, hier hatte auch ich ihn verraten.

Ich wollte wesentlich sein, ich wollte es wirklich. Stattdessen gab ich mich der Sehnsucht nach Glück hin und wurde unglücklicher als je zuvor.

Wir können nicht glücklich sein *und* wesentlich.

Mit dem Unglück töten wir das Leben, aber es ist die einzige Bedingung für unsere Tiefe, für unseren Kern.

Ich musste mich hier und jetzt entscheiden: Wollte ich glücklich werden oder wollte ich ein Schicksal?

Was war schon das Glück?

Nichts als süße Trostlosigkeit, in einem Menschen wie mir nur der leerstehende Raum meines Unglücks. Ich konnte es nur verachten, das Unglück wieder lieben, mehr denn je lieben, damit meine drückende Brust mich nicht erstickte.

Ich entschied mich für ein Schicksal.

Stand auf und ging.

Die Fahrt vom Obersalzberg hinab war lang und düster, Rudolf Diels verließ das Führersperrgebiet, verließ Berchtesgaden, verließ Hitler. Unerträgliches Brüten schlug sich in ihm nieder, Schüttelfrost und Dunkelheit.

Sein ganzer Widerwille stürmte in ihm auf, er fühlte sich verpestet, verpestet von einem Mordbefehl, so offen ausgesprochen, so direkt verlangt. Wie Schimmel schleuderte es sich durch seine Lungen, durch seinen Kopf. Wie schwarzer Regen.

Er blickte auf seine Handflächen, er hatte die Hände seines Vaters, schön und entspannt, es waren keine Hände, die fremder Rache folgten.

Aber es war *sein* Deutschland.

SIEBZEHN

Gerda starrte Hans-Joachim an.

»Gerda, versteh doch, ich muss was tun. Ich hab das Gefühl, ich warte auf ein Unglück. Ich muss mich irgendwie einsetzen, Deutschland braucht mich.«

»Aba wat hat'n dit mit Otto zu tun?«

»Otto ist, so viel ich von dir weiß, gut mit dem Berliner SA-Führer und Otto hat ein Ansehen. Vielleicht könnte er mich bei den richtigen Leuten ... ich meine, immerzu wird mit uns Juden doch einzig die Geldgier in Verbindung gebracht, wenn nun aber das materielle Schicksal der Juden angehalten wird, dann sollten wir, die junge jüdische Generation in Deutschland, das Wort der Stunde doch ergreifen und gerade jetzt zeigen, worauf es uns eigentlich ankommt – dass Geld nicht unsere Identität ist. Zu beweisen, dass wir ganz ohne diesen materiellen Verdacht für Deutschland da sind. Für die Zionisten und für Israel sind wir ja längst Abtrünnige, Verräter am Judentum, wir, die wir Deutsche sein wollen, unsere jüdische Geschichte aufbrechen und in Frage stellen, und ihre Einflüsterungen wollen sie nicht lassen und Millionen folgen diesen Lügen weiterhin und sehen nicht die Gefahr. Aber ich bleibe bei meinem Entschluss, selbst, wenn er in den Abgrund führt. Wer sonst hätte mehr Übung in der Tragik als ich, ein ›Jude‹? Ich kann es mir leisten, wenn du so willst, ich kann mir diesen Schritt und diese Sprache leisten, denn ich bin bereit auszusprechen, dass zweitausend Jahre Judentum ihre Kräfte erschöpft haben, dass wir nicht länger auserwählt, dass wir ein Volk wie jedes andere sind, dass einzig das Wunder Deutschland als Glück des Diesseits vor unserer Tür liegt und sonst keines!«

Sie schwieg. Saß auf seinem Bett. Ein kleines karges Zimmer mit Gardine.

Angewidert sah sie ihn an. Verstand nur nichts davon.

»Otto könnte mir vielleicht unter die Arme greifen, wenn er nur einmal wüsste, wie ich wirklich drauf bin, dass ich … also dass ich einer von ihm bin. Könntest du ihn nicht um eine Aussprache, um ein Treffen mit mir bitten?«

Giftrot mischte sich wieder mal in ihre obere Wangenpartie und das rotblonde Haar richtete sich eigenartig auf. »Sach ma, Jude, haste mich die janze Zeit nur benutzt?« – Sie erhob sich. – »Du willst an Otto ran, du bist 175er, haik recht? Du hast da die janze Scheiße ausjedacht, um an ihn ranzukommen, du stehst uff den. Abartich und 'k bin druff rinjefallen.«

»Gerda, was redest du da nur? Hör sofort auf damit.«

»Halts Maul, Jude, du würst schon sehen, watte davon hast, mich so hintajangen zu haben, würste schon noch sehen. Wolltest mich die janze Zeit nich haben, wolltest nich ficken, jetze wesik warum, jetze leuchtet mir allet ein und glob ma nich, ick wüsste nich längst, dassa sich'n Lustknaben hält. Haik schon vor Wochen rausjefunden, den Theo, den siehta ständich und denkt 'k bin von unjefähr. Ihr jehört doch alle ins KZ!«

»Warum willst du dich nicht beruhigen? Was du da sagst, ist jenseits von Gut und Böse, Gerda.«

»Fassma nich an, Judensau!«, sie schnappte ihre Jacke und verließ die Wohnung mit einer zuknallenden Tür.

Hans-Joachim ging auf und ab.

Rudolf Diels fuhr über Bamberg, sein Wagen brauste am Kaisersaal der Neuen Hofhaltung vorbei, in dem Julius Streicher kerzengerade eine Partei-Rede hielt:

»Und es ist ja auch ganz selbstverständlich, meine sehr verehrten Herren, dass wenn eine deutsche Frau mit einem Jud ins Bett geht und der Jud seinen jüdischen Samen in ihr ausgießt, sie für immer von seinem gefährlichen Sperma kontaminiert bleibt, keine arischen Kinder mehr in die Welt setzen kann, weil ja auch ihre ganze Gebärmutter dann verdreckt, sie ist damit auch selbst nicht länger schützenswert, weil der Penis des Juds ihre deutsche Herkunft und ihre arische Mutterehre besudelt hat, sein Sperma ist nichts als der Abfall des Satan und der Jud hat ihr da unten reingeschissen.«

– Zwei junge anwesende Offiziere namens Bernd von Pezold und Claus Schenk Graf von Stauffenberg erhoben sich und verließen, während Streicher weitersprach, den Saal über den großen Mittelgang, über ihnen ermunterte die Decke Menschen und Engel dazu, errötete Wolken zu besteigen, die sie an einen anderen Ort bringen würden.

Streicher war doch schon echt »knorke«, wie Goebbels in sein Tagebuch notierte, nachdem sie gemeinsam in einer Bar die Judenfrage besprochen hatten, Stauffenberg aber hatte zu Streicher eher den Abstand gewählt, nachdem dieser im *Stürmer* dargelegt hatte, in Stefan Georges Dichtung jüdischen Dadaismus erkennen zu wollen. Stauffenberg fürchtete um das Wohl des deutschen Staates, angesichts solchen Machtmissbrauchs, dessen Wesen nichts als Irrtum und Disziplinwidrigkeit für ihn waren, aber längst Gefahr liefen, als Staatsgesetz angesehen zu werden und das Deutsche Reich zu verletzen.

– »... D i s z i p l i n«, hauchte Diels, in einen mandelfarbenen Anzug gehüllt, den Ellenbogen aus dem fahrenden Mercedes gelehnt, der Rauch seiner Zigarette hinterließ ein kalligrafisches Fragezeichen.

Er fuhr und fuhr durch Deutschland und fuhr wie durch sich selbst. Durch seine eigene Blutbahn, durch sein Gewissen.

Röhm? Sah nur so abartig aus, war es in Wirklichkeit gar nicht. Eine heiter süddeutsche Maschine, die seine SA wie die Luft zum Atmen brauchte. Liberal eigentlich, Beobachter. Göring nannte er ganz klar einen Popanz und Hitler einen Narren. Mehr noch als Nationalsozialist war er Soldat, das war seine Gattung, er mochte den Lärm im Feldlager, er strebte nach Macht, doch er war nicht eitel und kein Dämon. Warum er nichts gegen den sadistischen Schimmelbefall seiner SA unternahm, die sich seinen braunen Legionen anschloss? Weil er das hinnahm, weil es ihm um die Formation und den Körper seiner Streitmacht ging und ihn die maroden Stellen nicht kümmerten, genauso wenig wie das einem Landsknechtführer aus dem Dreißigjährigen Krieg Kopfschmerzen bereitet hätte.

Schleicher? Reichswehr, erhabene alte Welt, Erinnerung und Kraft, ein Verabscheuer von Pöblern und schlechten Manieren, war das Ignoranz gegenüber dem gefährlichen Augenblick? Oder eher der Einzige, der von Anfang an wusste, dass es nicht um Freiheit oder Unfreiheit ging, sondern um Leben und Tod?

Strasser? Gregor Strasser, der einstige Aufmarschierer gegen den Machtergreifer Hitler. Strasser wollte Diels einmal kennenlernen, in einem abgelegenen Fischerhaus am Ketzürer See, ein hervorragender und gefürchteter Dialektiker. Feist, angenehm, kein Schmeichler und was für ein Blick! Seinen Bruder Otto kannte Diels und mochte ihn und nichts stand jetzt noch gegen sie und nichts hatten sie jetzt noch gegen Hitler im Sinn, hatte Strasser Diels jedenfalls versichert.

Sie ermorden? Sie töten an einem weißen Abend für einen schwarzen Tag?

Es doch schließlich tun für Hitlers große Wahrheit und war man ihm das nicht schuldig und Deutschland schuldig und hatte Hitler nicht das Recht auf seinen Raum? Hitlers Zurweltkommen war noch im Gebären, lag noch offen, noch hätte es jede Gestalt annehmen können und hing diese Gestalt nicht auch von Diels ab? War er nicht stolz, derjenige zu sein, den Hitler rief? Wollte er Hitlers Angst nicht immer wegzaubern?

Die Himmel wurden zartblau, die Wolken dunkelgrau, die Zeit drückte die Luft zusammen und Diels fuhr weiter, durch eine Stunde, die sich ins Unendliche zog, die tausend Stunden war, die tausend Deutschland war, die er nicht ergreifen konnte.

Ergreifen, wie es ein Goebbels tat, der Hitler an Intellekt überragte, von Göring ganz zu schweigen. Haushoch überlegen auch den SA-Führern, die ihn hassten und den Gauleitern, die ihn liebten. Oft hatte Diels sich gefragt, was ein so kosmopolitischer Katholik und einstiger George-Kreis-Bewunderer inmitten all dieser weit unter seiner Bildung und Persönlichkeit agierenden Figuren verloren hatte? In dieser Massen-Ekstase von Menschen, die er als Masse verachtete! Einzig und allein Goebbels' Klumpfuß konnte und musste der Grund für seinen Hinterhalt, seinen ausweglosen Hass und seine unendlichen Minderwertigkeitsgefühle sein, in einem Mann, dessen Augen doch aber von Schönheit und Größe wussten, dessen Lachen wirklich gewinnend kristallin und dessen Geist uneingeschränkt waren. Wäre dieser verdammte eingewachsene Humpelknochen nicht gewesen, dann wäre er womöglich ein gebildeter Frauenheld und, wer weiß, vielleicht sogar noch mehr geworden, dachte Diels.

Goebbels' glänzende Talente schlugen mit seiner körperlichen Konstitution so übel zusammen, dass dabei ein jedes Mal seine Seele drauf ging. Er schlug den einzigen Weg ein, den Weg des absoluten Untergangs. Es trieb Diels in seinem psychologischen Interesse manches Mal zu solchen Massenveranstaltungen, bei denen Goebbels sprach, in all den grandiosen Halbwahrheiten und den Über- und Untertreibungen dieses satanischen Verwirrens und Bezauberns. Diels spähte dann von einer Loge aus in die Gesichter und ins Geschehen.

Goebbels stand da – drahtig, anmutig, gepflegt, fast schon zurückhaltend, beinah verletzlich – und wenn er die Arme hob, dann wie um zu fliegen …

Den Applaus und das Rufsummen der Menschen konnte er wie ein Dirigent heben und senken, seine Unterforderung verwandelte er in berauschende Endzeitszenarien, dann ergeiferte sich das Publikum, es schrie auf.

Ein langer Schrei aus Tausenden Mündern. Diels beugte sich vor, er sah eine Frau, die lauter schreien wollte als alle anderen. Sie wollte ihren schreienden Mann neben sich, die schreiende Schneiderin drei Reihen weiter hinten, den schreienden Postboten ganz vorne, sie wollte sie alle überschreien und ihre Kinnlade klappte sich vom Kiefer herab, während ihr Mund sich aufdehnte, immer weiter und immer weiter bis ins Unerträgliche klaffte und so verblieb, wie ein schwarzes Schubfachloch in einem Geisterschrank, in das man niemals seine Hand legen würde.

Goebbels konnte, wenn er wollte, auch lässig sein und nahm es Diels nicht übel, wenn er Hitler gegenüber die wirkungsvolleren Argumente vortrug. Natürlich gab es Journalisten, die heillos verdrehten. Deutschland war wie ein verwaistes, isoliertes, kraftvolles Kind im Weltgeschehen und täglich wurde dieses Kind begutachtet. Amerikanischen Journalisten war es zum Teil zu verdanken, unverfälscht Bericht über Misshandelte erstattet zu haben, und doch ließ Goebbels eine Wahrheit nie nur stehen, sondern befiel sie an irgendeiner Stelle mit seiner unvorstellbaren Geltungssucht, umstellte und unterstellte, so entstand seine berüchtigte Aura des Hohepriesters des Dritten Reichs, der die Wahrheit immer am reinsten kannte.

Sobald allerdings seine Versehrtheit zum Punkt kam, verlor er seinen großzügigen Halt, seine verheerende Verspieltheit verfiel in schmerzende Vergeltung. Andeutungen, die seinem Fuß galten, ließ er als bedingungslose Beleidigungen ahnden und mochten es auch deutschblütigste Studenten gewesen sein, die sich in einem gehässigen Gedicht einmal ganz gehen ließen. Da versagte seine Ballett-Grundstellung, da stürzte Goebbels vom Spitzentanz und stolperte in einen gemeinen Irrgarten, dessen Hecken sich immer fester zuschnürten.

Die SA hatte sein Verwirrspiel mit der Presse durchschaut, sein Zuspitzen, sein Verschieben, vielleicht sogar seine Not und sie nannte ihn einen Lügner, auf einem ihrer Transparente in den Sälen am Zoo stand: *Lügen haben kurze Beine, die Lüge hat ein kurzes Bein.*

Seines Geistes und seiner Position gewiss, musste Goebbels nie um seine Nähe zu Hitler fürchten, ertrug Witz, sogar Widerspruch. Diels wusste, Hitler wäre ohne Goebbels nicht denkbar gewesen. Sie ergänzten sich so sehr, dass Untreue zwischen ihnen nicht existierte, beide wussten, dass sie eigentlich nur die Gespenster der Lüge in den Kampf schickten, sie gemeinsam waren die sinnlos blutende Fata Morgana der Deutschen.

ACHTZEHN

»Frauen riskieren nichts … nichts …«, träumte Emil, während er seine malerische Stirn gegen die kalte Busscheibe drückte. »Liebe ist nichts anderes als das Bekenntnis zum Nichts in vitaler Form. Ich bin doch für gewöhnlich kein Dilettant des Absoluten, wie konnte ich so stürzen, wie konnte ich dem vergänglichsten aller Verderben, dem Weib, so verfallen? Hatte ich mir nicht geschworen, dass niemand meine Geheimnisse mehr zudecken darf, bis auf die Nacht?«

Es *war* Nacht und Martha drückte an ihrem Bauch herum, ob vielleicht das Kind dann spüre, dass sie es nicht mehr will? Martha, Hans-Joachims Schwester, die schwanger war von einem Arier. Hieße das nicht, sie sei jetzt reingewaschen? Hatte er ihren Schoß nun etwa nicht goldbespült? Aber der Arier hatte sich aus dem Staub gemacht und Martha stand allein da. Allein mit ihrem Unterleib. Ein schönes Gefühl und auch abstoßend. Die Vorstellung, da ist etwas in einem, an dem man nicht vorbei kann, das man nicht umgehen wird, das einen holen kommt. Dass man etwas verbirgt mit Sitz zwischen den Organen, wenn zwei Herzen in einem schlagen, wenn die eigene Haut fremde Bewegungen macht. Wie vor einem Kind in sich flüchten?

Sie wankte durch Berlin, sie stand mitten am Alexanderplatz. Der Alex war alles und war nichts und nichts war hier normal, noch nie. Die Luft atmete etwas Verrücktes. Martha steigerte sich in eine Sinnlosigkeit hinein, die sie immer mehr und mehr vom Leben fortriss und minütlich zerpflückte. Nichts blieb übrig von ihrem Wesen, als sie sich mit einer Flasche Korn betrank und in einen Brunnen legte. Nichts erinnerte sie mehr an ihr Leben als junge Frau in Berlin. *Und verdammt, warum würste och schwanger, Marthalein? Haste denn nich uffjepasst?*

Die Übelkeit der Frühschwangerschaft, die Schmerzen in ihrer Liebe und die Suche nach ihrem Leben wurden ganz einfach ertränkt, das war herrlich. Sie lag da, wie die *Ophelia* von Millais. Weg war sie auch schon und ein Schicksal weniger gab es in diesem großen Reich, das ohnehin keinen Platz für sie geschaffen hätte, zu entscheiden.

Otto saß auf dem schmalen Bett eines kleinen Berliner Krankenhauses und knöpfte sein Hemd zu. Vom Hof her hallten die Stimmen von Kindern, die Fangen spielten. Er versicherte seiner Mutter, es gehe ihm bestens, es gehe ihm wieder gut. Sie hatte ihn hierherbringen lassen, nachdem er nachts nicht aufgehört hatte, sich zu erbrechen und schwere Schweißausbrüche mit Fieber und Zittern zeigte.

»Nix Mutter!«, rief er in äußerster Anspannung und verfehlte immer wieder das Knopfloch.

»Warum kannstes mir denn nich sagen?«, bat sie. »Is was mit der Gerda? Warum kommt se denn nich mehr zu uns? Is da'n andres Mädel? Mensch, biste in Schwierigkeiten, Junge?«

»Nein!«, schrie er. »Da is nix! Mutter, ich meins im Guten: Lass es nun. Geh nachhause, ich komm dann heut Abend zum Essen. Geh jetzt bitte. Ich hab noch was zu erledigen. Nein: Du sollst jetzt gehen, Mutter. Tu, was ich dir sage. Bitte. Folge bitte.«

Während Frau Krause das Zimmer verließ, kamen zwei Männer herein. Einer trug Jankerl. Der andere schloss die Tür.

»Herr Otto Krause?«

»Steht vor Ihnen«, Otto stellte sich auf, »Heil Hitler!«

»Heil Hitler!«, sagte der Mann im Jankerl. »Gutachter Wagner und Gutachter Scheffel. Wir würden uns gerne kurz mit Ihnen unterhalten. Kommen Sie, setzen wir uns an diesen Tisch hier.«

NEUNZEHN

Rudolf Diels fuhr auch über Wiesbaden, wo sein Freund und ehemaliger Mitschüler, ein Rechtsanwalt, lebte. Einer, der nicht der Hysterie des Momentes erlegen, jemand, der bei klarem Verstand war, der schweigen konnte und nicht moralisieren würde. Viel Rot- und Weißwein hatte Diels mitgebracht und der Freund dankte es ihm mit selbstgeschossenem Wild. Nach dem Essen saßen sie bei Weinbrand am Kamin.

»Nimm Talleyrand«, sagte Diels zurückgelehnt und matt, mit einem spektakulären Glimmen tief in den Linsen, »der sagte, du musst deinem Volk dienen, in guten und schlimmen Zeiten, um das Gute zu fördern und dem Schlechten Einhalt zu gebieten und er, Talleyrand, konnte jedem Herrn dienen, jedem, er war wie ein Passepartout. Was, wenn das ginge, was, wenn man die große Sache jetzt nur zerstören würde, indem man ein Schwächling ist und sein eigenes Befinden über das des Staates setzt? Man sollte doch viel mehr der Bringer staatlicher Harmonie sein.«

»Talleyrands passe-partout passt hier nicht, Deutschland hat überhaupt gar kein Weltbild mehr und keine Staatsraison. An welcher Stelle willst du es also anlegen?«, sagte Alexander in Weste und mit Zigarette, die hohe gerade Stirn bog in nussbraunes Haar.

»Ich kenne Hitler besser als die anderen, als diese Clique

und diese Gauleiter, die mir sagen, auch mir würde er sich nie ganz enthüllen, nur, weil er es bei ihnen nicht tut und weil es sie herabsetzt, dass er mir vertraut«, fuhr Diels fort und nahm einen langen Zug. »Weißt du, es mag seltsam und lächerlich klingen, aber er hat mich gern und schätzt mein Wort. Ich kenne ihn, wie er vom Himmel hagelt, verschwommen und undeutlich in seinen Begrenzungen ... er ist kein nach Generalstabsart für Planquadrate angeordneter Regen, sondern strömend wie die sibyllinischen Bücher, er offenbart sich in Orakeln, fällt seine Entscheidungen in kosmischer Unbestimmtheit. Dann kenne ich ihn ebenso zwei Stunden lang leblos in seinem Sessel verharrend, ohne das geringste Lebenszeichen, wo die anderen schon ein Brummen oder Kopfschütteln beim Lesen als eindeutigen Befehl lesen. Ich kenne ihn in tieferen Schichten seines Bewusstseins und meine Auslegungen haben ihm besser zugesagt als die jener hörigen Adepten, die seine Natur missbrauchen und seine Farben vermischen ... ich weiß nicht weiter, Alexander.«

»Und er missbraucht *dich.* Obwohl er dich kennt, wie du sagst, hintergeht er deine Natur, von der er weiß, dass sie keine ist, die so weit gehen würde, wie er es verlangt. Er will den Mord von *dir,* der du doch eigentlich den Staat verkörperst, er will den Mord von dir, um dein Wesen, ja deine Einzigartigkeit zu beenden, nur er allein will einzigartig sein. Warum beauftragt er nicht jemanden seiner Bewegung dafür? Weil er ein Mörder ist. Hitler ist ein Mörder. Du stammst von anständigen Bauern ab. In euren Stamm passt kein Henker. Rudolf, du musst dich von diesen Geistern trennen.«

Emil Cioran fühlte sich wie der erste und wie der letzte Mensch. Gott, diese Missgeburt, dachte er, spielt doch wirklich sein Spiel! Sollte das jetzt für immer und ewig so weitergehen? Dass er durch die Welt streifte und seine Vergeblichkeiten türmte? Wie gern stünde er *einmal* im Leben vor einer richtigen Entscheidung, vor einer gewaltigen Aufgabe, vor der Macht über Leben und Tod. Es musste sich endlich anfühlen wie das Außergewöhnlichste, denn nur die außergewöhnlichsten Menschen wurden vor solche Situationen gerufen. Oder waren die Gesetze des Weltalls so geschaffen, dass selbst der Stärkste, Feinste und Einsamste am Ende zusammenbricht?

Hitler würde jetzt Tag und Nacht auf den Tod Strassers warten, *Tag und Nacht,* und Himmler und Heydrich würden aus der Ferne zum wartenden Führer kriechen, sich anbieten, sich in ihren bösesten Gelüsten wälzend empfehlen.

Diels erreichte hustend und fiebrig ein nächtliches Berlin, indigoblau überdehnt, blinkend im Leuchtspiel und Schwindel erregend. Ein kalter Hohlraum aus fantastischen Formen, die ihn lähmten. Er fiel ausgezogen neben seiner Frau ins Bett ... fiel in ihre Haut ... seine Zunge schwer ... die Augen sahen seltene Fische durchs Zimmer fliegen ... er hatte Lust auf Hilde, auf die schwarzhaarige Hildegard Mannesmann, die so beschwingt war einmal, die nur noch besorgt auf ihn wartete jetzt ... und die ihn jetzt verschlafen absuchte ... er rollte sich wie ein Taucher über sie, vergrub sich in ihr ... wie schmelzendes Fruchtfleisch fühlte sie sich an ... immer tiefer und tiefer in sie hinein … die Fische fluoreszierten, wurden ganz hell und golden und schwer …

– Er setzte sich auf, zog sich wieder an, zog den Hut übers Gesicht, Schweiß rann durch seine Narben. Verließ die Wohnung mitten in der Nacht. Die Siegessäule funkelte. Nebel beschlich ihn. Er stand vor dem Reichstag mit seiner zerstörten Kuppel. Die Listen, dachte er. Diese verdammten Listen. Namen und Namen und Namen und Namen und sie nadelten auf ihn ein und bohrten sich kreischend in seine Ohren, die er fest zuhielt. Wieder zur Siegessäule, wo aus dem langsam schleichenden Nebel heraus das Grinsen Heydrichs zu ihm schwebte. Heydrich, wie er mit seinem schrecklichsten Menschengesicht auf dem übermenschengroßen Rücken einer riesigen verwesenden und lebendigen Rattenkreatur mit kotig feuchtem Fell saß, geleitet von Himmler, der sie antrieb, der sie zog, der sie durch den klagenden Blutschlamm führte, durch Hieronymus Boschs ganze Hölle, wo nackte Frauen in den Saiten riesiger Harfen aufgespießt waren, Folterinstrumente. Ein kolossaler Hitler aus Papier, einzig der Kopf besaß noch ein Leben, der Rest wurde bespielt und umgebaut von den Gelüsten des Todes, der Qualen und der Angst. Ohren, die zu Dolchen, und Himmel, die zu Feuer wurden, in einem Ruß-Niesel-Licht ohne Weltzeit, ohne Kosmos, ohne Gott und ohne Leben.

Rudolf Diels brach kurz vor seiner Wohnung unter einem nicht mehr endenden Hustenkrampf zusammen. Er starrte in sein weißes Taschentuch, auf dem im erbrochenen Auswurf blutige Schlieren trieben.

Selbstgespräche in Emil, während er im Bett liegt und sich selbst anlauert:

Mein Ausgangspunkt ist immer eine schon überschrittene Grenze. Warum? Warum nur bin ich geboren, um den Überfluss aller Menschen zu fühlen? Die tüllartige Zeit? Die Tränen rauszufischen vom Regen?

Gibt es noch eine Philosophie der Erlösung? Oder ist diese Welt schon *nach* dem Ende irgendeiner kosmischen Periode und wir wissen es nur nicht? Sind wir eingedrungen in ein posthumes Universum, in die von einem Dämon erschaffene Geografie? Einem Dämon, der von allem befreit ist, sogar von seinem eigenen Fluch?

ZWANZIG

Sechs Pistolen lagen bei Diels auf dem Esstisch. Er lag ausgestreckt auf dem Sofa, seine Frau ging auf und ab, der Wahnsinn der Angst, er hatte begonnen! Seit Wochen irrte er herum, halb Mann, halb Geist, aufgelöst wie Brot in Wasser, lebendig begraben. Auf die Obersalzbergbefehle ist er nicht eingegangen, alles hatte er hingegen unternommen, der Sache den Halt zu nehmen, es etwa in der Prinz-Albrecht-Straße unter wenigen Kollegen zu streuen, den skrupellosen SS-Nebe ließ er rufen und unterrichtete ihn über diesen undeutlichen Wunsch Hitlers, den Diels nicht zu Ende denken könne. Er gab Nebe weiter, Strasser zu warnen, dass er in Lebensgefahr schwebe, die anderen Namen verschwieg er. Nebe würde sofort zugreifen, einen solchen Mord übernehmen, der wollte hoch hinaus, aber nur in Absprache mit Göring, und genau das bezweckte Diels, denn Göring würde der Geheimauftrag dann an gutem Geschmack einbüßen. So weit so gut. Göring ließ nach Diels rufen und grollte, wie er es nur wagen könne, einen Nebe einzuweihen? Er sei doch aber Görings Vertrauter, hatte Diels erwidert, er solle Klarheit schaffen, er sei der einzige Nationalsozialist in der Umgebung von Diels und ein SS-Führer, Daluege könne man ja nicht ernst nehmen. Dann konnte Diels es nicht länger zurückhalten und eröffnete dem Ministerpräsidenten Göring, dass er im Übrigen auch für weitere dienstliche Aufträge, selbst der weniger bedenklichen Art, nicht mehr in Betracht käme, dass er krank sei, dass er um seinen Abschied bitte.

Eisige Stille folgte von Göring. Minutenlang.

Krank? Krank sei er, fragte Göring. »Sie müssten schon *sehr* krank sein!« – Hatte er boshaft gedroht und erwidert.

»Bin ich«, antwortete Diels ruhig, »ich bin krank und schon oft bat ich Sie um meine Entlassung, nun kann ich einfach nicht mehr. Es geht nicht mehr.«

Nach langem Vorsichhinschweigen verbot Göring Diels seine Wohnung zu verlassen, Ferngespräche zu führen oder Briefe zu schreiben. »Und überhaupt«, hatte er noch hinzugefügt, »sehen Sie sich vor!«

– Diels hielt ihn im Zorn zu allem fähig, jeder Schritt wurde zu einer Qual. Niemand weit und breit im Gesichtskreis von Diels konnte sich in ihn einfühlen, ohne Hass und Eifer, nur unbefangen, klug und tapfer. Die amerikanischen Freunde in der Botschaft, die würden nichts verstehen, nichts. Fragend würden sie ihn ansehen, wie sie es immer taten. Humane, aber ahnungslose Ausländer.

Deutschland hatte den Verstand verloren! Wenn man aber der Einzige ist, der noch inständig sieht, dann richtet sich die gesamte Störung gegen einen selbst.

SS-Nebe und SS-Daluege aus dem Gestapoamt hatten sicher schon frohlockend von seiner Entlassung gehört, auch der baumlange Gisevius aus dem Präsidium, der immer so sehr der wahre Gestapo-Chef sein wollte, dürfte jetzt jauchzen und wann würde ein erstes SA-Rollkommando an die Tür klopfen, heute? Morgen? Jetzt? Jetzt gleich?

Mit je einer geladenen Pistole in je einer Manteltasche ging Diels durch den Tiergarten, der in seinem Blätterheer erwachte, aber von schmutzigem Regen entfacht. Wer Diels niederschießen würde, wäre einer hohen Belohnungssumme sicher.

An seiner Wohnungstür tauchte plötzlich eine kleine ältliche Frau Thälmann auf, sie wolle ihren Mann im Lager besuchen, sie flehte Diels an, er habe ihr doch schon so oft geholfen, Diels musste sie wegschicken und an den Staatsanwalt Volk verweisen, seinen derzeitigen Vertreter. Sie wegschicken musste er.

Alles was Diels am Herzen lag, würde nun zerschmettert, nichtig und unerfüllt. Die letzten Entlassungen – rund zweitausend Gefangene warteten noch –, die gänzliche Auflösung der Lager käme ins Stocken und eine große Bewegung im Aufwand der vergangenen, jetzt wie verflossenen Monate wäre nutzlos vertan. Neue Lager würden entstehen, entstanden längst. Stefan George schüttelte ihn vorwurfsvoll: *Du greifst dem Rad nicht in die Speichen, das in die Tiefe rollt?*

Kaspers Kopf tauchte wieder vor ihm auf, die größte Erschütterung seines letztes Jahres, das zerbeulte verstummte entstellte Gesicht Wilhelm Kaspers, dessen dunkel aufgeweckte Augen und süddeutsche Fröhlichkeit als Landtagspolitiker der KPD Diels immer so gefallen hatten.

Die Schwachen und allzu Ehrgeizigen unter seinen Mitarbeitern, die hatten sich doch allmählich darauf eingestellt, dass hier bald der Heydrich-Wind weht. Heydrich, über dessen Handschrift Diels sich vor einem Jahr schon mit dem begnadeten Rafael Shermann unterhalten hatte, der ihm sagte, es sei die Handschrift eines *nie dagewesenen Unholdes*. Shermann, der weltgewandte, elegante, unübertreffliche Seismologe der Graphologie, der die Psyche aus einer einzigen Linie von Buchstaben, die die Finger auf dem Papier hinterließen, zu deuten verstand, war voller Abneigung über Heydrichs eckige Tintenritzen. Unwillen las er raus, Lust zu quälen, bis die Seele abfällt, tiefes Unheil und Tod. Wenn Heydrich einen Brief unterzeichnete, dann setzte er ungeahnt böse Zacken an die Buchstaben, sie schnitten sich ins Papier, manchmal war die Seite an der Stelle eingerissen. Würde Diels nun weiter zögern, bliebe Göring gar nichts anderes übrig, als die Schwarzen aus Bayern zu befehligen, und dann würde Heydrich das Schicksal aller Deutschen werden.

Volk schaute täglich bei Diels zuhause vorbei, dann, nach etwa acht Tagen, rief Göring an, so, als sei nichts gewesen. Er wolle wissen, was aus diesem und jenem Bericht geworden sei, dieser da, dieser eine da, der war doch sicher Kommunist früher und solche Fragen. Diels spielte nicht länger mit dem Gedanken zu bleiben, auch, als sein Hausarrest inoffiziell schon nicht mehr galt. Er ließ sich nur noch selten in der Prinz-Albrecht-Straße blicken, und auch nur, um den Jubel seiner Gegner zu dämpfen. In einer Sage wäre er genau jetzt gestorben, erhaben über die Macht, die man ihm auf dem Obersalzberg angeboten hatte, die er nicht annahm, die er nicht wollte. Warum konnte das denn keiner verstehen?

Verwegen gewesen einmal? Vielleicht. Einen jugendlichen Pakt mit dem Teufel eingegangen? Womöglich. Aber jetzt war er – *allein* – und wollte sie alle miteinander nicht mehr. Der Einzelne war zum Einsamen geworden.

Die Tage verstrichen in Trunkenheit und Tanz, er ging aus, ging sehr viel aus, mit Leuten, von denen er sich erhoffte, dass sie ihm Schutz schenkten für die Momente, in denen er nicht in einem geräumigen Mercedes saß und Berlin durchfloss, um irgendwo in Werder auf einer unscheinbaren Restaurantterrasse in Rotwein und Zigaretten zu verschwimmen. Diese Menschen, die er sich anband, bedeuteten ihm nichts, weil sie nichts von seiner Entschlusslosigkeit verstanden und er eines Erklärens müde war und immer müder wurde. Er bewegte sich irgendwann nur noch wie abgeschaltet zu Swing und Frauenlachen, gab den sensiblen Beschützer, wo er es war, den man hätte behüten müssen und der hinter jeder Ecke den Lauf eines Revolvers erwartete. Er redete, wenn er getrieben trank, und die Nebentische hatten Ohren und die Bars waren voll wie noch nie.

Irgendwann, da dreht die Welt sich anders, man verliert seine Uhr, man vergisst seinen Ausweis im Freudenhaus, die Stunden schneiden sich in einen rein, man hält sich den Kopf, das Herz, das Leben fest, man gräbt sich in die Angst, um die Übelkeit zu überfühlen, doch man ist unterlegen. Erinnerungen, die von Befürchtungen zertrümmert in einem liegen. Ist man aber mit dreiunddreißig nicht eigentlich noch ein Geschöpf der Hoffnung?

Wenn Rudolf Diels einen in diesen Tagen ansah, dann sah man in ein Gesicht, das an sich selbst nicht mehr glaubte. In der ganzen violett-blauen Schönheit seiner geschwollenen Augen regte sich kaum noch seine gegendrückende Magie des vergangenen Jahres.

Sein Leben wankte, schwankte, entglitt. Betrunken in der Angst, die ganze Zeit. Berlin bedrängte ihn, noch nie bekam er so wenig Luft, noch nie war es so unerträglich, am Leben zu sein.

Jeder war schwanger mit dem Führer, vom Führer. Es gab kein Entrinnen. Er war gefangen. Nachts im Traum hörte er die zufallenden Gitter der Gefängnisse, die er so gut kannte, seinen wahren Mozart. Jede Nacht, mehrmals, fiel die Tür ins Schloss, die Tür irgendeines Menschen, der ihn ansah, durch die eisernen Stäbe seiner Rippen. Tagsüber machte sein Mercedes immer umfangreichere Bögen um Berlin herum, bis weit ins Umland hinaus, das er auf jeden Zentimeter abfuhr. Ein Freudenmädchen tauchte im Gestapoamt auf. »Kab hier den Ausweis vom Herrn Diels, der hat ma vajangene Nacht übel zujerichtet, kiecken Se ma hier und hier, der hat ma jeschlagen, die janze Nacht, der hat ma fast totjeschlagen, misshandelt, können Se ma globen. Wie, Se wollen seinen Ausweis? Kost aba wat …«

EINUNDZWANZIG

Es kommt vor, manchmal, da kommt es vor, ich gebe es zu, da sehe ich jemanden auf der Straße einfach nur herumstehen. Es mag sonderlich klingen, als Rumäne genieße ich Sonderrecht auf Sonderlichkeiten, doch ich meine es ganz ernst und es ist zu groß, übermächtig und schauderhaft, aber manchmal, da steht jemand einfach nur so da. *Er.*

Da war dieser Mann neulich, in München strömten die Menschen auf Hitlers Wagen zu, wie in einem Tintoretto fielen sie kopfüber in seine Augen, ich sah Hitlers Augen ... groß, funkelnd, herrisch, keiner konnte, keiner wollte widerstehen. Sein Blick fing sie alle ein, ein kalter und reinredender Blick. Hitler war kein Auge, das wartet, hatte keine Zeit für das Leben. Während alle im Glück ihrer Furcht kamen, während sie alle gleichzeitig ihren Höhepunkt hatten, stand da dieser *eine* Mann abseits und stand da in einem schwarzen Anzug, mit einem Hut, die Hände in den Taschen, stürmte nicht mit und obwohl er nicht mitgerissen wurde, schien es so, als sei dies der absolute Augenblick seines Daseins.

Genau so einen Moment verfolgte ich einmal in Berlin vor dem Kaiserhof, als Hitler im Wagen anfuhr. Da stand dieser Einzelne herum, ein Schatten, mitten auf der Straße. Ebenso verlassen, ebenso fremd, während alle anderen im Schwall zu Hitler flossen. Wer würde mir das glauben? Und wer würde mir glauben, dass er es war, der in meinem einzigen Traum seit langem mir anwies, drei Spiegel aufzustellen?

Pommern war für Diels immer ein Landstrich gewesen, der, unter seidenblauen Himmeln der Ostsee und von dunklen Kiefernwäldern gesäumt, in einem geheimnisvollen Ausdruck wie in einer Glaskugel eingefangen lag. Konservativ, menschlich, treu.

Man sieht Landschaften einfach nicht an, was sie an Niedertracht und schlummernder Räudigkeit in sich tragen. Sieht die Verwandlungen ins Böseste nicht, die Fratze der Rache und die Sucht des Folterns.

Der sogenannte *Stahlhelm* hatte sich hier eine Provinz geschaffen, eine Art Kampfansage nach innen wie nach außen. Verteidigung des Notfalls wurde zur Devise. Scheußlichster Juden- und Marxistenhass eines biederen Landvolkes. Unterhalb des Meeres flüsterte es ...

Bei einer Stichprobe dieser Region, zu der Diels einmal als Referent des Sozialdemokraten Severing beauftragt wurde, kam sehr bald heraus, dass sie sich hier oben an keinerlei Abmachungen gehalten hatten. Diels war in Begleitung von Offizieren der Reichswehr erschienen. Abmachung hatte geheißen, entweder Reichsbanner oder SA mussten in diese eigenartigen Vorgänge einer grundlosen und ständigen Selbstverteidigung und dem Kriegspielen, bei denen der einarmige Oberst Driessen vorneweg verschwörte, mit eingebracht werden. Beide jedoch waren ferngehalten worden, sowohl Reichsbanner als auch SA. Stattdessen war es zu einer Herberge von Auslandsdeutschen geworden, ehemaligen SA-Männern und nun SS-Häuptlingen, die einst mit Hitlers Machtergreifung des Landesverrats angeklagt worden waren, weswegen sich in der pommerschen SA ein unvergleichlicher Hass entzündet hatte, der nur noch und ganz von Vergeltung geprägt und formuliert war.

Rückkehrer bekamen hier in Stettin ein neues Zuhause, Rückkehrer aus irgendwelchen Kolonien, die Karriere machten im Prügeln. Hypoboräer, Mitglieder rechtsextrem okkulter Kreise von Menschenschindern ganz nach Himmlers Geschmack.

Der Gauleiter von Pommern war Wilhelm Karpenstein. Ein Jurist mit wunderschönen Augen, Augen, wie wenn man durch brennendes Eis schaut. Er stand ganz im Auftrag des Teufels. Er hatte schwammige Finger, schmutzige Nägel, eine scherbenscharfe Nase und klare Haut. Stark und befremdlich, sein Anblick machte Angst. Er wollte die pommersche NSDAP, nicht die zentrale NSDAP und Zurückweisung war seine heimlichste Not, der kranke Wirbel in seiner Person, was er nur in Gewaltsteigerungen und Misstrauen zu kultivieren ertrug. Pommern war sein, er würde nicht aufgeben, er begann alles zu hassen, selbst das System, das er so sehr liebte. Er erlangte Pommern mithilfe einer Aura eigenmächtigen Fegefeuers und Kriminalität, wenn er das neu entstandene Konzentrationslager in Stettin besuchte und den bekannten Schläger Bendt dabei besonders herzlich grüßte, dann hatte das was! Bendt hatte bereits einen bekannten Kommunisten eigenhändig erschlagen und im Ryck ertränkt.

SS-Daluege aus dem Berliner Polizeipräsidium hatte seinen Schützling, den SS-Führer Engel, als Polizeipräsidenten nach Stettin entsandt und der kümmerte sich um eine SS-mäßige Staatspolizeistelle. Zum Leiter hatte er den SS-Sturmbannführer Hofmann gemacht, einen Spezialisten im Herrenmenschentum, ein offengelegter grinsender Totenschädel. Ihre Schlägergarde hatten sie bald zusammengestellt.

Bereits vor einem Jahr hatte sich Göppert, der Regierungspräsident in Stettin, ein Halbjude, darüber beschwert, dass Karpenstein den Regierungsbeamten befohlen hatte, in der Regierung solle mit *Heil Hitler! – Göppert ist ein Jude!* gegrüßt werden. Diels, dem das zu Ohren gekommen war, veranlasste Göring dazu, diesen Gauleiter doch zu zitieren. Göring war außer sich, die Berichte Göpperts nannte Karpenstein *Lügen eines Juden,* woraufhin Göring brüllte: »Wer Jude ist, bestimme ich!«

Nach und nach fanden sich Angehörige von Misshandelten im Innenministerium ein, die von grauenhaftesten Misshandlungen berichteten, von einem Konzentrationslager auf der Vulkanwerft bei Stettin, wo Großgrundbesitzer, reiche Juden, Kommunisten und Straßenmädchen den fürchterlichsten Torturen ausgesetzt seien, dem *Vulkanisieren.*

Sie fanden nur wenig Gehör und so schickte man sie zu Diels, der offiziell noch »Zimmerarrest« hatte. Staatsanwalt Volk aber lotste eine Frau zu Diels nachhause, die Sekretärin des ehrenhaften Anwaltes und alten Nationalsozialisten Graf von der Goltz, der sie nach Berlin geschickt hatte.

Unter Keuchen und Würgen begann sie von kannibalischen Szenen zu berichten, von einem Mädchen, das am ganzen Körper von Eiterwunden ganz bedeckt vorgefunden wurde, sie besaß keine Haut mehr, nur noch ein Stück am Rücken, von der Größe eines »Talers«.

Von zahlreichen Auspeitschungen, die zweiseitig und gleichzeitig vorgenommen worden waren, den unschuldigen Opfern stülpten Teile der Organe heraus, lagen frei. Von Gesichtern, die zu rohem Fleisch-Knochen-Mus geprügelt wurden und an denen nicht einmal mehr die Augen zu erkennen waren. Von Gliedmaßen, die dermaßen zerschlagen worden seien, dass die Opfer keiner Bewegung mehr fähig seien.

Sie sei beim Anblick zusammengesunken, sagte sie. Ärzte des Stettiner Krankenhauses hätten noch nie derartige Verletzungen gesehen, selbst im Vergleich zu den grausamsten Misshandlungen pommerscher SA nicht.

Zudem hatte sich das Lager an Großgrundbesitzern und Juden bereichert, die sich, nachdem sie zuvor SS-mäßige Behandlung erfahren hatten, durch Lösegelder, Brillanten, ganze Rinder oder Schweine freikaufen konnten.

Es war, als würde eine frische Brise in die Lungen von Diels einkehren, Mut und Drängen, Hoffnung und Tau, Wut und Leuchten, als er Göring aufsuchte, der ihm erzählte, dass Karpenstein bereits den Stettiner Oberstaatsanwalt massiv gehindert habe, gegen die SS vorzugehen, ja seine SS in Stettin wohl längst durch dick und dünn geschützt hatte, wie es auch Daluege von Berlin aus tat. Göring verfiel in einen Zornesausbruch über diese »Sadisten« und »Räuber«. Diels reiste nach Stettin, wieder nutzte er die Wut Görings als Raum des Handelns. Ein Kriminalkommissar, zwei Polizeioffiziere und wenige Männer auf einem Mannschaftswagen begleiteten ihn.

Alle SS-Führer wurden verhaftet! Die Insassen entlassen! Das Lager geschlossen!

Diels besprach mit dem Generalstaatsanwalt die rasche

Verurteilung, Joel und von Hake stellten jede einzelne einem Häftling zugefügte Scheußlichkeit fest und erhoben nach zwei Wochen die Anklage. Alles fand in Moabit statt. Die höchsten für Körperverletzung, Freiheitsberaubung und räuberische Erpressung möglichen Zuchthausstrafen wurden beantragt und vom Gericht verhängt! Hofmann war geflohen, wurde wieder eingefangen, alle beteiligten SS-Führer verurteilt! Was für ein Schlag gegen die SS!

Karpenstein, von dem Göppert sogar sagte, das KZ der Vulkanwerft sei Karpensteins »Privatlager« gewesen, stritt alles ab. Erstaunlich hohe Geldsummen der Veruntreuung kamen bei Befragungen ans Licht, er soll gemeinsam mit dem stellvertretenden Gauleiter erhebliche Beträge von namhaften Firmen und Geschäftsleuten erpresst haben, insgesamt einen Betrag von zwei Millionen Mark, der ausschließlich seiner Gauleitung zufloss.

Karpenstein jedoch entkam jeglicher Verurteilung und beschwerte sich bei Himmler über Diels. Doch wie hätte Göring ihn diesmal schützen können, wo er selbst mit Diels zerfallen war? Diels aber hatte Göring sogar noch zu einer allerletzten Mutprobe bewegen können, die Absetzung des SS-Polizeipräsidenten Engel. Himmler war fassungslos, das Ansehen seiner SS war nicht nur beschmutzt durch Diels, sondern von den Angehörigen der SS selbst, die ihre unsaubere Arbeit nicht besser zu verbergen verstanden. Dieser Engel durfte den SS-Ehrenring keine Sekunde länger tragen. Karpenstein musste irgendwie geschützt werden. Und Diels ... Diels hätte er gern die Haut abgezogen – abziehen *lassen,* Heini machte sich die Hände selten selbst schmutzig.

Aus Partei, SA und SS regnete es Beschwerden über Diels

herein, die er, angesichts ihres stupiden Charakters, teilweise sogar schon in einem Katalog an Hitler vorwegnahm und wenn alles nichts half, dann konnte es auch schon mal zu Tatsachenverdrehungen der hinterhältigsten Art kommen, kleinen von Daluege, Himmler, Karpenstein und Engel inspirierten nachträglichen Aussagen, wie: *Ministerialrat Diels war es doch, der Engel erst ermuntert hat, in Stettin einen Bunker wie das Berliner Columbiahaus zu errichten, als die Gestapo eine Polizeistelle dorthin verlegte! Engel hat selbst gesagt, Diels habe ihn aufgefordert, habe gesagt, machen Sie mal da so ein Columbiahaus mitten in Stettin hin! Sie können das! Nur zu! Sie wissen, wie man das richtig anpackt!*

Diels wollte den Stettiner Fall ganz und gar ausrollen, es sollte der Schlussstrich unter die Turbulenzen sein, internationale Zeitungen berichteten über den anscheinend funktionierenden Rechtsstaat Deutschland. Er fühlte Kraft und unaufhaltbare Sehnsucht nach seiner Arbeit, Göring gelang bei Hitler – ein einzigartiger Fall – die Absetzung Karpensteins als Gauleiter, auch aus der NSDAP wurde er ausgeschlossen.

Wilhelm Karpenstein. Vielleicht ist er am besten porträtiert von Ossietzky, der kurz vor seiner Inhaftierung einmal das Wesen der Gauleiter beschrieb, dass es ihnen gar nicht um die Partei gehe, sondern um die Truppen der Partei, dass die Gauleiter die eigentlichen Träger des Antisemitismus sind und der Boxheimerei, ihre Versammlungen ein einziges blutrünstiges Theater, das die gemeinsten und rohesten Instinkte herauskitzelt ...

... gekitzelt war tatsächlich der Ausdruck in Hofmanns Totschlägergrinsen, ein Kitzel, der ihn durchrann wie die heiligste Taufe, wenn er den nur wenig beleuchteten Bunker betrat, wo das Opfer nackt auf die Kiste geschnallt war. Dann wirkte der Kommandant riesengroß, verzerrt, undeutlich, seine Zähne aber waren weiß wie Schnee, seine Nase hatte riesige Nüstern und seine Hände waren sauber, denn er trug oft und gern Handschuhe. Erlesen gekleidet, gute Figur, vollblondes Haar.

Er begann mit einem ersten Schlag, das Opfer schrie. Der Schrei erregte ihn. Seine Hoden wurden belebt, rumorten wie in der verborgenen Mulde eines Vulkans.

Dann der zweite Schlag, das Opfer schrie unerträglich. Hofmann stöhnte sanft, merkte gar nicht, wie er seine Lenden zu bewegen begann.

Dann befahl er seinem SS-Kollegen und Freund, parallel von der anderen Seite zu peitschen und das Opfer verfiel einem nicht mehr endenden Kampf aus wimmerndem Flehen, aus Stimmbänder-verblutendem Verfall, aus Schreien, die der Körper gar nicht aufbringen konnte.

Schreie, die von der Stimme gekippt, gebogen, bis ins Absurde verstümmelt wurden und die Hofmann in eine stundenlange Onanie versetzten, er konnte dann nicht mehr aufhören, er konnte einfach nicht mehr aufhören, auch das Fleisch *unter* der Haut herauszupeitschen, wollte wissen, was dann geschähe, was dann zum Vorschein käme, es durchzuckte, durchleckte ihn, es machte ihn so neu, so unzerstörbar neu und seine Zunge züngelte wie eine Schlange.

Der Geschmack von durch die stickige Luft des Bunkers spritzendem wässrigem Blut-Urin, das mit dem Salz seines blutbestrichenen Schweißes auf seiner eigenen ordentlich rasierten Haut in seine Mundwinkel mündete, das verlieh ihm ein Gefühl von einer höheren Welt, von einer tieferen

Rasse, von auserwählter Sternengenetik, die er doch täglich beweisen musste, sonst würde diese Herkunft nichtig und Heini ihn aussortieren.

Hofmann bekam in Moabit die Höchststrafe.

Und Stettin wurde der Schwanengesang des schwarzen Schwanes Rudolf Diels …

ZWEIUNDZWANZIG

Otto lief durch Berlin, über die Museumsinsel, an den Kolonnaden der Alten Nationalgalerie entlang, blieb auf der Friedrichsbrücke stehen. Die Sonne ging gerade unter, hellrosa wie Hibiskus. Er wandte sich nach ihr um, irgendwo hinter der Stadt verlor sie ihren Schein und legte sich wie ein Seidentuch nieder.

Er spielte das Gespräch im Krankenhaus nochmal in sich ab. Steckte Emil dahinter? Hatte er Otto verraten? Oder war es Gerda, die ihm nicht verzieh, was er ihr da mit Theo antat?

Gutachter Scheffel meinte: »Da Ihre Erbanlagen einwandfrei sind, Herr Krause, möchten wir Ihnen noch eine Chance geben. Abrupte Zwangsentziehung durch Dienst am Vaterland. Die SA hat Ihnen nur geschadet, unschwer zu erkennen. Bei uns in Bayern und bei uns in der SS laufen Dinge anders, Sie können uns glauben. Da können Sie wieder zu sich finden.«

Gutachter Wagner fügte hinzu: »Was wir Ihnen sagen können, ist, dass für einen Mann wie Sie es sind, angesehen und erfahren, Abiturient und Nationalsozialist, die SS alle Möglichkeiten bietet. Je entschiedener Sie handeln, desto schneller Ihr Aufstieg. Sie wollen doch schließlich keine Zwangseinweisung, oder? Und ich meine damit kein Krankenhaus. Sie haben illegale Substanzen zu sich genommen und sich und andere über Monate hinweg gefährdet. Sie haben gar keine andere Wahl, als sich uns anzuschließen und den Abstieg zu verhindern. Nur so können Sie der Tücke in Ihrem Leib entrinnen. Mitglied der SS. SS-Mann im Konzentrationslager Dachau, das wird Ihr neuer Weg sein. Sie haben eine Pflicht zur Gesundheit, zur Rauschgiftbekämpfung, zur Aufrechterhaltung des Deutschen Reichs. Nehmen Sie Ihre Pflicht wahr?«

Im Gehen, die Uniformjacke an einem Finger wie an einem Todeshaken schulternd, sah er sich als kleinen Jungen mit dem Vater auf eben derselben Brücke. »Heb mich doch hoch, Vater! Will den Sonnenuntergang sehen! Mach doch schon, Vater! Nimm mich hoch! Nun mach aber schon! Sie geht ja gleich unter, Vater!«

Vater Krause stand vor seinem Sohn, einen Ärmel mit der Tasche der Jacke vernäht, kein Arm befand sich darin, nur Luft. Er hatte Otto angesehen. Wortlos. Konnte sich nicht rühren. Konnte es einfach nicht. Brach zusammen. Leute kamen herbeigeeilt. »Lassen Sie mich alle«, bat Vater Krause, »lassen Sie mich nur in Ruhe, ich werde meine Beine gleich wieder haben, lasst mich alle in Ruhe. Geht. Geht doch schon!« – Otto kniete bei ihm, die sauberen Söckchen dicht aneinandergepresst, streichelte seinem Vater die panische Stirn. Da war die Sonne schon ganz hinter einem grauen Abend verschwunden.

Diels stand vor Göring.

»Diels, ich habe mich entschlossen, mich von Ihnen zu trennen und Himmler die Preußische Politische Polizei anzuvertrauen. Ich bleibe der Chef. Die Presse ist informiert.«

»Heydrich?«, sagte Diels ruhig. »Heydrich wird also kommen und die ganze Polizei in die Hand nehmen.«

»Was soll das bedeuten?«, rief Göring.

»Was das bedeutet? Das werden Sie am eigenen Leib erfahren, was das bedeutet. Armes Deutschland.«

Göring tobte. »Sie bedauern Deutschland? Sie? Sie brauchen Deutschland nicht zu bedauern, nicht Sie! Lassen Sie Deutschland mal meine Sache sein! Sie haben mich enttäuscht, bloßgestellt und im Stich gelassen! Hüten Sie sich für die Zukunft, Diels!«

»Es musste so kommen, ich wusste es, habe es vorausgesehen«, flüsterte Diels.

»Was wollen Sie damit sagen?«, brüllte Göring.

»Sie brauchen ab sofort eine verlässliche Leibwache«, sagte Diels.

Göring musterte ihn mit glasig aufgeweckten, überspringenden Augen, während Diels das Zimmer verließ.

Der ehemalige Chef der Gestapo lud einige Beamte in den Charlottenburger Ratskeller ein, für einen Abschiedstrunk. Die Stimmung war betreten, diejenigen, die liebenswerte Worte des Abschieds fanden, echte ernste Zuneigung, hatten es bald darauf zu bereuen. Gegen Mitternacht brachte ein Motorradfahrer die polizeilichen Belegexemplare der Berliner Morgenzeitungen.

Der Fernsprecher ging, es war Göring.

»Es war nicht immer einfach, Sie ... Sie machten es mir nie einfach ... aber wir kennen uns gut genug, um uns ein lautes Wort nicht zu verübeln ... Diels, ich möchte Sie bitten zu bleiben ... bleiben Sie, Diels ... der Führer will es auch.«

»Die Zeitungen sind schon gedruckt«, sagte Diels.

»Sollen alle beschlagnahmt werden!«, rief Göring dröhnend durch den Hörer.

»Technisch schwierig«, sagte Diels.

»Tun Sie gefälligst alles, um die Beschlagnahme durchzuführen!«

»Das werde ich, Herr Ministerpräsident. Aber *bleiben* werde ich nicht.«

»Darüber reden wir morgen!«, schloss Göring.

Am darauffolgenden Morgen ließ Hess, der Stellvertreter des Führers, umgehend nach Diels schicken.

»Genug Läuse im Pelz durch Röhm und seine Gesellen«, wirbelte Hitler, »wenn Göring wirklich glaubt, dass er mir jetzt auch noch Himmler und Heydrich dazuholen kann, irrt er gewaltig. Himmler soll seine SS führen. Sie sind ein Fachmann, Sie bleiben auf Ihrem Posten. Wollen Sie stärkere Vollmachten? Die geb ich Ihnen. Polizeiminister, davon sprach auch Göring einmal, solch eine Stellung halte ich zwar für überflüssig, aber darüber könnte man reden.«

In Diels kribbelte es, in seiner Brust, in seinen Träumen, in seinen Wünschen. Hätte er Hitler weiter gelauscht, diesen Ergüssen ohne jeden Zweifel, diesen Selbstverständlichkeiten bis zum Äußersten, hätte er nachgegeben. Ja, hätte er. Hätte er! Er hätte nachgegeben!

Wie auswendig gelernt, wie abwesend erwiderte Diels: »Ich kann nicht bleiben. Ich bin krank.«

»Nicht so krank, dass Sie Ihre Arbeit nicht verrichten könnten. Ich kann Ihnen versichern, die wird immer leichter werden, Sie haben sich genug im Kampf gegen den Kommunismus aufgerieben.«

»Nein, mein Führer«, sagte Diels, »neunzig Prozent meines Nervenverschleißes kosteten mich SA und SS.«

Hitlers Linsen fokussierten ihn wie eine Camera obscura, ultra konvex, mit Dunkelheit gefüllt und besessen: »Nicht mehr lang! Glauben Sie mir!«

– Er würde die SA also weiterhin liquidieren wollen, ohne dabei mit Diels zu rechnen. –

»Ich bin wirklich krank, ich kann nicht bleiben. Mein Führer, ich danke Ihnen für das Vertrauen, das Sie mir geschenkt haben.«

Diels verließ auch diesen verstummten Raum.

Witwe Heilscher stand, stolz wie Bolle, vor ihrer brandneuen Miele-Waschmaschine, Baujahr 1934, mit einem Holzbottich-Gehäuse, einem Anwurf-Motor und einer elektrisch angetriebenen Wäschemangel. Die Nachbarin würde vor Neid sicher platzen.

Die NSDAP hatte ihr das Geschenk gemacht, ihr, die schon lange vor 1933 beigetreten war, ihr, weil sie sich als eine tadellose Unterstützerin des Reichs erwiesen hatte, indem sie mit ihren Beobachtungen und ihrer Rauschgiftmeldung des jungen Rauschgiftsüchtigen Otto Krause zu einer wertvollen Bürgerin und einer Vorzeigefigur in der Arbeitsgemeinschaft der Rauschgiftbekämpfung geworden sei. Sie konnte ihr Glück nicht fassen!

DREIUNDZWANZIG

Emil Cioran stellt die drei Spiegel auf, lehnt sie auf dem Regalboden über seinem Kopfkissen in München nebeneinander an die Wand.

»Erster Spiegel«, sagt er, »du stehst für die Apokalypse. Dafür, dass es kein Gut und kein Böse gibt. Dafür, dass Weltenbrand das Einzige ist, was sich in uns und um uns herum erzeugt. Dafür, dass es keine Glückseligkeit gibt, denn gäbe es sie, warum teilt sie niemand mit? Warum brüllt sie keiner auf den Straßen aus? Dafür, dass Adam ein Feldwebel gewesen sein muss. Dafür, dass einzig das Bestialische in uns das Verblüffende bleibt, dafür, dass eine Träne immer noch die tiefere Wurzel besitzt als ein Lächeln. Dafür, dass Verstand geraubt wird, wo immer er entsteht. Dafür, dass nicht Goethe diese Nation anführt, sondern Hitler. Dafür, dass Hitler traurig ist. Dafür, dass nur die Vision am Leben bleiben darf und dass für diese Vision alles andere weichen muss. Dafür blicke ich in dich und weide mich in deinem Spiegelspiel an Blut und Fleisch und eine grausige Wonne würde mich erfassen, sähe ich in dir einen Blutvulkan ausbrechen, feuerrot.«

Himmler kommt, Diels geht. In einer Ansprache über eine neue Zeit, die alle Fehler überwinden soll, führt Göring die Hexe aus Dachau als neuen Chef der Politischen Polizei

Preußens ein, nichts als zwei glimmende runde Brillengläser auf Himmlers Gesicht lauschen diesem seinem langersehnten Akt und seine ganze Körpersprache sagt *endlich.*

Diels steht abseits, blickt aber *in* die Zeit, schaut sie an, schaut frontal in ihren Spiegel, auf dass sie ihn nicht vergisst. Er ist müde, er beißt die Zähne zusammen, er *verdrückt* und *drückt* sich, wie man über ihn tuschelt und aus allen Seiten mit Andeutungen beschießt. Doch er steht da. Er ist hier. In einem Raum mit ihnen allen.

Es ist Himmlers Stunde. Es ist Heydrichs Reich. Es ist Eickes Bühne.

Eicke schießt höchstpersönlich auf das »schwule Schwein«, Röhms Brust platzt auf wie der Vesuv, wie Geschnetzeltes schleudert sein Brustfleisch durch die Zelle, Röhm klingt wie ein Brunnen aus der Tiefe des Gebirges, es braucht, bis der Tod in ihm ankommt.

Gregor Strasser verblutet in seiner Zelle.

Auf Schleicher sind mehrere SS-Gewehre in seinem Garten gerichtet, sie schießen punktgenau, er sinkt zusammen.

SS-Männer zielen auf Karl Ernst, der mit seiner Frau, seinem Sekretär und 40 000 Reichsmark Parteigeldern nach Madeira wollte und in Bremen gefasst wurde. Er steht an der Wand, rennt weg. Sie stellen ihn wieder hin, er rennt wieder weg. Sie stellen ihn ein drittes Mal hin, er streckt den rechten Arm aus: »Heil Hitler, ihr Schwanzlutscher!« – Er ist tot.

SS-Schüsse fallen auf Heines nieder, dem Stellvertreter Röhms, die lieblichen Mädchenaugen im Körper eines Schlächters selbst im Rauchblut der Kugeln noch vergissmeinnichtblau.

Göring befiehlt, den Peitschensammler Villain zu erschießen, er will Meldung. Das SS-Erschießungskommando streckt Villain in Berlin nieder. Meldung: tot.

Der Stettiner Kommandant des Vulkan-Lagers Hofmann wird aus nächster Nähe und auf eindeutigen Befehl Hitlers erschossen, seine drei Kumpane ebenfalls: tot, tot und tot.

Wo ist Karpenstein? Wurde er gewarnt? Hat er Kiemen und kann auf den Meeresboden entfliehen? Besitzt er Flügel und kann den Augenblick überschwingen?

»Zweiter Spiegel«, sagt Emil und blickt hinein und seine Wimpern drehen sich wie ein Federrad um das jadegrüne Auge, »du stehst für die Selbstironie. Denn was sonst ist mir geblieben, als über mich selbst herzufallen, als über mich selbst zu lachen, nachdem Leben und Tod mich gleichermaßen anwidern und ich mich für keinen von beiden entscheiden konnte? Nachdem ich dem Exzess des Negativen nicht standhielt wie ein deutscher Siegfried? Nichts anderes spüre ich jetzt als irrsinnige Wollust für eine unendliche Ironie, besonders wenn ich mir vorstelle, dass meine Asche eines Tages in alle Winde verwehen und vergehen wird. Dass ich alle meine Inhalte längst aufgelöst habe. Ihr beklagt euch, dass das Menschengeschlecht so widerwärtig ist, rachsüchtig und undankbar? Nur Durchschnittsmenschen leben bei normaler Temperatur, die anderen reiben sich in Temperaturen auf, die das Leben aushöhlen. Nur die Leidenschaft vermag zu zerfleischen. Die buddhistische Leidenschaft des Nichts. Die Abkehr von allem, auch von Weisheit. Und ich lache! Ich lache! Denn ich merke, wie sehr ich schon zu einem Spezialisten des Todes geworden bin! Weil nur *meine* Tränen Himmel und Hölle zugleich widerspiegeln!«

Eicke stellt nachts ein Grammophon mitten in Dachau auf. Das Freibier, das in der SS-Kantine wartet, das er heute reichlich spendiert, hat die SS-Jungs ganz durchtränkt. Stündlich kommen Wagen mit weiteren Verrätern im Röhm-Zusammenhang an. Ein paar werden in den Wald gezerrt, nördlich des SS-Exerzierplatzes. Auf einer Anhöhe gibt ein SS-Mann den Verhafteten einen Tritt, während des Sturzes schießt ein zweiter SS-Mann die Opfer tot. Nach jedem Schuss rufen sie *Heil!*

Eicke entspannt sich. Seine SS hat wahre, große Arbeit geleistet, die Helden dieser Stunden sind sie allein, die treueste Hand Adolf Hitlers, als er die treueste Hand brauchte. Eine Hand, die nicht zögerte, als er befahl. Sie sollen nach all den Razzien und Verhaftungen nun auch einmal belohnt sein. Es soll gefeiert werden heut Nacht! Eicke beißt die Spitze seiner Zigarre ab und legt Musik auf. *Austin Egen, Ohne Tränen gibt's keine Liebe.*

Einem älteren bayerischen Monarchisten und Hitlergegner schießt die SS in die Stirn.

Ein junger Jude, ein Student, wird aus seiner Münchener Wohnung verschleppt und landet vor den Stiefeln Ottos im Scheinwerferlicht eines Konvois. Otto ist volltrunken, hat eine Pistole in der Hand, zielt und trifft das Ohr. Der Angeschossene schließt die Augen im Sommerwind.

... was nützt es jetzt noch, dass mein Onkel als deutscher Offizier bei Verdun fiel, dass meine Familie nicht gläubig ist und dass wir seit dem 16. Jahrhundert in Bayern leben?

Er richtet sich, eine Hand ans blutende Ohr gedrückt, auf und stellt sich vor Otto hin. Sie sind gleich groß. Ihr Haar hat dieselbe Farbe. »Hör mal, SS-Untermensch, dein Hitler ist ein Ausländer und dein Rosenberg auch im Ausland geboren. Ich aber nicht, ich bin Deutscher!« – Otto schießt ihm in den Bauch. Er lebt noch, man lässt ihn liegen.

Der Appell-Platz wird rauschend beschallt von Eickes Grammophon *... ein bisschen Herzleid ... braucht jede Liebe ... denn jede Liebe ... will Tränen sehen.*

Otto darf jetzt nicht »einschlafen«, wie er es immer in den Momenten größter Heroin-Sucht nannte, als er noch in Berlin war. Er muss weitermachen. Er zerrt sich einen bereits inhaftierten Juden heraus. Bierflaschen klirren, was für ein Rausch, die Sterne glitzern und überall glänzt Blut! Jemand reicht ihm eine Eisenstange. Otto packt sie fest an, ganz fest, richtig fest ... schlägt sie dem Häftling unter einer täuschenden Bewegung hart gegen das Knie. Der Häftling stürzt ohne einen Laut zusammen, ist bewusstlos. »Aufstehen!«, grölt Otto. »Sollst aufstehen, Jude!« – und er drückt ihm seine neuen Stiefel gegen die Schläfe.

Ohne Tränen gibt's keine Liebe ... drum sind Tränen in unserer Liebe das Allerschönste, was du mir gibst ... deine Träne sagt mehr als tausend Worte ... sie sagt ... dass du mich mit Schmerzen liebst ...

»Aufstehen sollst du!«, schreit er weiter, der am Boden Liegende reagiert nicht, Eicke dreht von seinem Sommerstuhl aus den Daumen nach unten. Otto schlägt mit der Eisenstange auf das Gesicht ein, bis es sich verschiebt und an einer Stelle aufbricht.

»Dritter Spiegel«, schmunzelt Cioran, »die Liebe. Ich kann nicht auf sie verzichten. Ich würde keine Verzweiflung begreifen und keine höchste Illusion eines erhabenen Todes erlangen ohne die Liebe. Sie ist das Einzige, was einen retten kann. So viele behaupten sie, so viele behaupten sie nur. Derjenige hat sie nicht erfahren, der sie als Banalität abstempelt. Ich kann die Liebe nicht verlassen. Durch alles kann ich in dieser Welt stürzen, einzig durch die Liebe nicht. Und wenn man deine Liebe mit Verachtung oder Gleichgültigkeit erwidert, wenn dich alle Menschen im Stich lassen und die Einsamkeit deine höchste Verlorenheit wäre, würden alle Strahlen deiner Liebe, die nicht in andere dringen konnten, um sie zu erleuchten oder ihre Düsterkeit noch geheimnisvoller erscheinen zu lassen, zurückstrahlen und in *dich* zurückfluten. Wer aber kann solche Liebe empfinden ...

Was soll ich zugeben? Dass ich nicht für das Leben geschaffen bin? Was, wenn das Leben nicht für *mich* geschaffen ist?«

Rudolf Diels, der neue Kölner Regierungspräsident, überdauert den 30. Juni 1934 auf einem Hochsitz in der Eifel. Als weit gelagerte Wolken über das Land hinwegziehen, umklammert er sein Gewehr im ganzen Griff seines Fingerspitzengefühls und passt auf den Rehbock.

Jedes Knistern, jedes Blattdrehen ist unerträglich hörbar. Um den Hals trägt er seinen Talisman. Das Stück einer Fahne eines deutschen Soldaten aus dem Dreißigjährigen Krieg. Er lauert auf einen jeden Halm, der *nicht* vom Wind her sich biegt, und sein Herz schlägt einen Tag lang in einer Schärfe, von der er sich nie mehr ganz erholen wird.

Der Name *Rudolf Diels* wurde am Morgen des Tages auf Görings Forderung hin von der Liste der Exekutionen entfernt. Heydrich sagte zu alten Mitarbeitern, die es Diels zutrugen: »Das werde ich Göring nicht verzeihen.«

Göring hatte Diels drei Tage zuvor in Köln gewarnt. »Sehen Sie sich in den nächsten Tagen vor.«

Diels ist also außerplanmäßig zum Abschuss freigegeben, seine neue Kölner Stelle hatte sich die Ermächtigung dazu verschafft und ein treuer Chauffeur steckte es ihm. Und während in Deutschland, erstmals in seiner Geschichte, die führenden Männer einer riesigen Volksarmee ohne Anklage, Beweis und Urteil getötet, sowie eine Zahl lästiger Mitwisser und solcher, die einmal stören könnten, dem staatlich organisierten Meuchelmord ausgeliefert sind, thront Diels auf einem Hochsitz in der Wildnis seiner Gedanken, sich selbst ausgesetzt, das Bluthusten unterdrückend, dem Warten ausgeliefert, einzig von drei Fenstern umgeben, die er wie drei Spiegel im Bild behält, ohne auch nur zu zwinkern.

Seine holländischen Altmeister hat er verkauft, er glaubt an keine Bilder mehr, nur die echte Landschaft vergeht nicht. Nur sie nimmt einen auf.

Als Hitler »Jagd aus« befiehlt, steigt Diels vom Hochsitz herab und fährt nach Köln zurück.

Betritt den Dom, der sich wie ein Skarabäus in die aufgebrachten Wolken zieht, schwarz, in seinem Immernass, in seinem fabelhaften Skelett, das der hochgewachsene Diels aufsucht, um, auf ein Knie gebeugt, lange zu schweigen.

Entsetzen durchströmt das ganze Land, für Himmler und Heydrich kein Schlussstrich einer Bartholomäusnacht, sondern ihr neuer Anfang, der Beginn eines mörderischen Regiments, das sie sich von Hitler signieren lassen. Die Prinz-Albrecht-Straße betreten sie in langen, gegürteten Ledermänteln und, wie Diels später erfährt, so: »Heil Hitler! Wo bleibt Ihr Hitlergruß, Mitarbeiter X? Das ist Lässigkeit im Dienst! Strafversetzen! – Heil Hitler! Ihre Dienste werden hier nicht länger benötigt, Mitarbeiter Y! – Heil Hitler! Waren Sie nicht zugegen im Ratskeller zum Abschied Ihres ehemaligen Chefs Diels, Mitarbeiter Z? Arrest!«

Mit den beiden neuen Männern ziehen die SS-Uniformen ein, überall, vor jedem Eingang, in jeder Abteilung und fast ausschließlich der Typus des blonden, blauäugigen und erbarmungslosen Mannes. Die neuen, ausgesucht brutalen Roboter, ohne eigenen Geist, ohne eigene Wahrheit. Dröge, hart und sehr gefährlich. Ohne Grazie, ohne Wärme. Gedrillt nur auf den Befehl. Genormter Einheitsmensch. SS-Adel. Majestätisches Ballett, doch ganz und gar ohne irgendeine sittliche Kraft. Ihre Ersatzreligion ist der Nihilismus. Ihre Arroganz kennt keine Grenzen und keinen Humor. Selbstständiges Denken lehnen sie ab. Bildungsfähigkeit und Intelligenz sind feindliche Elemente des Charakters. Der neue politische Soldat, der Frauen und Kinder nicht länger zu verschonen gedenkt, und wenn sie in riesigen, von Eicke eingeübten Choreografien die Köpfe drehen, dann sind diese nur aufgeschraubte Stahlwinden, gleichgeschaltet, gleich verarbeitet, die Beine mit den Stiefeln versiegelt, die elektronischen Augen in ihren Wahrnehmungen vorprogrammiert. Die Reichswehr wird sich bald schon weiter kristallisieren, eingeschlossen darin in blutrotem Bernstein – Adolf Hitler – der nach dem Röhm-Putsch seinem Deutschen Reich die *wiederhergestellte Ordnung* verspricht.

Hitler: Ich schwöre

SS: Ich schwöre

Hitler: Dass ich dem Führer Adolf Hitler, dem Führer des Deutschen Reichs und Volkes

SS: Dass ich dem Führer Adolf Hitler, dem Führer des Deutschen Reichs und Volkes

Hitler: Unbedingten Gehorsam leisten

SS: Unbedingten Gehorsam leisten

Hitler: Und als tapferer Soldat bereit sein will

SS: Und als tapferer Soldat bereit sein will

Hitler: Jederzeit für diesen Eid

SS: Jederzeit für diesen Eid

Hitler: Mein Leben einzusetzen

SS: Mein Leben einzusetzen

Hitler: Sieg!

SS: Heil!

Hitler: Sieg!

SS: Heil!

Hitler: Sieg!

SS: Heil!

Als Diels den buntglas-lichtdurchfluteten Dom verlässt, blickt er auf. Ein einzelner steinerner Wächter hebt sich von den anderen ab, mit einer Krone der alten Welt auf dem versunkenen Kopf, hoch über der Stadt. »Du musst endlich zu den Menschen herabsteigen«, sagt Diels. »Du bist entrückt, keiner kann dich von hier unten hören.« – Also klettert Robert Fuchs, den sein Maler-Freund vom Brandenburger Tor noch immer nicht zurückgerufen hat, auf seinen von allen leeren Blumentöpfen freigeräumten Fenstersims. Nein, beklagen konnte er sich nicht. Sein Leben war wundervoll gewesen, seine Erinnerungen schön und sein Sohn in Sicherheit. Was gab es jetzt noch außer dem Gefühl einer unendlichen Dankbarkeit?

Er gleitet wie ein Ast von der Fassade und im Sturz ist der Wind schnell und langsam, sodass er nichts mehr denkt.

VIERUNDZWANZIG

Sie ist wieder da. Die Zeit.

Die Zeit ohne Geschichte, ohne Verlauf, ohne Sieg oder Niederlage. Die isolierte Zeit, die sich selbst proklamiert. Die Natur des bloßen Dahinziehens. Ich aber, ich habe kein Recht mehr auf sie, hab es verwirkt. Denn ich habe der Hölle geschmeichelt und die Zeit verraten, verlacht und bedroht, ja sie mit der Hölle verglichen. Sie ist zurück und rächt sich. Jetzt wird sie mir alles antun. Sie wird mir dabei zusehen, wie ich sie ansehe. Sie wird mich anschauen mit ihren klarsten Augen. Sie weiß, dass ich sie seit Jahren observiere, sie verfolge, sie durch heimlichste Löcher hindurch beobachte, sie durch den Lichtstaub eines Zimmers schweben höre, sie betastet habe. Jetzt schlägt sie zurück. Sie wirft mich aus sich raus und ich stürze. Ich stürze aus der Zeit!

Was haben Sie bloß? – fragt man mich hier in Berlin. Was ich habe? Ich habe einen Sprung aus meinem Schicksal herausgetan und weiß jetzt nicht mehr wohin. Das ist auch schon alles. Aber was wissen Deutsche davon? Diese aufgezehrten Mittelmäßigen ihrer Pflicht? Selbst Euphorie ist für sie ein Gebot, sie empfinden nichts dabei, nur Wahn. Wahn ohne Schätze. Jeder wahren, empfindsamen Obsession unfähig, lassen sich ihren gesamten kritischen Verstand von Hitlers wogender Seelensturzflut stehlen, hegen aber weiter ihre hohen Pläne kleinlicher und vulgärer Absichten. Und was soll schon sein, wenn man von dieser Menge an Schwachsinnigen einen Teil beseitigt, der sich wegen seines Größenwahns ein Weniger an Schwachsinnigkeit einbildet? Besser, ich schreibe *komplizierteste Menschen* statt *Schwachsinnige.*

Die Welt fragt, was ist mit den *Menschen?* Schau sie dir doch an, Welt, diese Menschen. Weder dein Sinn noch dein Un-Sinn schmerzt sie. Abstrakte Formeln und Ideale zu stammeln, berechtigt sie bereits zu unangefochtenem Anspruch und sie verleihen sich ein Daseinsrecht an sich. Mensch sein ist jedoch erst mal bedeutungslos. Wer es leugnet, ist feige und fürchtet das Opfer. Ihr braucht doch alle nur einen Selbstzweck, einen Schild für euer inneres Nichts! Europa zappelt in seinen epileptischen Momenten vor sich hin, ja und? Hört doch endlich auf mit eurer pazifistisch weltrettenden Masturbation! Ich danke den Diktaturen, denn die Freiheiten raubten sie, unsere Traurigkeit aber können sie uns niemals nehmen.

Traurigkeit, weil alle Augenblicke mich verlassen haben, so, wie ich die Zeit im Stich ließ. Sie schützen mich nicht länger, sie gehen nicht mehr ineinander über, sie kriegen keine Luft. Ich bin jetzt *unter* der Zeit, in einer keimfreien Zone, wo ich es nicht aushalte. Ich wünschte, sie würde mich zurücknehmen, wünschte, sie könnte mich wieder lieben. Doch mir scheint, jetzt beginnt meine Ewigkeit. Mein Blut wird erstarren für viele Jahrhunderte. Floss und rannte es eben noch Millimeter neben der Zeit, so haben beide nun keine Mündung mehr in mir. Nie wieder. Für immer. Gott selbst war ihr nicht so nah, wie ich es bin, denn er ist ihr Schöpfer und musste sie nie begehren oder quälen oder sich von ihr peinigen lassen. Verliebt, schlimmer als in eine Frau und in ihr Lächeln, bin ich in die Zeit, die mich nie mehr berühren wird und ebenso – wie Eine, die man will, weil man sie liebt – verdächtigte ich die Zeit selbst unentwegt und unterstellte ihr Lügen, spähte sie aus und glaubte nicht an ihre Dauer, glaubte nicht an ihren Zauber. Nun weiß ich, ich werde sie nie mehr erleben, ich werde sie nur noch durchwühlen, nach Fetzen für eine unaufhörliche Analyse des Absoluten, und ich werde wahrscheinlich keinen Schatten mehr werfen, das ist leidenschaftliche Impotenz durch zu viel Versuchung. Das ist der Preis. Mein Kreis hat sich geschlossen. Ich werde mich nur noch wiederholen und auch daran werde ich nicht sterben, es wird ein Siechen im Denken sein, ich habe zu viel erblickt, habe zu viel gefunden, alle Einsichten, alle Seelen-Karten abgenagt, geküsst und liegend umflogen, den ganzen Atlas der Schmerzen. Ich bin ein armer Kerl, denn ich *spüre* die Zeit. Ich *bin* die Zeit, jeden Augenblick. Sie durchbohrt mich. Ich kenne, was ein Metaphysiker oder ein Dichter nur durch einen Zusammenbruch oder durch ein Wunder erraten. Gestern, heute, morgen ... nur Grammatik. Diese ganze Materie, nur ein einziger Skandal aus dem Schoß des Nichts. Das Weltall, Leere, über die man nicht diskutiert, sondern der man Ausdruck verleihen muss.

Geheimnisvoll erwachen wir, dann irgendwann verabscheuen wir unsere Geheimnisse und wenn alle unsere Erkenntnisse bis auf den Grund unserer Seele von uns entdeckt worden sind, will man nicht mehr leben. Ich glaubte, ich könnte das Leben schon weitaus früher hinter mir lassen, doch ich habe verstanden, dass das nicht geht. Erbärmlicherweise liebe ich diese Welt mehr als jeder andere und will sie doch nicht haben. Denn ein Ding, das man von allen Seiten kennt, mag man nicht mehr besitzen.

Emil! Nun wollte es also das Schicksal, dass wir uns nicht mehr wiedersehen. Ich weiß, dass du Berlin diesen Sommer verlässt, dann endet dein Stipendium. Doch ich bin sicher, dass du deine »Studien« auch zu anderen Zwecken ganz ausgekostet hast und deinen Dienst am Deutschen Reich als erfüllt siehst.

Verrat macht eben vor keiner Seele Halt. Auch vor der eines feinfühligen und schmeichelnden Philosophen aus den Karpaten nicht.

(Sieh mir bitte das Gekrakel nach, meine Hände zittern.)

Und trotz allem danke ich dir! Ja, ich danke dir! Denn in Dachau wird Geschichte gemacht! Hier wird gearbeitet fürs Reich! Hier machen wir uns die Hände schmutziger und schmieriger als sonst wo auf der Welt! Wofür? Für das deutsche Wohl des Deutschen Reichs, für unseren Führer Adolf Hitler und für seine Wahrheit!

Musst mich nicht fürchten: Einmal Kamerad, immer Kamerad. Ich vergebe dir. Otto

Seit Tagen falte ich seinen Brief auf und zu. Was habe ich getan? Und ich *muss* etwas getan haben, denn es ist doch Otto! Könnte ich mein Bewusstsein für ein paar Stunden nicht spüren. Könnte doch die Zeit mich noch *einmal* aufsuchen. Noch ein einziges Mal. Jetzt bin ich von ihrem einstigen Statisten zu ihrem Star geworden. Ich ertrage das nicht. Keine weitere Sekunde. Aber jede Sekunde sperrt sich auf wie Unendlichkeit und ist eigentlich sowieso gar nicht da.

Welche Wahrheit, lieber Otto? Zuletzt habe ich mich sogar ihr entzogen. Bei einem Bier im sommerträgen Tiergarten hätte ich dir das auch gesagt, doch du bist weit, weit ... bist weit fort.

Einst hatten wir alle, jeder Mensch auf dieser Erde, einen Stern zugeteilt. Jetzt sind wir nur noch Sklaven einer hassenswerten Chemie, eines befleckten Lebens und Buddha fragt Hitler: *Warum nur hast du das edle Nichts mit der Leerheit des Todes verwechselt?*

In Sibiù habe ich begonnen, mich am Tod zu reiben. Er begann, als mein Vater mich mit zehn Jahren aus meinem einzigen Paradies riss, meinem Rasinari, dem Dorf, in dem wir lebten, mein Vater Emilian – Pastor. Meine Mutter Elvira – ununterbrochen geisteskrank. Meine Schwester Gica – Ausgeburt des Wahnsinns. Und mein Bruder Aurel – vor grundlosem Kummer verstummt. Während ich eine ganz neue Form des Irrsinns offenbarte, psychopathische Redesucht, Logorrhoe! Nun, wer von euch würde nicht gern bei uns absteigen? In meiner Familie kultiviert man die Traurigkeit bis zum Grad des Absolutismus. Wie vergilbendes Maden-Obst sitzt jeder von uns in einem Zimmer herum und fügt der verderbenden Hefe seinen Teil hinzu. Wir sind ein zu Zeitlupe erlahmter Schlaganfall.

Das Ziel, für das mein Vater mich auf einen Karren warf und entführte, war ein Gymnasium in Sibiù – in Hermannstadt – das Ziel war Zerstörung, Zersetzung, das Ziel war Einsamkeit und Komplexität, Wissen und Leidenschaft, erbarmungsloses Träumen, Verkapselung und tiefe, jagende, von den einstigen nur Anfällen der Kindheit zum schließlich lähmenden Wesenszug ausartende Langeweile. Das Ziel war ein Ich, das ich nun bin.

Wie ich Rasinari verließ, verließ ich auch die Kirche, in der mein Vater stand. Denn das kleine alte Gewölbe über ihm kippte in Bedeutungslosigkeit weg und ich allein sah es. Weil ich wusste, keiner würde mir glauben, konnte ich nur wegrennen, auf der Stelle weglaufen. Ich rannte hinaus, gesäumt vom weichen Hall seiner Predigt, rannte über die alten weißen schönen Stufen, stürzte und rannte weinend weiter! Ich rannte durch die nasse Luft eines Sommers, den ich *immer* fühle. Rannte mit geschlossenen, mit entsetzten Augen darüber, dass ich leben muss, dass ich lieben will, dass ich sterben werde! Rannte in die ganze Fülle der Leere, die mich erwarten sollte, und der Chor unserer Berge und ihrer bösen Formen warnte mich und stieg auf im nebligen Sopran einer unvergesslichen Stunde, die ich seither nie mehr loswurde. Die Zeit ist meine einzige Heimat, ich bin kein Bewohner dieser Erde, ich betrachte sie, besuche sie, berühre ihr Glas. Ich lebe nicht, ich schaue das Leben an. Ich atme nicht, ich fange die Luft ein. Ich bewundere den Mond nicht, ich bemitleide ihn. Es ist wie ein grauenerregendes Glück, wie wenn sich tausende Planeten in den Adern ausdehnen.

Ich liebe meinen Vater, ich liebe seine viel zu verwunderten Züge, sein silbernes Haar, seinen dichten Bart und seine dunkelgrünen, fast schwarzgrünen Augen. Seine Greifen-Nase, diesen ansetzenden und klugen Greifen, der immer anhebt zum Flug, doch noch nie den dunklen Wolken nachfolgte, nicht einmal, wenn Papas Chor der Kutten, der seine Weihen umfloss, uns alle erschauderte, mit Gesängen, die in den von mageren Birken gestuften Hängen der Karpaten wieder-vibrierten, nie aber in ihm selbst, der das Wort Gottes führte und einzig meiner Mutter fand ich ihn je ergeben und sonst niemandem. Ich liebte ihn auch, als er mich auf diesen Heuwagen warf und wegbrachte. Weg aus allen Erinnerungen, aus einem Raum, der noch nichts bedeutet hatte und mir darum alles bedeutete und den kleinen, aber kräftigen Jungen zu einem zarten Wahnsinnigen machte, ohne es zu wissen. Er ließ mich den ganzen Weg nach Sibiù weinen, verbot mir keine Träne und der späte Sommerregen raubte mein Salz und ich war betrunken von den tobenden, Liebe fressenden Bewegungen, die mein Herz in mir machte. Die Namen aller Heiligen ging ich einzeln in mir durch auf dieser Fahrt, Petrus von Alvastra, die heilige Brigitta, Heinrich von Halle, Mechthilde von Magdeburg, Raimundus von Capua, Katharina von Siena, Bruder Arnold, Angelika von Foligno, Johann von Marienwerder, Dorothea von Montau, Brentano, Katharina Emmerich, Diodata degli Ademari, Diana d'Andalo, Rosa von Lima, Lydwine von Schiedam, Katharina von Ricci ... allein das Feuer, das all diese Namen umklang, verlieh mir den sinnlichen Geschmack einer anderen Welt. Ich las von der Grausamkeit, die sie sich selbst zufügten, ich beneidete ihre Erleuchtung, ihre Hysterie. Die Liebe auf Erden war nur ein Geruch, aber ihre Liebe war *anders*.

Doch ich hatte vergeblich auf den fallenden Tropfen der Empfindung von Katharina von Genua gewartet, der, wie sie behauptete, die Hölle augenblicklich in das Paradies verwandeln würde. Nicht weniger verlogen Therese von Avrila, die als Kind »Ewigkeit! Ewigkeit!« versprochen hatte.

Sie alle hatten mit ihren Sehnsüchten die Kirche erröten lassen und als Therese von Avila mir sagte, ich solle nur noch zu den Engeln sprechen und nicht mehr zu den Menschen, da nahm ich das ernst! Meine lebendige Begierde, meine Träume gingen für sie alle drauf. Ohne Rasinari verschwand alles und ich hörte auf, auch sie zu lieben ...

Wenn mein Vater betet, dann knirscht meine Mutter

sich die Zähne aus. Meine Eltern sind ein verheirateter Widerspruch.

Meine Mutter ist ganz ich, äußerlich und innerlich, aber ich potenziere alles, was sie nur ansatzweise in sich trägt. Ich bin ihr übelster Erfolg. Ihre krakeelende Blume. Sie glaubt weder an das Gute noch an das Schlechte. Früher wäre sie als Hexe verbrannt worden und das Lodern selbst hätte geschrien an ihrer innersten Welt, die von den Flammen zum Vorschein gepellt worden wäre. Sie ist eitel, dabei ausgeglichen und auch noch geschmackvoll, aber sie lässt sich von alldem nicht beherrschen, sie ist es, die herrscht. Wortgewandt, zierlich und hemmungslos. Ich verehre sie. Ich hasse sie. Ich liebe sie.

Meine Kindheit war so bürgerlich und angenehm, so wunderbar und so himmlisch langweilig, dass ich, indem ich nichts zu klagen habe, den Halt verliere. An einem Problem könnte man sich wenigstens festkrallen wie der Nihilist an seiner konkreten Ablehnung. Doch als Skeptiker löst man sich auf, alles ist gleich.

Der Tod wurde mein frühestes Sinnbild, meine unsichtbare Allgegenwart. Beim Spielen, Lesen, Essen ... immer stellte ich ihn mir vor. Wie ist es zu sterben? Wie muss es wohl sein?

Dostojewski krönte meine Fantasie. In den *Dämonen* empfindet seine Figur eine gewisse Übelkeit, eine eigenartige Übelkeit. Wird damit der Übergang in den Tod vom Körper vollzogen? Läutet ein einziges einzigartiges Unwohlsein die kommende Schwelle ein? Welche Sprache sprechen die Toten? Sagen sie Weiß zu Schwarz? Sagen sie nah zu fern? Und ist ihnen das Große klein? Allein diese Ahnung einer vollkommenen Umkehrung aller Bedeutungen erstaunte mich unfassbar. Ich wollte ein Toter werden, den Tod strecken, ihn kosten.

Als ich anfing zu studieren, ging das mit den Frauen los. Nie wieder verlieben, hatte ich mir seit Cela geschworen, das sind sie nicht wert. Also ins Bordell. Dort hing ich zwar nicht an den Tropfen Katharina von Genuas, doch immerhin an den Tropfen tückischer Lust, die mich zu Glas blies. Manchmal täglich, sodass ich älteren Schülern, die ich unterrichtete, untersagte, das Bordell zur selben Zeit aufzusuchen wie ich. Und in diesen Stunden süßer Verwesung spürte ich meine Organe bis zum Zwang. Ich wollte zwischen ihnen sein, wollte wissen, wo meine Worte genau herkommen. Dieser Leib, dachte ich, wird einmal ein Kadaver sein, ist er es nicht damit *jetzt* schon?

Die Frauen, die mich in ihren Betten mit ihrer schönen Haut einwickelten, dieser rumänischen Haut – wie getrübtes warmes Wasser, mit Einfällen blauer Venen, die sich darin fädeln wie blühende Vergissmeinnicht – hinter dieser Haut aber, erinnere ich nur gynäkologische Entsetzen! Bei Gott. Menstruation, diese einzige Anti-Poesie. Frauen benötigen viel mehr Wasser zum Reinigen als Männer, auch das war mir vorher nicht klar. Ihre Ausdünstungen tragen ganz andere Heimlichkeiten in sich und gerade in ihren Gerüchen sind sie am wollüstigsten! Oh Schauder, ihr Stuhlgang, vermischt mit dem Blut des Lebens aus ihrem Unterleib, trägt bereits das ganze Cadaverin in sich, den Stoff, der die Zellen zersetzt. Zugleich aber steigt eine helle leichte Frische aus ihren Substanzen, roh und sinnlich, majestätisch und wild, heilsam und gut. Wie soll ein Mann das alles überstehen und durch ein ganzes Leben tragen?

Als dann meine ersten Texte im Umlauf waren, in denen

ich von meinem dunklen bodenlosen Abgrund in meiner Seele erzählte, von der Verständnislosigkeit aller Existenz für die Existenz – eine Freundin meiner Eltern warf einen Text von mir ins Kaminfeuer – erschien meine Mutter über meinem Bett, auf dem ich lag und mit meinem Nervensystem rang.

»Was stimmt nicht mit dir?«, fragte sie.

Ich schwieg.

»Sprich!«

»Ich will nicht leben. Kann nicht leben. Ich ... ich kann es einfach nicht«, sagte ich leise.

»Hätte ich das gewusst, hätte ich dich abgetrieben.«

Ich sah sie an. Mein Herz auch. Wir sahen sie beide an.

Ihre heftigen Augen schimmerten entschlossen, ihre Haut bleich und fest, wundervoll! Dieses starke Gesicht. Diese schnippische Königlichkeit. Diese vollendete Gemeinheit. Diese Fremde, die meine Mutter sein sollte!

»Du musst schwer krank sein«, sagte sie. »Dein Hirn scheint zu verderben. Ich vermute die Syphilis.«

Der Dorfarzt erschien und entnahm mir Blut.

Eine Woche lang wartete, nein *hoffte* ich, künftig Syphilitiker zu sein und nun langsam das Sterben zu erfahren, es ganz und gar erforschen zu können und von innen heraus zu begaffen, ja als einer der Ersten den Tod schriftstellerisch zu skalpellieren, wie noch nie einer es getan hatte!

Doch mein Blut war leider gesund. Der Arzt wunderte sich über meine Enttäuschung.

So habe ich mich bis jetzt selbst überlebt. Ungefähr so, wie Rumänien sich. Rumänien ist kein Land, ist keine Heimat, Rumänien ist gar nicht da, kann gar niemandem gehören, ja es gibt sogar Zeitspannen, die gänzlich unüberliefert sind! Was macht man, wenn man *da herkommt*, aus einer solchen Region? Ist man Österreicher? Ist man Ungar? Draker? Römer? Ist man stolze und unbeugsame Minderheit oder nur ein dämlicher Krieger mit Beinen wie Streichhölzer? Ist man Gardist, weil der gebildete, deutsch-stämmige Anführer Codreanu mit seinen 1,90 m und seinem dunkelbraunen Wind-Haar endlich das Feuerwerk eines nur rumänischen Weltmomentes verspricht – prachtvoll und stark zu sein wie die Deutschen? Codreanu ist gläubig, gläubig auf seine kämpferisch brütende Art. Genau wie ich. Ich weiß es nur noch nicht. Weiß noch nicht, dass Gott die Zeit nicht erschaffen hat, sondern dass er die Zeit *ist*, und da ich sie vergötze, muss ich also gläubig sein, ich kann nun sogar mit Gewissheit verkünden: Gott ist sogar, wenn er nicht ist. Ich muss es wissen, ich habe das Wort an ihn gerichtet.

Ich vermisse das transsilvanische Kartoffelbrot, eingewickelt in riesige Kohlblätter, die ihren wunderbar geäderten Abdruck auf der goldenen Haut des Laibs zurücklassen, ihn frisch halten, ihren matt dunklen, ja eleganten Duft in den Teig drücken.

Ich will ja frei sein, will es wirklich, doch wie kann ich es, wenn immer wieder mein Selbst mich zurückzwingt, aus allem Neuen herausschneidet? Ich bin der, den bei psychiatrischen Werken nur die Aussagen der Patienten und bei Literaturkritiken nur die Zitate des Schriftstellers interessieren und es gibt niemanden, dem ich nicht irgendwann einmal den Tod gewünscht hätte. Ich bin in einem Raum das weiße Loch. In meinen Werken könnte ich frei sein, kann ihren Saum an Unbestimmtheit ausbreiten über alle

Hindernisse hinweg. Doch als Mensch bin ich ein trauriger Automat, ein elegischer Roboter, dessen Geburt und dessen Tod festgelegt sind. Wissen, dass man sterblich ist, heißt in Wirklichkeit, zweimal zu sterben, nein: ein jedes Mal, wenn man daran denkt, dass man sterben muss. Niemanden scheint das zu bekümmern, niemanden anzuwidern, niemanden zu verletzen und bis in die zärtlichsten Vorsätze seines Herzens zu kränken, dieser ursprünglichste Bammel lässt sie alle kalt. Ich kann nicht begreifen, wie man leben kann im Bewusstsein, ohne dass man – mindestens! – ewig ist.

Ich will *mehr* sein als ich, doch wer das wagt, wird weniger sein. Preisgabe all seiner Fähigkeiten ist das Ergebnis. Erschlaffung seiner Gefühle, Zusammenbruch seiner Übersteigerungen. Ein Geschlagener. Denn stiege er auch auf als Übermensch, in demselben Moment würde er explodieren, einstürzen. Dann nämlich richtet ein Dämon über ihn. Ich fühle und sehe meine übernatürlichsten Kräfte und doch bin ich zugleich die zerbrechlichste Kreatur. Ich schwitze mich aus von morgens bis abends, von abends bis morgens und eine Tageslogik besitze ich nicht. Meine Langeweile hatte das alles angekündigt, jetzt kann ich es lesen, jetzt ist alles *einmal* durchschaut und mein Wollen beginnt erst! Mein Wollen, was ich nur mit Fieber und Verbitterung erhalten kann!

Ich will!

Ich will nicht sterben!

Ich will nicht leben!

Ich will die Kunst des Verlierens lernen!

Auch Verzweiflung ist Begeisterung, nur negativ!

... und so sitze ich hier in meinem Zimmer und habe mir

eine Flasche hellen, feinen Wein gekauft. Dazu ein wenig Fisch. Ich höre Musik. Ich dachte, womöglich werde ich Musikkritiker, das heißt, nicht um sie zu schelten, sondern um in ihre funkelnden Edelsteine zu blicken und aufzuschreiben, was ich höre, was ich sehe, denn Musik ist sichtbar.

Seit einigen Tagen war ich nicht mehr draußen. Wo ich bin? In der Schumannstraße in Berlin. Datum? Irgendwann im Sommer 1935. Wer ich bin? Ich bin Emil Cioran und dieses Reich beginnt mich zu langweilen, auch, wenn ich hier und in München Ekstasen erlebt habe, die ich nie mehr vergessen kann. Auch, wenn meine ersten Spaziergänge durch den großen Tiergarten im November 1933, als ich hier ankam, mich ein zweites Mal geboren haben, und während ich das denke, rolle ich die Hangfelder der Buchenhügel Rasinaris hinab, wie ich Sommer lang sie hinabwälzte, ohne jemals unten anzukommen, eingewickelt von Insekten tief im Haar, die mich überredeten, mich anstifteten, mich verführten, mir alles erzählten, was sie wussten.

Und nur weil ich weiß, dass ich kein Insekt je übertreffen werde, weil nur sie mit ihren Jahrmillionen im eingeschlossenen Bernstein schon alles und noch mehr mit ihren Flügeln gesehen und gelöst haben, kann ich auf der Höhe meiner Empfindungen sein.

—

Wann würde Gott ihn um Verzeihung bitten? Wann könnte er sich in seinen und Gott sich in Emils Tränen spiegeln? Warum konnte er nicht einen Nervenzusammenbruch erleiden wie normale Menschen? Er hatte genug Irren-Akten gelesen. Da war die Rede immer so entzückend von der »schiefen Gestalt des Lebens, vielleicht in einem kosmischen Phänomen zu suchen« oder »die Seele, das Gemüt des Kranken, könne durch etwas gebrochen sein und dann eine eigene Geschichte entwickeln« oder »die Seele eines Kranken könne nie mit der Weltseele zusammenfallen« oder »Person X ist in hochgradigem Maße schwachsinnig«.

Warum war seine Psyche derweil so wohl gefeilt, wohl geformt und vollkommen unversehrt und warum war er sogar stolz auf sich, Nietzsche übertroffen zu haben, der einen Spiegel bei sich trug, um sich *tatsächlich* darin wiederzufinden, während Emil Teile seiner Seele von sich spaltete und im Objekt der Träumung verewigte, sodass einmal, und sei die Welt dann hoffentlich versunken, verschüttet und verendet, ein Zirpen dieser Berührung mit dem Atem eines anderen Hirns unzerstörbar in den ausbrechenden, Giftgold ausströmenden Nebel der allerletzten Allzeit aufginge? Nietzsche war ein Feuerwerk, das nichts ankündigte, ein riesiger coitus interruptus, ein grausamer Körper ohne Reifeprüfung. Reingefallen auf alle Spiegel. Weder übergroß noch besonders gebrochen, sondern ein kränkelnder Vor-Mensch, nie im Leben angelangt, seine Gedanken standen einzeln herum, lesbar nur in unsinnlichen Brocken, ein Zauberer ohne Leidenschaft. Jemand, der nicht berühren, nicht erlösen, nicht töten konnte und das persönliche Unvermögen an der Ewigkeit zum absoluten Recht auf Wahrheit ausrief. *Übermensch.* Dieser Ernst! Dieser humorlose Ernst in selbst seinen umwerfendsten Zeilen! Welche Frau hätte das gewollt? Einen solchen Mann ohne eigenen Saft, der alles nur aus der Ferne betrachtet? Nietzsche, Begriffsstreber. Stupide und erhaben wie Wagner, sehr deutsch.

Ein Taschenspieler war Cioran daneben. Marc Aurel war ihm viel näher, lieber die frenetische Poesie eines müden Kaisers durchblättern, dachte Emil, darin Trost und Hoffnung suchen, als einem Philosophen mit dem Aussehen eines Halbwüchsigen unter Blitz und Donner huldigen.

Er dachte an das Lächeln im Schloss Ludwigs, das Lächeln der jungen Frau, und es zerriss ihm die Brust, er legte die Hand auf sein hellgelbes Hemd, maß die Akkorde, die vom Koffergrammophon aus durchs Zimmer sichelten, mit dem Takt seines zärtlichen Pulses. Mozarts Konzert für Klarinette und Orchester war ein tief gefallener Sturz, in der ganzen Sanftmut von Mozarts betrübter Anmut. Mozart hatte das Paradies verloren, seine Träume und seine Ziele. Er war zuletzt unverbunden mit der Welt. Sie hatte ihn von sich abgeschnitten. Der ganze Aufflug seiner Materie war nichts als bestürzende Einsamkeit. Kein anderer Komponist hat je seine Seele auf diese Weise zum Klingen gebracht. Seinen Niederbruch der gesamten Lebens-Seelenkraft als leuchtendes Geständnis erschaffen! Sehr undeutsch.

Er sei verrückt? Er? Emil Cioran? So sahen ihn die doch hier an alle. Neulich diese Studentin, die sich für ein Leben ganz in Normen einsetzte, und das fanatisch – er hatte versucht, ihr zu erklären, dass solch ein Vorgehen das Leben selbst auslösche. Er hatte ihr gesagt, dass die deutsche Moral in ihrer Praxis letztlich zu fragwürdigen Ergebnissen führen wird. Hatte ihr gesagt, dass er, Emil, eine Liebe, ein Mitleid oder eine Großzügigkeit, einen unreflektierten Elan, eine bewunderungswürdige Verfehlung in ihrer einzelnen, wahr verspürten Einzigartigkeit ohne Regeln und blinder

Einheitlichkeit – allen berechneten Beständigkeiten vorziehe. Hatte ihr gesagt, dass ein subjektives Dasein, das sich oberhalb aller Normen und jenseits aller Werte dramatisch zuspitze, dem Wesen des Menschlichen näher sei als eine im Allgemeinen eingeschlossene Existenz und dass ihr Leben, so, wie sie es plante und das sich allein im normativen Bereich abspielen sollte, nichts Aufregendes, kein Abenteuer, Wagnis, ja kein Schicksal mehr in sich trüge. Und was geschah? Sie nannte Emil *verrückt*. Er schnaubte vor Wut. Hier durfte einzig Hitler die einzigartige Figur sein. Wehe dem, der es auch sein wollte, nein: Wehe dem, der es daneben sein *konnte*. Bei einem Versuch, dem Vater eines befreundeten Studenten dasselbe zu erläutern, sah dieser sogar die deutsche Volksgesundheit von Emils Gedankengut gefährdet.

– Emil fiel aus dem Bett, riss das Fenster auf und wollte brüllen! Brüllen!

Tat es nicht. Legte sich wieder hin.

Witwe Heilscher drückte sich vom Wohnzimmer aus mit ihren alten, hängenden Brüsten fest gegen die Wand und lauschte, was der junge Rumäne tat. Sie lag wie *auf* der Wand, kroch wie eine Eidechse daran herum, bis hoch zur Decke und ihre Hörschnecke schnörkelte sich tief in ihre aufgestellten Sinne, schickte dem Trommelfell Zeichen und spitzte ein jedes Härchen des Flaums über den Bogengängen ihres Verstandes.

Wie ein schlafender Toter mit großen, reichen, jadefarbenen Augen liegt Emil da und über seiner hellen Stirn, kurz hinter dem vom Sommer rotschwarz wuchernden Haar, inmitten zweier tiefer Strähnen, faltet sich ein Schmetterling hervor, ein Tagpfauenauge.

Seine Flügel gehen auf ... zu ... auf ... und zu. Die vier riesigen Blicke seiner Flügelspitzen stechen auf wie Saphire. Dann lässt er die Flügel flattern, wie die Musik Mozarts manchmal zittert. Er kriecht zurück in Ciorans Haar, schiebt sich durch die warmen Wälder aus Gedankenhaaren, dreht sich und dreht sich, seine Unterseite gleicht den Rinden auferstandener Bäume aus dem *ersten Garten* des goldenen Zeitalters, von dem Emil oft Aufenthalt erbittet. Der Falter windet sich durch das berauschende Gras, durch die leise taumelnden Rosen dieses merkwürdigen Ereignisses aus Emils Haar, weiter hinein ... weiter ... weiter ... wo Emil die Menschen, die Welt fragt, den Tod wie vieler bist du gestorben, eh du dir das Recht auf Unsterblichkeit erwarbst? Kennst du das Verlangen, selbst den letzten Wurm um Vergebung anzuflehen? Kennst du nicht die engelhafte Auflehnung wider die Sünde? Bist du niemals ein Gesang gewesen, der von weither zur Erde hinabsteigt? Kennst du den unheilbaren Schrecken, der an den Gesetzen des Leibes und des Herzens rüttelt und der den Augenblick auf den Weltinhalt ausdehnt?

... weiter und tiefer schraubt sich das Tagpfauenauge in sein Haar ... wie ein Taucher ... in einer Spirale, die den zuvor getrunkenen Blütensaft auf Emils Kopfhaut hinterlässt ... hinein ... hinein ... hinein in Emils Gedanken, in den Gedanken, den er jetzt gerade hegt, dass die Organe sich vom Körper lösen, dass der Körper sich von uns löst, uns nicht mehr angehört, uns entrinnt, wie ein Überläufer, den wir nicht einmal denunzieren können, weil er nirgends anhält, sich in niemandes Dienst stellt, und die Fühler des Schmetterlings kriechen aus dem Eingang des Tränengangs im Auge von Rudolf Diels wieder hervor. Erst klappt sich ein Flügel heraus und schließlich schlüpft die pinienkernförmige Brust ganz aus seinem unteren Lid, mitsamt ihres zweiten Flügels, Diels zwinkert kurz. Seine Augen sind schlaflos, fein geschwollen, lang und die durchsichtigen Linsen Opale, die ihr zartblau-violettes Perlenleuchten wechseln wie Lavaschillern, sie *opalisieren!* Während die schwarzen Brauen sich wie etwas verbergende Federn darüberlegen. Den Blick in die Zeit gerichtet, die jetzt für ihn hinter Glas liegt.

Eben noch war er *in* der Zeit gewesen, der Sturz hat *in* ihr stattgefunden, doch nun hat sie ihn herauskatapultiert und es wird kalt. So ist er ihr abgeneigt. Ohne Beteiligung, ohne ihre Einschnitte zu fühlen, ist alles sinnlos geworden. Sinnlos, schwerelos und beklemmend.

Deutschland hat seinen Albtraum nach außen gestülpt, Diels hat den Albtraum erkannt und aufhalten wollen, doch das Bühnenbild fällt über ihm zusammen, von drei Seiten, von drei Spiegeln, von drei Fenstern und vor ihm liegt die Zeit. Er sieht ihr mitten ins Gesicht, verfolgt ihre sich vor der Netzhaut mischende Luftklangmalerei, die voller Ahnungen, Hinterhalt und Zerbrechlichkeit ist. Er stellt seine Pupillen scharf und zielt sie an, er bewegt sich nicht, nicht einen Millimeter, einzig im Glanz der Matrix seiner Opale sprudelt phönixblaues Magma. In seinem Visier verhält sich die Zeit geschmeidig und betörend, sie entzieht sich ihm mit all ihrer Magie. Wie sehr will er sie zurück, wie sehr missfällt ihm das blinde Tasten durch jeden Tag? Was hat er falsch gemacht? Worin gefehlt? Er hat doch in der ganzen Kontur seiner Überzeugungen gehandelt und nur wenn man die Zeit *versteht,* kann man ihr schließlich widerstehen. Wofür übt sie nun Vergeltung? Er wollte sie doch nur schützen, täte man das nicht, würde sie verbotene Zimmer öffnen, erst nur einen Spalt, dann immer weiter, bis man das Verbotene betritt.

Der Schmetterling fliegt in wilden Schleifen durch sein Kölner Büro. Diels' Narben im mittleren und unteren Gesichtsabschnitt durchrennt ein flüssiger Strom, jedes Mal, wenn der Falter emporsteigt, leuchten sie auf. Sein lackschwarzes Haar trägt Diels wie einen römisch-etruskischen Helm der Legionen Cäsars über den Kopf gekämmt, in den creme-dunklen Bewegungen seiner Brillantine, am offenen Fenster sitzend, hinter einem vorgezogenen durchsichtigen Vorhang, über Papieren, die er seit Stunden nicht mehr angerührt hat, Heydrich und Himmler versuchen weiter ihn loszuwerden. Diels habe Juden falsche Pässe ausgestellt. Außerdem habe man ihn mit hochrangigen Chefs des Secret Service auf ausländischen Flughäfen tuscheln sehen. Ach, die Amerikaner, dachte Diels, mit denen gibt es nur *eine* Augenhöhe, die des Geheimwissens und der Absicherung, eine andere Sprache sprechen die nicht, weder die Sprache des Geistes noch die Sprache der Geschichte. Die Welt betrachten sie als *ihre* Welt, die *sie* allein gegenlesen und wenn sie juristische Urteile verkünden oder ihre friedliche Gesinnung beteuern, dann hat man das Gefühl, der Broadway würde sein neuestes Stück ausrufen. Selbstgerechte Kreuzfahrer. Unterlegene kommen bei ihnen schneller an den Galgen als sonst irgendwo, allein, das hüten sie streng, reich genug wie sie sind, sie richten ihren maßregelnden Blick lieber auf das verkommene Deutsche Reich, sie schauen Deutschland »zu«.

Dabei hatte Diels gern mit einem Journalisten wie Lochner zusammengearbeitet, wenngleich dieser immer auch so etwas ausstrahlte wie Unsicherheit, Diels trat unverstellt auf, das irritierte Lochner. *Wie, Sie bestehen darauf, Deutscher zu sein?* Immerhin hatte Lochner Diels damals auf ein KZ aufmerksam gemacht, das Röhms Stellvertreter Heines 1933 bei Dürrgoy in Schlesien errichtet hatte. Folterstätte hoch zehn, doch in keiner Weise zu vergleichen mit dem Stettiner KZ auf der Vulkanwerft, wo Gauleiter Karpensteins Jünger ihr Unwesen getrieben hatten. Jedes Mal, wenn Diels an die Misshandlungen an pommerschen Adligen, die dem Nationalsozialismus ferngeblieben waren, dachte, wenn er sich an die gerichtsmedizinischen Berichte der Verletzungen an Kommunisten erinnerte, viele von ihnen für immer Krüppel, war er den wütendsten Tränen nah. Es war für Außenstehende nur schwer nachzuvollziehen, wie das Staatspolizeiamt oft erst durch Gefangene, die bereits ins Berliner SS-Columbiahaus verschleppt und über Nacht bis ins Unkenntliche zusammengeschlagen worden waren – Augen, deren Blick »herausgedreht« war – die Fährte in ein anderes, eigenmächtig errichtetes, wildes Marterlager legten, etwa in ein SS-Lager in Königswusterhausen oder die geheimen Lager der SA in Bornim, in vielen Fällen waren all diese Fährten über Monate verwischt worden. Carl von Ossietzkys Aufenthalt im SA-KZ Sonnenburg war Diels entgangen, als er dort hinreiste, um Kasper und andere rauszuholen, erfuhr erst später davon. Auch der Schriftsteller Ossietzky, so ein geheimer Mitarbeiter telefonisch an Diels, sei hier und sei so übel zugerichtet, dass er, Mitarbeiter M, keine Worte mehr dafür fände. Diels wies an, ihn in ein Berliner Krankenhaus zu bringen, doch Ossietzky war zum größten Teil schon hingerichtet. Der hinreißende Wortgefechtler hatte jede Silbe widersprüchlicher Wahrheit schon einmal zu Papier gebracht. Hatte Deutschland porträtiert, hatte allen den Spiegel vorgehalten und ja, Ossietzky bewunderte sein Deutschland. Er, der sich so sehr für die Freiheit der Presse einsetzte, war zugleich ihr strengster Lehrer und misstraute den Ränken der Tages-Journalisten, die er, nicht selten, als bezahlte Spieler entlarvte. Ebenso zurückhaltend war er auch den Linken oder dem Ausland gegenüber, über die er in seinen Texten wendig lästerte. Es war das gebildet tänzerische Lästern, das nicht aushielt, Dinge zerbrechen zu sehen. In allem der so behutsame Tonfall seines niemals weichenden Vorwurfs an sein Land, im Ganzen, als Wesen und Atem, ein Vorwurf, der jedem gelten konnte, weil er an die *Faulheit des Herzens* gerichtet war, wie Mozart einmal sagte. Ossietzky war, was man unparteiisch nennt, er betrachtete einfach nur einen Kristall, die Geliebte namens Deutschland, das war seine ganze Lust. Wofür ihm sein Kopf zerknüppelt und sein Körper verseucht wurde, ist unerklärlich, als hätte man seine Bücher eigentlich gar nicht richtig gelesen, unbegreiflich auch, weil es doch kaum einen anderen Schriftsteller gab, der so wenig floh, der im Kern blieb, der nicht aus dem Exil zu Weltruhm gelang, der Leiden nicht als Aufsehen verstand, sondern die geistige Attacke und nur sie.

Diels hatte immer zuerst die Verhandlung gesucht, selbst mit einem Heines, doch Schläger wie er waren nicht bereit, nicht mehr draufloszuschlagen und ließen sich nicht reinreden. Sie verteidigten ihre Bunker mit Maschinengewehren und man musste sie gewaltsam schließen. Schwer verständlich zu machen war auch die große Zahl kommunistischer Überläufer, es waren jene Kleinbürger, die von Inflation und Arbeitslosigkeit gezeichnet, nicht noch weiter nach unten sinken wollten, wie es der Marxismus als Weg anstrebte, die unterste Stufe zu erlangen wie einen negativen Buddhismus. Die SA hingegen bot nicht nur Proletarier, sondern zusätzlich noch Akademiker und Offiziere, sodass sich ihre Kameradschaft als »Bauer und Prinz« selbst zelebrierte. Heimatlose, die eine eigene Heimat schufen. Auf diese Weise verloren die Kommunisten viele Anhänger.

Konstruktiv war Diels' Gebot der Stunde gewesen, hatte er Hitler nicht dahingehend »bearbeiten« können? War er es nicht gewesen, dessen Eigenmächtigkeiten und Ungehorsam der ersten zwei Jahre der Machtergreifung Hitler übersah, wenn die Korrektur seiner cholerischen Entscheidungen dabei nur nicht allzu deutlich demonstriert wurde? Bei einem Treffen aller Gauleiter hatte Goebbels in sein Tagebuch notiert, dass der Führer Verschiedenes angesprochen hätte. *Scharf* sei er auch gegen Görings *Staatsrat* geworden, dabei seien *keine Namen* genannt worden, doch *jeder* im Raum wusste *Bescheid*. Ja, zu Beginn seiner Macht wollte Hitler die Gauleiter ruhigstellen und Diels hatte sehr bald zu stören begonnen mit seiner Judiz. Trotz alldem hatte Hitler mit Zeichen der Wärme und Zuneigung Diels gegenüber nie gespart und für Diels schien der Augenblick der Wahrheit und Klärung zum Greifen nah gewesen, ja, einem Greifen gleich war er auf sie niedergestürmt – vorsichtig, wachsam und kraftvoll wie Greifen sind.

Die Wahrheit aber, was ist das jetzt gerade? Disziplin? Leidenschaft? Leidenschaft teilt sich doch nichts mit Gehorsam. Viel eher geht sie Liebschaften mit der Zeit ein. Dient sie dabei Gott oder dient sie Orcus, dem Hund der Unterwelt?

Diels hat vom Schicksal aus einen anderen Einblick in die Zeit und in die Menschen. Was wollen sie von ihm? Er hat die SS fernhalten wollen, wofür die SA zum Frieden mit der Polizei bereit war, solange nur Himmler wegbliebe. Er hat das Gemetzel einfrieren wollen, hat die Peitschen beschlagnahmt. Aus Menschlichkeit? Es ist weit mehr für Diels als das! Menschlichkeit ist nur ein nackter Punkt, völlig handlungsunfähig ohne den guten Geschmack einer Anschauung, die vor allem anderen Glaubwürdigkeit forderte. Ohne ein Ziel, ohne das richtige Temperament, ohne Einfühlung, ohne die Konstitution des Widerstands wäre Menschlichkeit nur eine Parole, eine verlogene Träne, eine Bewegung im Dunkeln.

Gespür … es fehlt selbst den Besten. Levetzow, der Berliner Polizeipräsident, hat doch sicher inzwischen unüberwindbare Probleme. Diels erinnert sich an den Ehrenmann vom Schlag eines Schleicher, edle Herren, Levetzow ist Marineoffizier. Unkompliziert, manchmal kratzbürstig, im Herzen gut, vornehme Soldaten. Diese Männer einer anderen Raumzeit sind für das Heraufkommen eines Hitler einfach nicht vorgesehen, nicht vorbereitet. Die SA ist für Levetzow eine Horde gewesen, die er nicht ernst nahm, die, wie er einmal sagte, nicht mit Messer und Gabel umzugehen wusste, dreist und ohne Ehrerbietung und in der Tat, von jedem einzelnen SA-Führer wusste man, dass sie während der Systemzeit ihre Wiedersehen mit der Polizei bereits hinter sich gebracht, schon einmal vor einem Richter gestanden und Wochen oder Monate wegen Körperverletzung, Landfriedensbruch oder Vergehen gegen die unzähligen Antiterrorverordnungen im Gefängnis gesessen hatten. Der Kodex, innerhalb dessen ein Levetzow das Leben versteht, ist jetzt wirkungslos geworden. Die Plattform eines bürgerlichen Rechtsgefühls, auf dem jemand wie er noch steht, löst sich vom Dritten Reich wie eine Scholle. Es sind noble Versager ihrer Bürgerlichkeit, weil sie nicht hinsehen, weil sie sich einschließen. Im wahrsten Sinne des Wortes, war es doch Diels, der die Gemälde und Möbel aus dem Fenster werfende SA in Levetzows Vorzimmer beruhigen musste, während Levetzow hinter der Tür stand und so tat, als sei er nicht da. Guter Wille ist noch keine Tat. Das Kopfschütteln dieser Herren sieht der Stunde nicht ins Antlitz, hat die satte Bereitschaft und das Anpacken des Bösen nicht bewacht. Hat die Facetten der Verzweiflung der Menschen nicht zu durchstreifen gewusst. Levetzow und Diels haben Sympathie füreinander gehegt, doch Levetzow konnte mit Diels' Neigung zu widersprechen nichts anfangen, ist er doch als Seeoffizier im scharfen Ablauf eines Befehls rekrutiert. Die Gestapo aber ist kein Schlachtschiff. Ja, denkt Diels, die Deutschen mögen es gar nicht, wenn der Durchlauf einer Sache von einem *anderen* Sinn durchstoßen wird, wenn das, wofür sie bezahlt werden, plötzlich nichts mehr gilt, wenn man ihr technisches Lektorat schachmatt setzt. Levetzow hatte Diels »streitsüchtig« genannt, als Diels noch Leiter der Politischen Abteilung der alten 1A war. Dass Hitler und Göring ihn, Diels, zu Vorträgen und Erläuterungen der bei ihnen täglich eingehenden *Tagesmeldungen des Polizeipräsidenten* zitierten und nicht Levetzow, änderte nichts daran. Als Diels ihn schließlich 1933 auf die privaten Prügelstätten hin zum Handeln aufrief, entgegnete Levetzow nur, bei ihm selbst, in Levetzows Bereich, herrsche doch Ordnung und die SA solle ihrerseits tun, was ihr beliebt. Eben dieser Scheuklappen-Anstand vieler auf den höchsten Posten führte zum Erlahmen jeglichen Einspruchs.

Befehle werden ausgesprochen, sagt sich Diels, das ist das eine. Dann aber entwickeln sie Verhältnisse, Temperaturen, Bedingungen. Es kann so gut wie keinen Befehl geben, der einfach auszuführen wäre, ohne Ausschalten von Hemmung und Verstand.

Das Ziel, das Diels reflektiert, ist ein Deutschland, das an sich selbst glaubt. Das Ziel ist ein Deutschland ohne Peitschen, vielleicht sogar eines Tages ohne Geheime Polizei, doch auch ein Deutschland, das nicht scheinheilig ist. Wenn das Land dafür in Anteilen bricht, wenn menschliche Preisgaben, etwa an Juden oder Kommunisten, nicht zu umgehen sind, dann muss es für die Spanne der Revolution eben so sein. Wie auch in den Kanülen der Spritzen immer ein Rest Flüssigkeit verbleibt, der sogenannte Totraum. Dieser Totraum ist beim Einschalten aller Erfahrung nun einmal nicht zu umgehen, aber er muss sich in der revolutionären Phase erschöpfen. Die Revolution jedoch ist nicht nur vorbei, sie ist auch von der Revolution selbst aufgefressen worden, einmal wieder. Diels aber glaubt noch immer an dieses Ziel und er wird das Gefühl nicht los, diese Absicht, diese Bestimmung, diese Hoffnung im Stich gelassen zu haben, in einen Strudel aus Verfehlungen gerissen zu werden, alles ans Treiben bedrohlicher Ungewissheit zu verlieren.

Dieses verdammte Potential, das geht ihm immer wieder durch den Sinn, dieses Potential eines alten Karolingischen Reichs unter einer gemeinsamen europäischen Führung! Einer gesegneten und mächtigen Sorgfalt! Einer menschlichen Ausstrahlung, nicht nur ihrer Hüllen!

... der Schmetterling setzt sich auf seinen Handrücken, Diels schmunzelt. Freundlicher Bote, sagt er, lass uns tauschen. Gib mir deine Augenflügel, ich dir dafür meinen allwissenden Schatten. Ich werfe den längsten. Gold wert. Ich war einmal so etwas wie ein Wächter, weißt du. Unsichtbar war ich, doch ich brachte Unruhe in einen hellen Raum und brachte Licht ins Dunkel. Warum kann ich es nicht lassen, sag es mir? Warum will ich nicht aufgeben? Die Diamanten, an die ich glaube, hören einfach nicht auf zu sprenkeln. – Diels erhebt sich und es durchzuckt ihn von Kopf bis Fuß. – Weil diese Diamanten unsterblich sind! Weil ich nicht aufgebe! Weil ich mich von diesem Land nicht abwenden kann! Weil ich nicht vergessen werde, wie meine Polizeikollegen nachdenklich wurden, wenn ich zu den tausenden KZ-Häftlingen, die wir zu Weihnachten entließen, sprach. Eine Nachdenklichkeit, die mir glaubte, die mir folgte, die mir überall hin gefolgt wäre, wenn mich die Zeit nicht hinausgeschleudert, wenn sie mir nicht ihren Sand durch die Finger hindurch entzogen hätte!

... der heitere, menschlich sehr angenehme Hotelier Fritz Dreesen erschien plötzlich in Diels' Amtszimmer. »Grüß Sie, Herr Regierungspräsident Diels! Doch sagen Sie mir nun endlich einmal, sind Sie Katholik oder Protestant?«

»Katholik. Weshalb das denn jetzt?«, fragte Diels gereizt.

»Der Führer hat beim letzten Frühstück, nun ja, das Gespräch ist da auf Sie gekommen, Sie wissen ja, dass er so gern in meinem Gasthaus absteigt, hat er mir nicht vergessen, dass ich ihn damals nach der Haft in Landsberg bei mir aufnahm, da war er ja vollkommen mittellos gewesen, was hätte ich denn tun sollen? Man ist doch Mensch und gibt Unterschlupf. Ich bin nicht gerade der lauteste Nazi, wie Sie wissen, und ich freue mich über glückliche Gäste. Nun ist darunter eben auch ein zufriedener Adolf Hitler, meinetwegen. Ein Chauffeur, nun, der hat dann gemeint, Sie gingen allmorgendlich in den Dom und säßen dem Erzbischof zu Füßen und das hat den Herrn Hitler doch sehr überrascht. Nun sagen Sie aber schon, Diels, warum war der Führer so verwundert, Sie *sind* doch Katholik? Sie sind es doch und Sie wollen uns doch weiterhin helfen, wie Sie versprachen, Sie wissen schon, uns Kölner Katholiken! Nutzen Sie doch bitte die allernächste Gelegenheit, die Gunst der Stunde, um an Herrn Hitler zu appellieren!«

»Beruhigen Sie sich Dreesen, ich stehe zu meinem Wort«, Diels schloss das Fenster, der Falter war verschwunden.

»Dieses Wochenende ist er wieder in Bad Godesberg!«, rief Dreesen.

»Platzieren Sie mich am Sonnabend im leeren Teeraum Ihres Hotels, kurz bevor Hitler eintrifft.«

So geschah es und Hitler erschien.

Diels erhob sich von seinem Platz, dunkel gekleidet, schritt auf ihn zu.

»Wie geht es? Was gibt es Neues in Köln?«, fragte Hitler, der Blick konturiert und gelöst.

»Mein Führer, geben Sie mir bitte zehn Minuten, mich wegen einiger Sorgen anzuhören.«

»Ah, Sie wollen mal wieder klagen!«, entgegnete Hitler und sein Lächeln schob sich die Wangen hoch bis zu den Augen. »Dann aber will ich Ihnen ausgiebig Zeit zum Klagen geben, kommen Sie morgen Vormittag.«

»Mein Führer, gern. Doch was hielten Sie dann von einer Fahrt auf dem Regierungsdampfer rheinaufwärts, eine Sonntagsfahrt?«

FÜNFUNDZWANZIG

Joseph Goebbels verließ Rheydt, seine rheinische Heimatstadt. Aus dem Flugzeug blickte er nach draußen über Köln. Sonne, richtiges Hitlerwetter! Einstmals war das hier alles die Hölle für Goebbels gewesen, nun sein Triumph. Ein Triumph, den er gerne genoss, für seine alte Mutter. Eine kleine Stadt, unscheinbar, in der sie jahrelang verleumdet, verfolgt, gesellschaftlich verachtet wurde. Die Mutter dieses ungeratenen Sohnes.

Jetzt war er Joseph Goebbels. Vor Autogrammen konnte er sich nicht retten, vorm Flirten schon gar nicht. Er lachte allen ins Gesicht und sein Lachen war sprudelnd, war echt, der Schädel ägyptisch, die Haltung erstklassig. Sein Gesicht riss auf, wenn er strahlte. Schwer, sich dem zu entziehen. Schwer bis unmöglich. Sein Lächeln *fing.* Er hatte helle Zähne, länglich nach hinten gekämmtes, dunkles Haar und einen knisternden Schmelz um die angelnden Augen.

Er war extrem gut gekleidet, im Sommer lässig und leicht und im Winter in schwere, luxuriöse Mäntel. Er war hellwach, hasste es, unausgeschlafen zu sein, mied halb getane Arbeit.

Er war gegen einfach alles, Kirche-Staat-Gesellschaft, das aber mit einer Haltung so voll stolzer Zierlichkeit, dass es eigentlich unmöglich war, ihn nicht zu bestaunen. Sein viel zu kleiner Wuchs und das kranke steife Bein, der dicke

Fuß, den er nach sich zog, sie konnten verschwinden, wenn sein Glühen alles überragte. Ein hochintelligentes, verspieltes, verschmitztes Gesicht, aufgeregt, aufregend und entschlossen. Entschlossen, mit seiner Aura alles Bestehende zu verderben. Hinzu kam, dass er eine Gesellschaftsfähigkeit besaß, die ihn von vielen anderen in Hitlers Clique unterschied. Er vermochte seinen Magnetismus vor japanischem Staatsbesuch bis hin zu italienischem so trefflich einzusetzen, dass seine Rolle bald schon eine der bedeutendsten um Hitler wurde.

Seine ganz besondere Verachtung galt derjenigen bürgerlichen Gesellschaft, die sich anfangs widerwillig gegen die Nationalsozialisten verhalten hatte. Für ihn ein feiges Konstrukt, intrigant, boshaft und dumm. Nun, im Flaggenmeer der schwarzen Haken-Spinne, konnte er die jahrelange Qual seiner Mutter – schutzlos umklatscht gewesen zu sein – mit Eroberung auszahlen, denn *jetzt* die Mutter Joseph Goebbels' zu sein, kam einer Krönung gleich. Sie war strenggläubige Katholikin und er verehrte sie, wenngleich er die alte Kirche als Kultur verlassen hatte.

Vom Podium der Aula seiner alten Schule aus hatte er auch noch gesprochen, eben dort, wo der Ordinarius ihm, dem damaligen Abiturienten Joseph, nach der Abschiedsrede für seinen Jahrgang auf die Schulter geklopft hatte: »Talentiert sind Sie ja, aber zum Redner leider nicht geboren.«

Nun erklomm seine wie elektrische, wie künstlich erzeugte, sicher abprallende Stimme neonfarben das ganze Reich. Die Presse, der Rundfunk, sie glänzten sengend, wenn er sprach. Manchmal, im Regen, blitzte seine Sprache durch die Lautsprecher in einen dystopischen Traum über und alles stand still. Anders als bei Hitler, wo alles in Hypnose lag und einer kopflos lockenden, kolossalen Gottheit folgte, schienen die Massen bei Goebbels von seiner Fantasie und seinem präzisen Exorzismus wie gesteuert. Ein Prediger, der alles Göttliche verabscheute, und leider war das die Schnittstelle zu Himmler, der einen neuen und einzigen Orden erheben wollte, den Glauben an die SS allein.

Goebbels war das Übermaß an Ansporn für Hitler, wenn Hitler schwankte, und gerade dem dann weichenden Dämon in ihm schenkte Goebbels die höchste Inspiration, auf dass das gute Ich verschwinde. Allem Konfusen, was Hitler plante, verlieh Goebbels Logik. Jeder Maßlosigkeit Rechtfertigung. Das war eine Giftmischung von solcher Über-Explosion zwischen ihnen, dass der Augenblick selbst ohnmächtig wurde und kollabierte. So wie das Publikum, von dem Goebbels sagte, dass es inzwischen so unermesslich sei, dass er gar nicht mehr wisse, in was er da überhaupt hineinschreie. Bei Jubelstürmen auf den Straßen *riss* man ihm förmlich die Arme aus und wenn er eine Rede hielt, dann war sein Blut wie weggesaugt, die Augenhöhlen leer, der Mund eine tödliche Qualle. Seine filigranen Finger kratzten am Atem der Masse, der er *andere* Augen verlieh, der er *andere* Ohren schenkte. In einem Deutschland, in dem alle ihre Stiefel ausführten, hinkte er in der allerersten Reihe vorneweg. Halb schmeichelnder Pan, halb skrupelloses Ungeheuer, halb Offenbarung und Romantiker, halb tanzende Kobra. Manchmal wirkte er fast ein wenig wie sein ehemaliger literarischer Lehrer in Heidelberg, Friedrich Gundolf. Diese Kontrolle. Diese lebendigen Augen. Ja, der gutaussehende Jude Gundolf. Unmittelbarer George-Kreis. Unmittelbare Persönlichkeit. Weit entferntes Deutschland jetzt. Jetzt hatte sich ein neues an die Oberfläche aller Erinnerungen gekehrt.

Neben Goebbels auf dem freien Platz im Flugzeug lag ein weißer Blumenstrauß, einer der vielen, die man ihm in Rheydt an die Brust gedrückt hatte. Er lächelte. Zückte seinen Notizblock – eingefasst von einem silbernen Etui – und öffnete die zuletzt beschriebene Seite. Der Schmetterling, das Tagpfauenauge, flog heraus! Flog über ihn hinweg! Goebbels schrak auf, dann lachte er ganz laut und er setzte den Bleistift an, um seine Notizen zu einem befreundeten Scheidungsfall festzuhalten *... ihre Rechtsanwälte dem Juden von Rechtsanwalt unterlegen.*

Hans-Joachim packte seine sieben Sachen. Die siebente war Nietzsche. Ihm gefiel seine sprachliche Tragik, die keine vorgetäuschte, geschenkte war, keine, die wie bei jüdischen Nachahmern den palästinensischen Rattenfängern nachtanzte, sondern eine eigene, wenn auch lauter Illusionen nachtrauernde.

Die Thora aber ließ er zurück, denn sie war nichts als Abfall für ihn. Moses soll also ein genialer Führer gewesen sein, fragte er sich? Warum brauchte er dann sage und schreibe vierzig Jahre in der Wüste, um sein Volk ins Gelobte Land zu bringen? Gott war kein winselnder Konflikt, Gott war aus Metall, aus Kanonenkugeln, verdammt. Warum konnten, warum wollten die Juden das nicht begreifen? Wir Juden sind nicht der auserwählte Ursprung faszinierender Taten, wir sind nichts als ein unnützer, halsstarriger Nomadenhaufen, den nicht einmal seine Propheten zu erziehen wussten. Jede deutsch-jüdische Annäherung wurde von zionistischen, auf ihr Judentum bestehenden, korrupten und schwächlichen Juden im Keim erstickt. Jeder sorgsame Versuch einer Erklärung, Auflösung und Hingabe verlacht. Jedes Mal, wenn die Deutschen ihre Hand reichten, brannte ein Jude mit ihrem Geld durch. Und wenn alle Sterne erloschen sind, auch dann noch werden sie jüdisch sein wollen und selbst in einem formlosen Kosmos werden sie sich als einzellige Lebensform noch Mosche nennen.

Sie bitten um Ausreise, dachte er, und dann, in Sicherheit, schreiben sie, gelernt im Lügen, überdrehte Hetzartikel gegen Hitler. Konnten sich nie und können sich nicht benehmen und wenn man mit ihnen lustig ist, wenn man ihnen vertraut, wenn man mit ihnen Zeit verbringt, sich im spontanen Gespräch, in das sie unberufen einfielen, unvoreingenommen und lebhaft öffnet, ja über ihre Brillanz lacht, weil man die Wucht ihrer Leichtigkeit bezeugt, dann sagen sie plötzlich so etwas Unglaubliches wie: *Du lachst zu früh.*

Hans-Joachim hatte denjenigen nach dem dritten Mal dieser penetranten Äußerung gebeten, die Bemerkung zu unterlassen, da es unhöflich sei und seine, Hans-Joachims Ausführungen erheblich störe, ja ihn provoziere bis zur Herausforderung. Derjenige hatte nicht damit aufgehört. *Du lachst schon wieder zu früh.* Beiläufig, wie als wäre dieser Jude allein die Instanz ewiger Intelligenz! Alle am Tisch konnten es hören. Hans-Joachim schämte sich und wusste nicht einmal warum. Etwas an der Art, *wie* der Jude das sagte, zerfetzte seine Geduld.

Ihre unendliche Geschichte, die zugleich ihr vor-errechnetes Verhalten war, stand ihm derart im Weg, dass es kein

Bleiben mehr für ihn gab, ohne nicht krank zu werden, ohne nicht wie eines der vielen Klaviere prachtvoller jüdischer Häuser von einem Fenster geschubst zu werden und in dem einen letzten dissonanten Sturz das ganze Leben verloren gehen zu wissen.

– Den Koffer in der Hand, verließ er die Wohnung seiner Eltern, die blieben in ihrem Berlin, das sie nicht entziffern konnten und in dem sie ihrer Tochter nachtrauerten.

Raus aus der Schumann, wo Gerda lebte, raus aus der Luft, über die Wilhelmstraße, über die Linden, durchs Blätterlicht, Blätter, die wie Pailletten auf dem warmen Grau der Straßen funkelten. Er trug seine geliebten Lederhosen, knielang gestrickte Strümpfe, Hemd und Sakko, wenigstens das ließ er sich nicht nehmen, wenigstens seine Linden nicht, die ihn zum Lustgarten führten, wo das Alte Museum in der Hitze des Nachmittags von Schinkel zu einem langen Tempel gedrückt worden war und wo ein Hitler-Banner angebracht wurde, das alles überstieg, was Hans-Joachim jemals gesehen hatte.

Hitler, hoch wie das Gebäude selbst, breit wie zwei Säulen, in heller Uniformjacke, in die Ferne blickend. Sein Gesicht vergrößerte sich vor dem Auge sekündlich. Leuchtschwarz. Kaltweiß. Die Linsen so unmissverständlich in die absolute Leistung seiner bisherigen zwei Jahre gestochen: Die Zahl der Arbeitslosen war von sechs Millionen auf zwei Millionen zurückgefallen!

Was schier unmöglich schien, war es auch eigentlich immer noch, aber um die Zahlen zu drücken, steigerte man sich in eine Dynamik, sofortige und konkrete Lösungen zu finden, was das ganze Verhängnis abermals in einen überwältigenden Ehrgeiz schaukelte!

Hitler flimmerte da so vollherzig nach all den halbherzigen Jahren der Weimarer Republik. So scheinbar aufgebrochen für all die Millionen von Sorgen. So unbeeindruckt von der Welt. Isoliert noch in Zügen, aber auch das würde er drehen. So überraschend drehen, so überredend drehen, so verstörend stumm im Wind wehen, während die untere Seite des Banners befestigt wurde, während rauchende SS am Fuß der Stufen plauderte, während der Schmetterling im Flug mit der Spitze seines Flügels Hans-Joachims Wimpern streifte, immer wieder um seinen Kopf mit dem Kurzhaarschnitt herumwirbelte und den Studenten an seinen Zug erinnerte. »Schade«, flüsterte er und sah noch einmal zum Banner mit den übermächtigen, gefährlichen, exakten Augen, »du wärst *mein* Führer geworden.«

SECHSUNDZWANZIG

Emil riss die Augen auf. Lucifer!

Ist er es, der mit mir tagträumt? Hat er sich in mich hineingeschlichen? Ist er es, der mir flüstert?

Anders gefragt, ist Lucifer, dieser erste Attentäter auf die ursprüngliche Unbewusstheit, wirklich Gottes Feind, wurde er ein Bote des Teufels und der Satan sein Gehilfe? Ist er Satan? Oder liebt er das Leben, die Güte und die belebende Kraft der edlen Tat? Konnte er sich je erklären oder müssen seine Ketten tausende Schweigen durchwarten und stoßen nur auf Neid? Neid auf seine große Kunst des Mitmischens? Rebelliert er jedem, auch seiner eigenen Ordnung gegenüber? Würde er sogar ihr schaden, wenn sie ihm zuwider wird, sich selbst aufschneiden wie ein Samurai? Oder wurde er verwundet, weil er zu einzigartig war? Zu geheimnisvoll? Unzugänglich in seinem Wesen? Verboten von Gott *und* Teufel, die sich darüber einig wurden, dass er nicht bleiben darf, wie er ist, weil sein Herrschen einzig das Licht sucht, das manchmal in seinen Perlmutt-Augen wetterleuchtet? Kennt er seinen eigenen Namen? Kann er nirgends ruhen? Ist er verbannt worden? Will er mich an den Protest ermahnen? Will er mir meine Resignation brechen? Will er deswegen meine Handflächen nach der Selbstmordlinie absuchen? Ich werde mich hüten, werde Handschuhe tragen, wenn er in meiner Nähe ist.

Was, wenn Lucifer jedem Satan misstraut? Was, wenn er begabter wäre als Gott? Was, wenn seine junge Fantasie ihn in den Hinterhalt der Zeit geführt hat, dieselbe Fantasie aber seine große Reise ist?

Lucifer hat die Welt disqualifiziert und sie so zurückgelassen. Damit hat er mich geschaffen, den Zweifel, der sich nicht mehr von der Stelle bewegen kann, eingeschlossen in der Endlosigkeit, und nun will er mich vom Gegenteil überzeugen! Ich spüre ihn die ganze Zeit! Er ist hier überall! Lucifer ist hier! Er sieht mich an! Unsere Blicke, sie tauchen ineinander wie Tinte ins Meer! Und er stürzt! Er stürzt genau wie ich!

Ist er der dreizehnte Apostel? Dessen Schatten über Leben und Tod entscheidet? Der die Macht zungenküsst und dennoch Gott um Rat bittet und die Hölle verachtet? Der nicht verrät, sondern zu viel weiß? Wie auch ich zu viel weiß? Wie auch ich kein Verräter bin?

Er ist groß, er hat zarte Lippen, schwarzes Haar, solches Schwarz habe ich sogar in Rumänien niemals gesehen. Seine Wangen sind zerschnitten und seine Augen lichtspielen! In ihnen bildet sich alles ab, Feuer und Wasser, Eis auf Asche! Sie wechseln ihre Farben! Ich muss mich abwenden! Mich abwenden! Ich sehe zu viel darin! Ich sehe mein Wissen in seinen Blicken! Er *ist* der Spiegel!

... Emil wacht jäh auf. Der Wecker tickt. Nacht in Berlin. Berlin bei Nacht. Das Tagpfauenauge sitzt mit zusammengeklappten Flügeln auf seinem Nachttisch, in der Dunkelheit sind alle seine Farben verschluckt. Seine Unterseite macht ihn unsichtbar. Schwarz wie Schattenblut.

Sonntag, neun Uhr morgens, Rheinufer Hotel Dreesen, hinterm Haus, wo die *Preußen* festgemacht ist, der Dampfer gleitet aufs frische Wasser hinaus. Wie auf den Pinselschwüngen eines unruhigen Malers gelangen Rudolf Diels, Regierungspräsident von Köln, und Adolf Hitler, Führer des Deutschen Reiches, auf den breiten Strom. Die Hitze ist noch Stunden entfernt, ein hellgrau verhangener Himmel erstreckt sich über ihnen und sie treiben immer weiter fort, über die ineinandergreifenden, auseinanderdriftenden Scheren des Flusses hinweg.

Im Augenblick ist beiden nicht nach Reden zumute. Der Wind nimmt zu. Der Rhein hebt an. Es ist die Mitte des Sommers, wenn sich das frische Laub der Gebirge in ein mildes und müderes gewandelt hat. Alles liegt in hochziehenden Anhängen zu beiden Seiten ausgebreitet. Es ist eine Landschaft, die wehtut. Sie stillt die Sehnsucht und erweckt darüber weitere, heftigere Sehnsüchte. Jung und alt, wie grüngoldene Türme umkreisen Baumspitzen ihre Fahrt, hoch oben über der Welt, durch die Pforten traumdeutender Schönheit.

Diels, der auf dem ledernen und breit gelagerten Sitz leicht zurückgelehnt abwartet, beobachtet Hitler, der, stehend, sachte nach vorn gebeugt, in das Wasser blickt, als hätte er etwas darin verloren. Wie oft hatte Diels diesen Ausdruck in Berlin betrachtet, manchmal stundenlang, wenn keiner sonst schaute. Dieser Hitler ist wie unsichtbar für die anderen, sie sehen nur das nukleare Gesicht, nicht das jetzt, in dem Hitlers Blick lediglich ein Hauch des sonst schneidenden Sturms ist, leblos und stumpf in seiner Einfachheit, traurig und schwerelos, wie abgeschaltet über die gerade spitze Nase in die Ruhe der Landschaft und die Reinheit der Luft taucht, die gemeinsam ein Tor bilden, durch das der Dampfer schwebt, wie durch einen wiedergefundenen Augenblick. *Jetzt,* denkt Diels, doch noch ehe er etwas sagen kann, sagt Hitler: »Nun klagen Sie ruhig. Wir haben Zeit.«

Diels erhebt sich und stellt sich nah neben ihn. Beide stützen sich auf das Geländer.

Beide locker. Verlegen, ungezwungen und finster. Vertraut und zugewandt. Fremdartig. Uneinig.

Die Linie des Rhein fließt jetzt gleichmäßig in eine immer umfangendere, ja verfangende Landschaft hinein.

»Exzesse, mein Führer, abscheulichster Art, gegen Katholiken. Wie Sie längst wissen, suchte ich deswegen mehrmals Erzbischof Schulte auf, der über die Belästigungen der Kleriker und ihrer Gottesdienste bei mir ständig Beschwerde führte. Ich habe ihm ein jedes Mal beteuert, dass der Staat sich streng an das Konkordat halte, doch Homosexuellen- und Devisenprozesse gegen katholische Mönche und Nonnen haben sich nun auch auf den katholischen Volksanteil Kölns ausgeweitet und zu Recht in Furcht geratene Menschen suchen mich täglich auf, die aber zweifeln allmählich an meinen Beteuerungen. Das System fährt in der Verwaltung zweispurig, was ein Gegen-, Neben-, und ein Durcheinander der öffentlichen Ämter der Partei und des Staates nach sich zieht. Es sind Behörden, die schlicht zerbröseln, alles nur, weil der Zentralismus der Berliner Reichsstellen – die all ihre Organe nun im gesamten Reich etablieren –, die Überschwemmung durch die Bürokratie der beginnenden Planwirtschaft und die Organisationsmanie der Partei selbst zu unerträglich anarchischen Zuständen führen. Allein in Köln sind achtundzwanzig Behörden mit Hoheitsgewalt ausgestattet. 1916 vereinigte all das noch der Regierungspräsident in sich. Die rheinische Wirtschaft leidet unter den Bauverboten und die Facharbeiter ziehen in Scharen ab, in die mitteldeutschen Rüstungszentren. Insbesondere den Verfolgungen gegen die Kirche muss entgegengetreten werden, jetzt. Die radikale Kölner Gauleitung bereitet uns hier nur Ärgernisse und nennt es ›Kulturkampf‹. Das alles schwächt von innen heraus. Schwächt Sie, mich, schwächt *uns*.«

Hitler sagt nichts. Er sieht den dicht bewachsenen Ufern nach, zerstreut. Augenblicke ziehen an ihnen vorüber, jeder lang wie schmelzende Zeit.

»Sie wissen«, beginnt Hitler samtig und gedämpft, »dass ich die Bürokratie hasse wie die Pest. Das habe ich immer an Ihnen geschätzt, Diels, dass Sie kein Bürokrat sind. Zu Göring meinte ich einst über Sie, der putscht vielleicht einmal, aber ein Bürokrat ist er auf gar keinen Fall. Was Sie da sagen vom Dualismus von Partei und Staat, sehen Sie, das weiß ich alles und ich weiß auch, dass alles, was so einfach gemacht werden könnte, kompliziert wird. Aber es interessiert mich nicht. Es darf mich gar nicht interessieren. Das kann man alles ändern, jeder könnte das, auch jeder andere als ich, in zehn Jahren, in fünfzig, in hundert. Nebensächliches. Mit *meiner* Aufgabe hat das alles nichts zu tun. Ich muss in der Spanne Zeit, die für mich bemessen ist, alle Kraft allein darauf konzentrieren, meine Bestimmung zu Ende zu führen. Das ist die Herstellung Großdeutschlands, die Sicherung der Macht des Dritten Reichs. Das könnte *kein* mir Nachfolgender übernehmen. Ich bin der erste politische Führer der Deutschen, der die Brutalität aufbringt, die die anderen groß macht. Ich muss nachholen, was seit einigen hundert Jahren versäumt wurde. Und so, wie es keinen vor mir gab, gibt es darin auch keinen nach mir, der, unsentimental wie ich es bin, die deutsch egoistische Politik betreiben könnte. Diese Brutalität bringe allein *ich* auf!«, Hitlers Augen zäunen die Landschaft vor sich ein, seine Stimme wird kälter und lauter, der Griff an der stählernen Stange in seinen wohlgeformten Fingern schonungsloser. »Sehen Sie doch, wie die Engländer sich auf etwas stürzen! Rechtsbrüche und Vertragsverletzungen sind dann nun einmal unumgänglich, aber es gibt für mich überhaupt gar nichts anderes, als eine *jede* außenpolitische Chance wahrzunehmen! Und mein Ende ist und muss dann auch das Ende des Werkes sein, das mir von der Vorsehung, oder wie auch immer Sie es nennen wollen, bestimmt ist. Sitte und Recht, gute Verwaltung und Kultur, ja, alles schöne Dinge, die die Deutschen auch haben sollen, aber *begreifen* Sie, dass es auch noch *wichtigere* Dinge gibt?« – seine Stirn wird jetzt feucht, fiebrig blass und sein Mund unterhalb des sauber gefassten Schnurrbartes bebt. Diels steht ihm gegenüber, sieht ihn an. »Alles geht schneller, als ich erwartet hätte!«, ruft Hitler. »Für die Beseitigung der Arbeitslosigkeit hatte ich mir vier Jahre Zeit nehmen wollen, sie ist in *einem* Jahr verschwunden! Und wenn wir uns zum Ziel setzen, in zwei Jahren zur Wiederherstellung der Wehrhoheit ins Rheinland einzumarschieren, so wird es in Wirklichkeit noch sehr viel eher möglich sein! *Ich* allein habe den Dingen einen ganz anderen Schwung gegeben, der jeden sogenannten Sachverstand über den Haufen wirft! Dann ... dann werden sich auch Ihre ›Klagen‹ erledigen.«

Hitler hört nicht auf zu reden, er beginnt abermals von seiner *Berufung* zu sprechen und seine Worte rauschen wie schwarzer Rauch aus seinem Mund, Rauch, der sich um ihn schmiegt, der sich ganz allmählich wie Schlangenköpfe um seine Schultern empordreht, Rauch, der ihn ganz umhüllt, wie ein Gewand aus tödlichen Essenzen, die sich um ihn herum brauen. Seine Stimme grollt wie Beben, sein dunkles Haar zerfließt über seiner Schläfe, sein Blick wird ein nackter Streifen aus Angst und Wut, seine Hände reißen am toxischen Nebel seines eigenen Wortmantels, reißen ihn in Fetzen, die ganze Luft stöhnt! Diels' Augen glänzen aus all den giftigen Schwaden hervor wie zwei bewegungslose Perlen, wie ein unantastbarer Psychologe seinen eigensinnigsten Patienten hinter unzerschmetterbarem Glas hindurch gefesselt und abgestoßen entschlüsselt. Mitten in der radioaktiven Strahlung des brennenden Qualms taucht der Schmetterling auf, flattert auf, hängt über Kopf, tanzt, durchfliegt die Atem lähmenden, speienden, tobenden Schleier und fährt zwischen Hitlers Lippen ein, in seinen weiten Rachen, durch den grenzenlosen Schacht eines menschenlosen Alls hindurch, wo erfrorene Welten grauenvolle Träume in gezackt seismographischen Buchstaben festhalten und das Tagpfauenauge rollt aus dem *Imperial* Füllfederhalter Reinhard Heydrichs in aufspritzenden mitternachtsblauen Klecksen auf einen maschinengetippten Brief wieder heraus, unter den Himmlers Bürokrat soeben signiert, dabei mit der Edelstahlspitze des Füllers mitten in ein Flügelauge des Falters einsticht – der Schmetterling schreit!

Sein Schrei steigt auf wie eine qualvolle Sirene aus allen Himmelsrichtungen! Heydrich hält sich die Ohren zu, stürzt vom Stuhl seines Schreibtisches, das Kreischen wird lauter und immer lauter! Lauter, lauter, immer heulender! Der Füller liegt auf dem Tisch, dreht sich wie zur bösen Deutung angestoßen, in seiner Kanüle das ganze Gift schüttelnd, das Heydrich sich in feinen Fäden selbst herauszieht und in seine Tintenfässer reagenzt. Der Schrei des Tagpfauenauges, das sich über seinen Schreibtisch wälzt, überhöht sich nochmals schrill und unerträglich!

Ein Tropfen Blut gerinnt wie ein Siegel auf dem Brief.

SIEBENUNDZWANZIG

Wenn mein Blut nun allmählich stagnieren wird und ich immer mehr zu dem einen werde, der ich bin, Emil Cioran, werde ich dann auch endlich eine eigene Einheit erschaffen haben, die hauchlos aus sich selbst atmet, wie es im ältesten Hinduismus, dem Rigveda, heißt?

Denn wenn ich schon den Tod und das Leben nicht wählte, so will ich anders Luft holen, mit meinem Puls abweichen, unsichtbar werden. Ich kann mir das Leben nicht nehmen, ich kann es einfach nicht. Ich kann es auch nicht lieben, nicht, da es *mich* nicht für immer lieben will. Kann ich dafür alles in mir verlangsamen? Abwesend werden? Wie eine parallele Spezies, die zwar hier, bei euch Menschen, weilen muss, aber eigentlich in derselben ewigen Minute *außerhalb* des Universums ruht? Dafür muss ich nur die Lider schließen und ich begegne mir selbst.

Lucifer ist die Revolte, der Rebell, er tobt mit Haltung. Ich hingegen sitze auf meinem Bett und treibe mir selbst den Teufel aus. Das muss niemand von euch übernehmen. Wie es im Mittelalter üblich war, zähle ich jedes Körperteil einzeln auf. Ein reines Anatomietraktat! Überfluss an Genauigkeit! Fülle der Einzelheit! Ich lache. Ja, ich treibe mir den Dämon aus und beschwöre ihn: *Dämon, verlasse meine Fingernägel!* Ich betrachte sie, sie sind ganz fein. *Dämon, verlasse meine Fingerkuppen!* Ich reibe sie aneinander, meine Papillarlinien strömen glänzend. *Dämon, verlasse meine Augen!* Ich betaste sie, meine Tränen sind noch nicht getrocknet. *Verlasse mein Herz!* Ich suche es mit meiner Hand auf, ich bin der Empfindung noch fähig.

Rudolf Diels aß mit einem Freund im Restaurant. Dieser war von einer Reise zurückgekehrt und teilte mit Diels die Überzeugung, der dieselben Gegenden zu besuchen immer öfter Vorwand suchte, weil es ihn unendlich faszinierte ... Ukraine, Kaukasus ..., nirgends je so stolze Frauen gesehen zu haben. Stolz im Wesen. Keine Kälte, kein Entzug, kein Ringen mit den Männern, schlicht *stolz.* Sie waren sich überdies einig, dass das plattfüßig Misswüchsige der deutsch-industriellen Intelligenz nichts von den elastisch-kommunistischen Sprechern der dortigen Arbeiter und Bauern an sich trug. »Die Jugend und das Glück, der Glaube und der Gott der Geschichte sind bei denen da drüben im Osten. Schau dir unsere Kommunisten doch an, Dekadenz und Bodensatz im Vergleich dazu«, hatte der Freund gesagt.

Und Diels berichtete von der arkadischen Landschaft nördlich des Schwarzen Meeres. »Der *letzte Garten* des Goldenen Zeitalters einer klassischen Menschheit, den ich, glaube ich, noch hätte je finden können«, schmunzelte Diels. »Die neuen revolutionären Inhalte des Kommunismus haben sie da nach ihrem Sinn geformt. In Nikolajew etwa gab es keine Ehescheidungen, keine Bordelle, keine Geschlechtskrankheiten. Dafür stürmische Intelligenz.«

Diels blickte auf seinen Teller, die fein gezupften Rosenkohlblätter, die Sauce, die ungewollt drei Punkte nach sich zog, die über das Porzellan verteilten Pfefferschnipsel. Er erzählte dem Freund, er wolle sich einen Kandinsky kaufen. »Kandinsky löst alles auf und malt doch so diskret. Aber auch explosiv. Es ist das Weltall, das nicht an sich halten kann. Es ist, als wolle er sich alle Teufel austreiben, alle Illusionen anhalten, in einem stehenden Zustand das Universum betrachten, sich darin suchen, den Menschen darin finden. Menschsein allein, nur zu existieren, wird keinen Weg ebnen, wird im Raum schweben voller Fragen. Eben das malt er. Das Verschwinden des Einzelnen, der ohne eigene Wahrheit im Kollektiv verendet. Man kann als Mensch nur Mensch sein als Persönlichkeit, als Einzelwesen, man muss für etwas kämpfen. Ist erst der Mensch verschwunden in seinem eigenen Wollen, verschwindet auch der Christ, verschwindet auch die Hemmung, die Haltung, der Glaube an sich selbst.«

Ohne Blutwahrheit wird man leichter werden, transparenter, weniger lächerlich. Emil ordnete seine Papiere, seine Schriften, die unzähligen Hefte, die verschiedenen Stifte, betrachtete seine hauchdünne, übergrazile Handschrift, die vor dem Auge wegblätterte. Begriffsplunder hatte er, das musste er zu seinen Gunsten gestehen, niemals vor sich her jongliert. Seine Gedanken waren klare Elemente einer lebendigen Suche. Er war weder Spätsokratiker noch Vorhegelianer, er hatte sie alle miteinander durchschaut, dabei wäre es eigentlich ihre Aufgabe gewesen, sich selbst zu entschlacken, Lügen zu minimieren, Rausch zu bändigen, kein Glück zu versprechen und kein Unglück zu erfinden, im verlogenen Ruhm ihrer gestorbenen Unsterblichkeit. Sie waren es, die mit ihren Jahrtausenden künstlich am Leben hielten, was man keinem Kind versprechen darf, wenn man es wirklich lieben und beschützen wollte. Sie waren es, die einen Erdball an Untermenschen erzeugt hatten. Den Menschen, der *unter* der Sphäre der Wahrheit vegetiert, nichts hören und nichts sehen will, leugnet oder verschiebt, sich selbst nicht kennt und darum auch seinen Nächsten nicht. Es sind jene, die nicht eingreifen, weder als Dichter noch als Kämpfer. Es sind jene, die blind folgen. Es sind jene, die in Redensarten von morgen denken. Allein, wie anders sähe das Antlitz der Welt aus, kehrten sie auch nur eine Redensart in sich auch nur einmal um. Würden sie endlich einmal *reagieren,* wie es als Reflex doch eigentlich in der Seele angelegt ist? Oder gefährden Reflexe nur ihren Vollzug an einem durchgeplanten Leben? Könnten sie je einsehen, dass ihre Gleichgültigkeit die größte Lebensfeindlichkeit ist und dass durch die Mechanik der Geschichte das Vergessen alles unter sich ersticken wird?

Alles gehe einmal vorüber, sagen sie. Können sie aber die Tragweite dieser schrecklichen Banalität erfassen? Die Verzweiflung Einzelner?

Die menschliche Akte wollte er seine vielen zu abstrakten Städten gestapelten Blätter betiteln, doch wozu, wenn alles Nichts ist? Das Nichts, diese reinere Version der Göttlichkeit.

In diesem Sommer 1935 reiste Diels in die Schweiz, überreichte einer privaten Bank in Lugano einen Packen an Dokumenten. Darunter auch eine erste Niederschrift von im

Laufe der kommenden Jahre insgesamt drei Fassungen von Notizen und Betrachtungen, die er seit 1933, als er nach seiner Flucht nach Karlsbad wieder nach Berlin zurückgekehrt war, vor sich und für sich festgehalten hatte. Wenigstens Fragmente daraus übermittelte er, wann immer er Gelegenheit dazu fand, einer Mitarbeiterin, bei der sie überdauern sollten. Jene Rückkehr aus der Panik des Geheimwissens im November 1933, als er nachts nachdenklich zu seiner Wohnung nahe des Tiergartens fuhr – Gerüchte waren im August laut geworden, er würde nicht nur Material gegen die SA, sondern auch gegen Göring selbst sammeln –, wurden mit Görings Rückruf und einer Beförderung mit erheblich erweiterten Machtbefugnissen ausgeräumt. Die Ungewissheit steigerte sich aber, selbst der Gang zur Toilette im Polizeipräsidium der Prinz-Albrecht-Straße wurde zu einem gegenseitigen Auflauern aller involvierten Mitarbeiter.

Jetzt in Lugano war Diels endgültig von dem Gefühl eingenommen, dass Deutschland verspielt worden war, durch die Fahrlässigkeit und den Mangel an Mut und Anschauungskraft aller Instanzen der Demokratie, die den in seinem Kern unversehrten Mechanismus des Staates Hitler einfach *vollständig* übergeben hatten, so ganz ohne Ordnungsblock, ohne Zwischenruf, ohne Bewusstsein. Den Schlag der Stunde, den hatte auch Diels mitgeschlagen, aber nie ohne den Abstand der Wachsamkeit. Die Wehrmacht musste nicht einmal mehr gleichgeschaltet werden, sie verfiel nach der Ausschaltung Schleichers, des einstigen Reichswehrministers der Weimarer Republik, mit Haut und Haaren dem rüstungsfreudigen Regime und war, wie Hitler Diels bei der Rheinfahrt angekündigt hatte, bereits mit seinen Truppen im Rheinland einmarschiert.

Deutschland war für Diels nur noch der Selbstmord der Demokratie. Für Hitler hatte sich Deutschland selbst getötet. War die Demokratie nur eine Fassade? Wäre es möglich, dass jemand, der seine Unmenschlichkeit bereut, *befreit* wird und ein individuellerer Mensch werden kann als jemand, der die Menschenwürde ganz ohne eigene Geschichte jedem lehren will? Wenn Menschenwürde zur fixen Idee wird, dachte er, ist sie ihrer Wahrheit beraubt.

Das Böse musste Diels erst hassen *lernen.* Seine anfängliche Freude am begnadet biegsamen, feingewebten Relativismus aller moralischen Werte war ihm beim zunehmenden Anblick von Goebbels' Einladung großer Verbrechen vergangen und Hitler war jetzt allein, allein im Sinne seiner Aura, deren Kraft ganz und gar einen jeden vermittelnden, das Dämonische bannenden Partner verloren hatte und seine revolutionäre Ungebremstheit nur noch im SS-Herauslocken seiner ganzen Gewissenlosigkeiten Entfaltung fand. Gerade die SS, die den Nationalsozialismus mit gefälschten Symbolen zur Ersatzreligion ausgerufen hatte, hatte für die Ordnung irdischer Dinge eine insgeheim gewalttätige chemische Industrie im Sinn. Der alte Glauben war ihr zu anspruchsvoll, die Lebenskraft göttlicher Natur ihnen fremd, ihnen fehlte die echte Kraft einer Menschlichkeit, das wahre Glücklichsein, Ehrfurcht. Sie waren Erdrossler statt christliche oder humanistische Elite.

Diels lachte, als er am Wasser entlangging, dessen Türkis ihn neben sich hertrieb, ihn, mit seinem Hut und seinem weißen Hemd, wie er da als warmer Schatten wandelte. Der Abend und er waren eingeschlossen von dichten Hügeln, die wie riesenhaft gebauschtes Moos die Geschichte für eine

Sekunde ausschlossen, er lachte, weil er an Carl Schmitt denken musste, der ihm bei einer Begegnung heiter entgegnet hatte: »Sie, mit Ihren angriffslustigen Erkenntnissen einer demokratischen Regenerierung, Herr Diels! Gott hat uns verlassen, er ist vor unserem Geist gewichen, werden wir ihn je wieder finden?«

»Weiß schon, Professor Schmitt«, hatte Diels erwidert, »wir ertrinken doch längst im Strudel von Endlösungen für ein ganzes Jahrtausend. Aber wir, die freien Bürger, dürfen unser Land herausfordern.«

Diels setzte sich auf eine Bank, der weiche Wind umspielte ihn, in seinen Narben ging die Sonne unter. Herausforderungen hatte er immer schon gern angenommen, besonders beim Mensurfechten in seiner Studentenzeit in Marburg. Angriffsfläche war das Gesicht. Diels sah sich noch – schlank und aufrecht wie eine verpuppte Riesenspinne – dann begann das hochgestreckte Handgelenk in seinem ganzen aufbäumenden Übermut schlagartig loszukreisen, als zerritze und eröffne es silberzuckend beim Gegenüber den Spalt eines stummen Dornenwaldes. Was Ossietzky als Stimme war, war Diels beim Fechten gewesen. Es war das Kribbeln der Freiheit, wie man sie sich ein ganzes Leben lang zurückwünscht! Aufforderung zur Bürgerlichkeit, geboren aus der befreienden Selbstsetzung von Anstand aus der eigenen Persönlichkeit, die sich nicht von Adel oder Herrschaft die Auslegung eines Konfliktes wegnehmen, geschweige denn sich Verhalten, Glauben oder das Maß des eigenen Rechts vorgeben ließ. Herrührend aus der absoluten Selbstverwirklichung und selbstbestimmten Interpretation der eigenen Leidenschaften, die man zu einer gemeinsamen gesellschaftlichen Haltung zu bündeln suchte. Die scharfe Mensur schaltete die Zeit aus, ein Wurmloch nach dem anderen türmte sich, durch die das Adrenalin wie Blitzschübe hin und her schoss. Die Ruhe zu behalten und sie zu schöpfen, gerade dann, wenn sie gefährdet scheint – pointiert, fair und treffsicher, Reflex-Charleston unter Kampfsportlern. Und wenn die Wange aufriss, wenn sie von der bezaubernden Spitze der Geschichte wie wartende Seide aufgeschlitzt wurde und einen expressionistischen Pointillismus an die Balken der vom Fechtmeister überwachten, stark beleuchteten Mensurhalle, eines umgebauten Stalles oder eines ehemaligen Tanzsaales warf, dann wusste man, man trägt nicht die Spuren eines Gefechts, sondern die Beweise für die unerschrocken kultivierte Auseinandersetzung mit sich selbst, innerhalb der Logik der gegebenen Wirklichkeit, innerhalb des Schutzgitters der Paukbrille, durch die man wie in einen echten Traum hineinbrechen konnte, den es zu erobern galt.

... nachts dann koordinierte Diels als Student manchmal an die drei Rendezvous. Am dritten Baum von links bei den Kastanien des Parks, im späten Café oder auf seinem Zimmer unter streng geheimer Abwicklung in den Gemäuern der Universität. Besonders tiefe Küsse gaben die Frauen ihm, wenn sein Gesicht zuvor vom Arzt auf einen Schnitt hin versorgt worden war und er eigentlich das Bett hüten sollte.

»Wo ist Diels? Haben hier ne Ladung Bier, Geschenk vom Rektor!«

»Auf seinem Zimmer. Ist abgeschlossen.«

»Was macht er denn?«

»Vögelt.«

»Immer noch?!«

ACHTUNDZWANZIG

Heini kannte die Frauen. Heini wusste, was Frauen wollen. Heini kannte sie von innen.

Er stand im Bad, duschte sich seine betörende Schwarte. Auf dem Wasser, das zum Abfluss sickerte, trieb der orangebräunliche Abschaum seines stechend stinkenden und paranormalen Urin.

Ja, die Frauen brauchten ihn. Großmütig wie er war, schloss das *alle* Frauen ein. Für die reichsdeutschen Damen war er nicht nur der große Held der Polizei, er war auch Herr über all ihre Gebärmütter, mit denen er telepathisch Kontakt aufzunehmen wusste, wenn sie nicht schwanger werden wollten. Allein durch seine unübertreffliche Gedankenübertragung steckte dann plötzlich ein Fötus in ihnen und das Reich war gerettet. Er lehrte sie das Frausein mit allem, was dazugehörte, hielt misslungene Vorträge mit seiner erbärmlich bedeutenden Stimme, die klang, als wollte ein Eimer monumentalen Durchfalls männliche Gestalt annehmen. Weder vom Glitzern des Eisprungs einer Frau noch von den fingerlang spinnbaren glasartigen Fäden, die aus dem Muttermund auf den Stoff der Wäsche oder auf ein Tuch überschimmern, wenn die fruchtbaren Tage da sind, noch von der fast schon *schmerzhaften* Lust in der kostbar umwachsenen Gruft unterhalb des Bauchnabels an den Tagen der Ovulation verstand er etwas und doch war er per

Du mit ihren Eierstöcken und ließ sich von seiner SS die Auserwähltinnen vor einer Heirat erst mal fotografisch vorlegen, um die Anatomie persönlich zu bewerten und notfalls abzuraten.

Für die nicht arischen Frauen, Jüdinnen etwa, war er auch vonnöten, denn er war es schließlich, der die Dringlichkeit erkannt hatte, ihre Fruchtbarkeit, wenn möglich, ganz auszuschalten. Fortpflanzung hatte sich für sie erübrigt. Es musste verhindert werden, dass ihre Nachkommen eines Tages Rache üben könnten am Deutschen Reich. Auf dem Gipfel seiner Macht fühlte er Übersprung, doch vieles ging ihm noch zu langsam vonstatten. Er hatte Ideen! Große Vorschläge! Blutpläne! Er sprach mit den Sternen! Aber das Rad der Stunde musste noch um einiges beschleunigt werden, eh all seine Vorhaben endlich ins Rollen kommen konnten, und so legte er sich ein Tagebuch zu, um dem noch unreifen Rhythmus gerecht zu werden und ein Zeitgefühl zu entwickeln. Sein Inspekteur der Konzentrationslager, Eicke, ging lobenswerte, doch auch nicht ganz einwandfreie Wege, der sah in den SS-Wachmannschaften seine Kameraden und Soldaten – während Heini in ihnen bestes Menschenmaterial fand, ermutigte Eicke sie dazu, ihre Vorgesetzten ruhig zu duzen, trank die halbe Nacht mit ihnen, hörte sich ihre Sorgen an, statt endlich in den akuten Notstand überzugehen, der *an sich* bestand, dass das Deutsche Reich nämlich den Bedrohungen der Mächte der Welt ausgeliefert war, würde es sich jetzt nicht absichern.

Leben hieß für Heini deutsches Leben. Alles jenseits deutscher Herkunft, selbst rassenahes Erbgut, war minderwertig und Heinis Mission bestand darin, diese Astrobiologie zu wahren. Warum sollten jüdische Frauen nicht auch zur Zwangsarbeit für die Erhaltung und Erweiterung des Reichs hinzugepfercht werden, fand er? Warum ihnen die Ausreise genehmigen, wenn man sie auch als Arbeitskräfte einsetzen *und* ihnen ihr Vermögen entziehen könnte? Eines Tages sollte doch all das machbar sein? Er persönlich war jetzt schon bereit für all das, hätte nicht schnell genug gehen können, all das Warten war reine Nervensache. Vernichtung war sein einziger, sein ständiger Gedanke, die ganze Erektion seines warmen Herzens, warm wie eben Erbrochenes noch die Kinetik der Säure in sich trägt. Ausweisen, verbannen oder abschotten reichte nicht mehr, sie sollten verenden, auslaufen, aussterben. Hier ging es nicht nur um die deutschen Juden, nein, Heini hätte sich so gern um die Gesamtheit der europäischen Juden gekümmert, aber auch um Slawen, um Zigeuner und wie sie nicht alle hießen. Ein Anfang, dachte seine beispiellose, in sich gammelnd rasierte Kopf-Käse-Eichel, wären da doch die Frauen. Erfahren wie er war, wusste er, dass durch schreckartige Situationen oder anhaltende Überbelastung die Monatsblutung einer Frau, das Blut ihrer Fruchtbarkeit, ganz ausbleiben konnte. Seine unermessliche Fantasie kannte keine Grenzen mehr. Er stellte sich vor, dass es doch auch medizinisch gegeben sein müsste, den Frauen vielleicht etwas in die Häftlingssuppe zu rühren, damit die Periode wie weggehext wäre und sie nicht nur unbehindert ihrer Arbeit nachgehen, sondern auch kein weiteres lebensunwertes Leben mehr hervorbringen konnten und ihre monatliche Schweinerei würde keine Scherereien mehr machen, schließlich waren *Camelia-Menstruationsbinden, die ideale Reform-Damenbinde für eine glückliche Ehe!* allein den deutschen Schamlippen zugedacht, dass sie von den jüdischen Brüdern Rosenfelder in den Zwanzigern erfunden und vermarktet worden waren, gehörte der Vergangenheit an und Heini verachtete die Vergangenheit. Genauso wie er die *Tempo*-Taschentücher der Gebrüder Rosenfelder verachtete, genauso wie Heini ihr Geld verachtete, weil er es so liebte!

Natürlich könnte man den Unter-Weibern von deutschen Medizinern die Eierstöcke auch ganz einfach rausreißen lassen, wie Kopfhörer, solche, mit denen Heydrichs Sicherheitsdienst die Leute abhörte. Frauen, die Angehörige von Kommunisten waren, von Intelligenzlern, von Bibellesern oder auch ganz einfach asoziale Weiber, schadeten der Aufartung und gehörten sterilisiert, in einigen Außenlagern Dachaus, in Stadelheim etwa, könnte man jetzt allmählich damit beginnen. Faulen oder kranken oder auch besonders willigen männlichen KZ-Häftlingen könnte man die ausgehöhlten Weiber doch dann eines Tages in einem eigens für sie eingerichteten KZ-Bordell anbieten. Haben die Unter-Männer ihre Arbeit lobenswert getan, so könnten sie sich bei der Hure in der Schlange anstellen, fünfzehn Minuten in Missionarsstellung dürften genügen.

Inspiriert drehte Heini das Wasser ab, zückte sein säuerlich müffelndes Handtuch und rubbelte sich ab, während seine pissfarbenen Vorderzähne eifrig lachten und er seine einen jeden überragende, bezaubernde, machtvoll dreckige Fresse dem armen Spiegel aufzwang. Heini hätte sich am liebsten selbst befruchtet, die Sterne berammelt, bis sie erlöschen würden! Es war alles so aufregend für ihn! Er fickte seine klitzekleine Seele bis zum Jodeln! Ob fünfhundert Tote! Ob eintausend! Ob zehntausend! Hunderttausend! Es musste sein! Ja! Es musste sein! Karusselle an Gewehren, die sich drehen und drehen und drehen! Ja! Die abzielen, in die violetten Schleimbrocken der Gehirnmasse der Millionen Untermenschen! In Kilometer von leise weinenden Menschenrücken einprasseln! In die Angst-schreienden Gesichter der Kinder treffen und die Brüste der versteinerten Mütter durchlöchern! Ja! Und jeder Deutsche musste das einsehen! Jeder musste dafür stehen, hart sein oder eben hart werden! Jeder Deutsche musste das schwören! Musste schwören zu tun, was zu jeder gegebenen Zeit von ihm oder ihr gefordert würde! Ihm allein schwören, dem Reichsführer SS, Heinrich Himmler, den seine Marga ihren *so bösen Mann* nannte! Kriege, Kriege, Kriege und Militär und Vaterland, das war doch alles Nebensache: Menschen-Vernichtung würde vieles, würde vielleicht sogar alles erübrigen. Es wurde endlich Zeit, sich mit dem Tod zu vermählen, all die noch viel zu schlappen SS-Männer der Lager-SS zu den einzigartigen Totenkopfverbänden des Deutschen Reichs zu formen! Groß, helläugig, hellhaarig, abgerichtet! Zeit war es, das System Berlin, das er so verabscheute, diese Juden-Stadt des stinkenden Geldes, endlich vom System Bayerns überrollen zu lassen und ein Nachrichtensystem zu erheben, das schneller, treffender, effizienter war! Wer war gescheiter als der Chemie-Streber Heydrich? Dessen Mercedes war an Ort und Stelle, noch ehe der Verdächtige überhaupt etwas verbrochen hatte! Genial! Schlicht genial! Heydrich hatte flinke lange Finger, mit der einen Hand am Funk, mit der anderen bewilligte er KZ-Folter und mit seiner dritten Hand unterwies er seine Angestellten, wenn er ihnen die Schulter streichelte und fragte: »Was tun Sie, Mitarbeiter S, wenn das Subjekt Ihrer Befragung nicht darauf eingeht? Soso, ich verstehe, ganz richtig so, und zwar unter Anwendung erheblichster Gewalt, verstehen Sie? Nennen wir es ›verschärftes Verhör‹, so wie Sie es nämlich ausdrücken, entzieht das Innenministerium uns sonst die Zuständigkeit, wissen Sie? Das verstehen Sie doch! Zurück zu Ihrer Aufgabe. Sind Sie sicher, wahrhaft sicher, jede Art der seelischen Folter aufgezählt zu haben? Was ist etwa mit der Macht, die wir besitzen, indem wir das Subjekt durch Körperteile seiner oder ihrer Angehörigen entsetzen? Formalin ermöglicht uns da eine große Beweglichkeit und kann in hochprozentiger Lösung einen, sagen wir menschlichen Kopf über Jahrzehnte, ach was red ich, für immer in ausgezeichnetem Zustand konservieren! Leuchtet dann alles so ganz herrlich gelblich und man kommt sich vor wie in einem Zauberer-Labor! Manchmal tanzen und drehen sich die Präparate auch so hübsch, wenn man sie hin und her schiebt!«

Heini schrieb mit seinem knetweißen Finger *Heydi, du bist der Beste!* auf seinen beschlagenen Spiegel. Er liebte es, heiß zu duschen, all die Verspannungen verschwanden dann im Nu. Ja, mit dem Heydrich könnte man weit kommen. Dann wäre irgendwann genau die Welt da, die sich Heini wünschte: Russen würde man auf Pollacken hetzen und Pollacken auf Tschechen und Tschechen auf Kommunisten und Kommunisten auf Engländer und ... die Juden ... die gehörten *ihm allein,* Heini Himmler.

NEUNUNDZWANZIG

Das Ehepaar Goldblatt war frisch verheiratet. Er, Michael, beginnender Kunsthändler, und sie, Pauline, malte und schrieb. Den wohlhabenden Eltern, beide Väter waren befreundete Bankiers, hatten sie einen gelassenen Lebensstil zu verdanken. Ihre Wohnung war groß, ihr Geschmack auch. Sie waren nicht erzogen in Furcht, sondern darin, Dinge gut sein zu lassen, und sie begehrten ihre Stadt Berlin und wenn man liebt, verzeiht man und gibt immer wieder und immer, immer, immer wieder eine neue Chance.

Als sie an diesem schwülen Nachmittag über die Lietzenburger in die Fasanen einbogen, fanden sie eine Gruppe Hitlerjungen vor, die einen jungen Mann nicht vorbeiließ. Er trug eine Tüte bei sich, einen neuen Schal vielleicht oder ein neues Kavalierstuch aus einem Herrengeschäft.

Michael ging direkt auf die Gruppe zu, doch Pauline zog ihn zurück. »Warte, ich hab kein gutes Gefühl, lass uns umkehren, bitte.« – Ihr langes Kleid war übersät mit Blumen und ihre Lippen waren in mattem Burgund nachgezogen.

Michael überlegte. Etwas in ihm *konnte* nicht mehr weichen. »Du gehst zurück nachhause, ich komme gleich nach.«

»Versprichst du es mir auch?«, fragte sie.

»Paulchen, kennst doch deinen Micha. Also los, geh schon, ich bin in zehn Minuten bei dir. Spätestens. Du machst Champagner auf, mir ist heut danach, was wollen wir auch ausgehen, heut ist nix los. Wir machen's uns schön, ja?«

Sie tat es, sie ging. Michael näherte sich dem Reigen an kurzen Hosen und hellen Hemden.

»Ahab, kommst ganz zur rechten Zeit!«, rief einer der Jungen, hochgewachsen, schlank, erhitzt.

»Das ist nicht mein Name«, sagte Michael.

»Siehst aber so aus!«, entgegnete der Junge. »Wennick deine Ohren schon sehe.«

»Der Mann, den ihr da umzingelt habt, soll er's mit euch allen gleichzeitig aufnehmen?«

»Glob wohl, 'k spinne«, sagte der Hitlerjunge, »wat erlaubst'n du dir, deine Judengusche uffzureißen, wenn wir dabei sind, der Partei unter die Arme zu greifen? S'handelt sich bei dem Uffjegriffenen um een Homosexuellen.«

Ein Mann stieg in diesem Moment aus seinem Wagen aus, das Sakko überm Arm.

»Der Herr!«, rief Michael laut und klar. »Wir werden hier ohne Grund festgesetzt, wir haben nichts getan, helfen Sie –«, doch ehe Michael seine Bitte aussprechen konnte, hatte der Hitlerjungen-Anführer ihn mit einem Tritt in die Seite zu Boden gestoßen und an Michaels gepunkteter Krawatte einige Meter neben sich über den Gehweg hergeschleift. Michael war beim Sturz mit der Schläfe gegen eine Hauskante geprallt und jetzt wurde es dunkel, er konnte mit einem Mal nichts mehr sehen. Er versuchte sich zu orientieren, doch die heiße Sommerluft stand wie um ihn herum und ließ nichts erspüren. »Meine Augen«, sagte er, »was ist mit ... mit meinen Augen ... ich ... ich seh nichts mehr ...«, er stand wie gelähmt da, die Hitlerjungen lachten.

»Schauspiela!«, rief einer. »Die sind alle gleich! 'k lach Tränen! Uffhören! Wo tritts'n imma uff, damitick da uffa Bühne aleben kann?«

»Pauline«, flüsterte Michael. »Paulchen ...«

»Is ja jut, wir globen da doch, dass de wat kannst, wir globen da! Wo hast'n jelernt? Beim Reinhardt, wa?«

Er stützte sich an der Fassade, über ihnen brach ein Gewitter aus, das durch einen einzigen Donnerschlag einfiel. Schwere kalte Tropfen klatschten auf sie nieder, ein Rauschen wie auf Schellack breitete sich aus. Ohne etwas sehen zu können, tappte Michael die Fasanen bis zum Kudamm ab, wo er hörte, wie sich Spaziergänger lachend unterstellten, wo er vernahm, wie das Geschirr der Cafés eilig hineingetragen wurde, wo ferne Rufe, die nur Schritte von ihm entfernt waren, in einem Ozean aus brandendem Schauerfall gegen sein Herz schlugen. Der Saum seiner Hose troff, er ließ die Fassade los und lief, mit ausgebreiteten Armen, wie ein Seiltänzer auf die Straße zu, die im silbernen Tropfensturm verschwamm und nur von fluchenden Radfahrern durchrissen wurde. Michaels oliv-braunes Haar lockte sich in einzelnen Goldfäden. Er betrat die Straße wie eine der Figuren auf den Leinwänden, die er so gern kaufte ... wie jene in die Länge gezogenen kleinen Schatten, schräg über blaugelben Asphalt stakend ... das auf ihn zuzischende Auto nahm er nicht mehr wahr ... leiser Donner von dort, wo schäumend aufklarende Wolken wie aus Champagner aufstiegen.

DREISSIG

Johannes, SS-Ausbilder in Dachau, drückte Otto einen Ochsenziemer in die Hand.

»Krause, lassen Sie jetzt gefälligst Ihre Juristereien, auf die Genehmigung aus Berlin können wir in diesem Fall nicht warten, Herr Heydrich wird es hinterher vollziehen. Jetzt heißt es, keine Zeit verlieren. Da hab ich die volle Rückendeckung von Herrn Eicke. Schlagen Sie den hier. Der ist ein ganz frecher Scheißer und ganz freche Scheißer gehören augenblicklich bestraft.«

»Erlauben Sie!«, erwiderte Otto. »Kommandant Deubel hat gesagt –«, Johannes unterbrach ihn. »Deubel, Deubel, Deubel! Ich sag Ihnen mal was über Ihren butterweichen Deubel: Der gilt als völlig ungeeignet! Seit herauskam, dass er die Dreckskerle hier fast schon kameradschaftlich behandelt, sucht die Führung in Berlin eigentlich nur noch nach einem neuen Leiter! Na und, wo iser denn jetzt? Versteckt sich in seinem Büro! Eicke hat mich heute persönlich angewiesen, nach dem Rechten zu schauen. Ich sehe, hier ist viel Arbeit nachzuholen! Los jetzt!«

Otto umfasste den mit rutschfest schwarzen Bandagen umwickelten Griff des verwachsen überdimensional gedörrten Ochsenpenis. Der Häftling, ein Kommunist namens Leopold, wurde von Johannes angeschrien, die Hosen herunterzulassen. »So, jetzt schnallt den da fest!«, befahl

Johannes. »Hab nicht den ganzen Tag Zeit für diesen Schulunterricht. Bisschen mehr Kampfkraft, wenn ich bitten darf, vor uns steht das gemeine Abbild des Feindes! Ja, und was glaubt ihr alle, was die Roten mit *uns* machen würden?!«, krächzte Johannes.

Mehrere SS-Männer beobachteten Otto. Zwei Häftlinge gurteten Leopold über den Bock, zogen ihn an den Armen lang. Die Sonne schien, ihr Feuerlicht schlich in Ottos braune Augen, glitt über den Totenkopf auf seiner Mütze. Er wusste, wenn er jetzt nicht schlug, wäre er geliefert.

Leopold war erwischt worden, wie er Otto Zigaretten in die Stiefel gelegt hatte, die Leopold putzen sollte, aufgeflogen durch den Bettnachbarn Ottos.

»Also Krause!«, brüllte Johannes schwungvoll. »Ich fünfundzwanzig, Sie fünfundzwanzig!« – und er setzte den ersten Schlag weit oben, nach den Nieren. Dann den zweiten an dieselbe Stelle, nur noch fester und als ginge es darum, jeden nun folgenden Hieb noch brutaler zu gestalten. Den dritten. Den vierten. »Fünf!«, schrie Leopold. »Sechs! Sieben! Acht! Neun! Zehn! Elf! Elf!« – Johannes wischte sich den Schweiß von der Stirn. »Scheiß-Sau, hast dich verzählt, nochmal von eins an!«

Der junge Leopold drückte die Zähne so fest gegeneinander, dass ein kariöser Backenzahn, der ihm schon seit einigen Tagen Probleme bereitete, vollends barst. »Kann nicht mehr, ich fleh Sie an, hören Sie auf! Es geht nicht mehr! Hören Sie auf!«

Johannes wurde unwillig und schlug so heftig zu, dass die anwesenden SS-Männer einen Schritt nach hinten wichen: »Maul haulten! Uuuund eins!« – Leopold schrie entsetzlich: »ZWEI! DREI! VIER! FÜNF! SECHS! SIEBEN!« –

Er konnte das Kinn schon nicht mehr heben, sein Kopf fiel aufs Holz, die dünne menschliche Haut an seinem Gesäß war auf beiden Seiten aufgeplatzt, als hätte man ein Seidenkissen aufgeschlitzt. Man konnte in die Hautspalten hineinblicken – frisch, tiefrot, man sah bis in die Drüsen, Fett lief aus – die Haut klappte sich immer mehr auseinander, rollte sich auf wie Papier, aus dem After floss dunkles Blut. »ACHT! NEUN! ZEHN! ELF! ZWÖLF! DREIZEHN!« – Leopold schrie.

»Wirst leiser, Mist-Kröte!«, Johannes umkreiste ihn, wartete, bis Leopold aufschaute und schlug ihm dann ins Gesicht, mitten auf den Mund. Zähne kullerten in Blutschleimschüben durch die Holzleisten des Bocks. »Weiterzählen! Glaubtest wohl, kannst einen SS-Mann bestechen!«

»FÜNFZEHN!«, grummelte Leopold und spuckte Blut.

»Falsch, du Ratte! Hast die vierzehn unterschlagen! Von vorne! LOS!«, die Sonne stand jetzt genau über ihnen, Johannes knöpfte einen Knopf seiner grünblaugrauen SS-Uniform auf.

»EICH! CHWUEI! DUEI! VIECH! FÜFFF! SCHECHKS! CHIEBEN!«, Leopold verlor die Stimme und keiner verstand ihn mehr. Sie drang nur noch wie hinter vorgehaltener Hand aus seinen Lippen, er deutete den Anwesenden erschrocken auf seinen Mund.

»Zähl, du Schwein!«, schrie Johannes, hörte dabei nicht auf zu zählen, zählte selbst: »Zeig mir deine Hoden, du Lügner, zeig sie mir, ja komm, zeig sie mir, Kinder wirst du nicht mehr machen, dafür sorg ich schon!« – ACHT! NEUN! ZEHN! ELF!« – Leopold lag stumm da, sein Gesäß war eine abgeflachte Schlachtplatte, das Innere hatte sich nach außen gedrückt, Johannes schlug auf die bereits offenen Löcher, weidete sie aus, Blut floss die Beine hinab, landete in einem Holzschacht. Leopolds Schweiß hatte ihn von Kopf bis Fuß durchtränkt, seine Fäuste ließen locker. Johannes tupfte sich das wässrige Blut von den Augen, steckte das Taschentuch hinter seinen festgeschnallten Gürtel, und machte in weit ausholenden Bewegungen und unter Brüllen weiter: »ZWÖLF! DREIZEHN! VIERZEHN! FÜNFZEHN! UND SECHZEHN! UND SIEBZEHN! UND ACHTZEHN! JA! UND NEUNZEHN! JA! UND ZWANZIG! JA!« – Otto sah nur noch zu, die Hitze knallte auf seinen Scheitel. Er dachte an Berlin, wie die Tram bimmelte, wenn er, lesend, eine Strähne in der Stirn, zur Medizin-Prüfung ging, im Pullover, im Herbstniesel, die weiten grauen großen Straßen ...

»EINUNDZWANZIG! ZWEIUNDZWANZIG! JAWOLL! DREIUNDZWANZIG! VIERUNDZWANZIG! HUH! FÜNFUNDZWANZIG!« – Johannes lachte und zündete sich eine Zigarette an. »Der hier ... der hält weniger aus als ... huh, als der Jude neulich, der hat ... wenigstens bis zum Schluss mitmitgezählt, und zwar fehlerfrei, hahahahahaha! – Krause! Antreten! Vollstrecken Sie!«

»Heil Hitler!«, erschien Otto und stellte sich genau vor Johannes, schrie ihm das in die Augen.

Er war gut einen Kopf größer als Johannes, seine Beine durchgestreckt, das Zittern angehalten. In seinen mandelhellen Linsen aber flüsterte es ... *ich werde dein lächerliches Kunststück sogar noch übertreffen, Kleinbürger. Über mich lacht hier keiner. Kannste überhaupt lesen und schreiben, Wurm? Ich hab schon ganz andere Sachen gemacht, mit den Verrätern der Stunde. Vor dir muss ich gar nix beweisen. Hab's nicht nötig, dir davon zu erzählen, mach dir lieber selbst ein Bild von mir und meiner Kraft, ich gebe dir gern eine Kostprobe.*

»Bis zur sogenannten Subcutis ist der Kompaniefeldwebel nun also durchgedrungen! Alle Achtung!«, rief Otto lauthals. »Sowohl die Gluteus Maximus, wie auch Medius und Minimus sind getroffen!«, alle standen abwartend und auch perplex da. »Als Medicus hatte ich stets die unstillbare Lust, bis zum Innersten des menschlichen Körpers vorzudringen, jedoch kein Lehrbuch bietet, was ich jetzt studieren kann, Kameraden, den ganzen Querschnitt eines Landesverräters!«, lachte Otto in die Gesichter. Leopold lag wortlos da, die Glut der Sonne fraß sich in seinen offenen Körper. Seine Nieren schmerzten unendlich, er erbrach. »Wolln wa doch mal sehen, ob ich es bis zum Semitendinosus schaffe?!« – Otto holte aus. Direkt sehr weit und sehr schlimm, mit einem Schrei, der die Strahlen des Himmels durchriss. – Leopold sah sich – in dieser Sekunde, in der Otto ausholte – noch am kühlen See baden, letzten Sonntag, mit seinem kleinen Bruder Fritz, der sich nass auf den nassen Leo warf. »Kann's denn nich für immer so bleiben?«, hatte Fritz ihn gefragt und Leopold trocknete ihm das Haar mit der Hand. »Schaun wa mal«, hatte er lächelnd und nachdenklich geantwortet, »manchmal muss man auch mal ran, wenn's richtig um was geht!« – Otto schlug zu. Ohne Unterbrechung. Mit Augen wie aus Stein. Mit einer Durchsetzungswut, die einen fassungslos machte. Er schrie dabei wie eine Millionen Wildschweine, die Angst haben und zugleich sehr hungrig sind: »EINS! ZWEI! DREI! VIER! FÜNF! SECHS! SIEBEN! ACHT! NEUN! ZEHN! ELF! ZWÖLF! DREIZEHN! VIERZEHN! FÜNFZEHN! SECHZEHN! SIEBZEHN! ACHTZEHN! NEUNZEHN! ZWANZIG! EINUNDZWANZIG! ZWEIUNDZWANZIG! DREIUNDZWANZIG! VIERUNDZWANZIG! FÜNFUNDZWANZIG!«

Schauspielerinnen blickten von den Logen des großen Marmorsaals in den Festsälen des Zoo in Berlin auf die Tanzfläche hinab. Es waren Schauspielerinnen aus aller Welt darunter, eine graziler als die andere. Ihr Haar war vom Scheitel an wie gedrechselt. Von Kopf bis Fuß waren sie gepudert. Die Kleider fielen an hauchdünnen Trägern über die Schultern, waren lang und schmal, von winzigen Perlen besetzt, lange Pfauenfedern darin eingenäht, viele rückenfrei und viele in Seide. Ihre Gesichter waren oval und sanft, über die Maßen aufgeregt, die Augen in Platin-Lidschatten überleuchtet und mit Vaseline auf Hochglanz erhöht, die Brauen auf die Linie gezupft und bis zu den Schläfen weitergezeichnet. Ihre Wangen schimmerten, wie als würden sie an einem heißen und verbotenen See baden. Die Lippen vibrierten in schwarzroten Tönen, die künstlichen Wimpern fieberten wie zarte Vögel in den Blicken. Ihre Lippenstifte, kleine vergoldete Metallgehäuse, steckten noch ohne Aufschluss in ihren briefumschlaggroßen Handtaschen und hinterließen darin geheime Inschriften. In den Taschen befanden sich ihre kleinen Handspiegel, umkleidet von demselben Stoff des Kleides oder der Tasche. Zwischen ihren pistaziengrün, hellrot oder bronze lackierten Fingernägeln steckten Zigaretten, vor ihnen breitete sich ein Wald an hohen Sektkelchen aus, tausendteiliges Porzellan und Meeresfrüchte auf Eisschalen ohne Ende. Manche hatten sich Federn über die Schultern gelegt. Andere hatten das Haar geflochten wie zur Krone. Büstenhalter waren für die meisten Kleider nicht geeignet und die Brüste wippten wie Halbmonde hinter den Reihen an Ketten, hinten dann waren die Stoffe kreuzweise oder ringartig geschnürt und alles bewegte sich im angetrunken parfümierten Geschaukel des Nazi-Tanzorchesters, mit dem die Tanzpaare – Arm auf Schulter, Hand in Hand – die Welt aufrissen, hätte man vom Weltraum aus auf den Erdball geschaut, hätte er sich hin und her geschwungen wie ein Pendel an einer unsichtbaren Kette.

»Sagen Sie doch, Herr Minister Goebbels, wo ist denn der James Kok geblieben, der hat doch sein Orchester jahrelang geleitet? Ich seh den jetzt gar nicht?«, fragte Görings Frau Emmy durch die beschwingte Musik hindurch. Emmy war eine große Frau mit ruhigem Gesicht, zimtfarbenem Haar und dunklen, klugen Augen. Eine Stola wie aus flüssigem Diamant umgab sie. Ihr Kinn war nachdenklich. Ihre Stirn schön. Ihre Brüste waren wunderbar schwer, ihre Füße zierlich, ihr Gemüt melancholisch. Die Lippen hatte sie lediglich angetupft, sie wirkten wie zwei schmal lange Blüten. Sie liebte Gedichte, sie liebte ein gutes Theaterstück. Goebbels beugte sich zu ihr vor, sie saß am Tisch, er stand neben ihr: »Ja wissen Sie, gnädige hohe Frau, der Kok, das ist schon ein famoser Geiger, ein begnadeter Rumäne, aber es gab, nun, wie soll ich sagen, einige Ungereimtheiten in seinem Herkommen, und ich hab ihn erst mal weggeschickt, doch wie Sie sehen, der Arier Bauschke hier hat alle Trompeten unter Kontrolle!« – Goebbels lachte sie an, zärtlich und erbarmungslos, er war im Frack und er hatte alles im Blick, es war *sein* Abend. Göring unterhielt sich rauchend einen Tisch weiter, hatte den Bauch vorgestreckt, das Haar seidig zur Seite gekämmt, das Gesicht offen und freundlich, mit einer Schärfe und einer Vorsicht versehen, breit und gestört und nie gelassen genug, um sein Misstrauen allen gegenüber zu vergessen oder sinnlich zu überspielen. Goebbels' Frau Magda lachte schallend mit einem italienischen Offizier, sie trug helle Farben, viele Perlen, Brillanten und neben dem Pastell ihrer Haut dann die grandiosen, ihr eigenen Ringe um die geheimnisvollen Augen, das strahlte Unbeherrschtheit und Schönheit, ja Wahnsinn aus!

Emmy Göring war Schauspielerin, sie hat ihrem Mann nie ganz verziehen, dass einer ihrer Schauspielkollegen und engen Freunde, der Kommunist und Leiter der Betriebszelle der Revolutionären Gewerkschaftsopposition RGO, Hans Otto, ums Leben gekommen war.

Hans Otto war jung, sah blendend aus und war sehr talentiert gewesen, Heldendarsteller des Staatlichen Schauspielhauses Berlin. Er wurde vor zwei Jahren festgenommen und von der SA in die SA-Gruppe in die Vossstraße geschleppt. Irgendwann in jener Nacht hatte er es geschafft, dem Raum zu entfliehen, in dem er festgehalten wurde. Er schlich sich ins Zimmer von Gruppenführer Karl Ernst, versteckte sich auf dessen Balkon. Gegen sieben Uhr am folgenden Morgen füllte sich die Vossstraße mit sowohl Angestellten der Ministerien als auch des großen Kaufhauses Wertheim, dessen Rückfront zur Vossstraße zeigte. Hans Otto machte sich auf dem Balkon bemerkbar. Er warf seinen Stadtmantel auf die Straße, stellte sich auf die Brüstung. Dann begann er eine feurige Ansprache! Es bildete sich ein Halbkreis an erstaunten Zuhörern. Er sei in einer Mörderhölle gelandet, schrie er. Er werde gefangen gehalten, weil er Kommunist sei, und er begann mit seinem blutig verschmierten Kopf ein zündendes Plädoyer für ein begeistertes Bekenntnis zum Kommunismus auszurufen, von da oben aus!

»Hört mich an, ihr weltdümmsten Säue! Ihr werdet alle draufgehen! Alle! Das Ende ist nah! Ich weiß es, ich habe Zähne verloren in dieser Nacht, man hat mir meine Finger gebrochen! Man hat mir ins zerschlagene Gesicht gepisst! Ihr müsst mir glauben! Der Kommunismus ist die einzige Lebensform, die das alles hier überdauern wird! Nur in der Gleichheit finden wir Zuflucht und ein Zuhause! Ihr werdet auch alle noch drankommen, wenn ihr jetzt nicht was tut! Ja, was glotzt ihr denn so dämlich, ihr beschissenen Hohlköpfe! Ja, seid ihr denn wirklich so blind? Steckt euer Hirn in eurem Arschloch fest? Ihr müsst was tun, ihr Scheißhaufen! WAS TUN! Es ist *euer* Land! Nicht das Reich der Nazis!« – Unten, am Eingang des Gebäudes, wurden SA-Wachen auf ihn aufmerksam. Als sie ihn auf dem Balkon greifen wollten, sprang er wie ein Hecht von der Brüstung des dritten Stockwerks. Sein schöner Körper war sofort zerschmettert …

Der Sänger und Schauspieler Harald Paulsen trat an Goebbels heran. »Herr Minista Joebbels!«, rief er, zwischen den Fingern eine schmale Zigarre, wenig Haar, groß, mit einem raffiniert mulmigen, kontrolliert unberechenbaren, genießerisch bezaubernden Gesicht, die weiße Smokingschleife exzellent gebunden, eine Braue hochgeschwungen, das R rollend.

»Mein Bester!«, entgegnete Goebbels und sie begrüßten sich herzlich, mit minutenlangem Händeschütteln. »Mein Aller-Allerbester!«, sagte Goebbels immer wieder.

»Ja, da staunen Se, Herr Minista, wie toll Se selba sind, is ja ein einzjet Feuerwerk heut Abend!«, zerplatzte Paulsen begeistert.

»Es ist ganz herrlich geworden! Bin in der Tat ganz platt!

Der Führer wird das alles mit Freuden hören!«, Goebbels nahm zwei Gläser vom Tablett des Obers und laut rief er: »Trinken wir, Paulsen, trinken wir auf die deutsche Kunst! Auf Ihren neuen Film! Trinken wir auf uns!« – Paulsen grinste ihn an. – »Na, jetzt legen Sie aber schon los, Sie Schlitzohr, ich kann es, zugegeben, nicht erwarten!«, gestattete Goebbels munter. »Bei Ihnen lach ich immer Tränen!«

»Janz wie Se wünschen, Herr Minista!«, Paulsen trank das Glas leer und drückte sich Arm an Arm gegen Goebbels, räuspernd begann er in seiner warmen Bauchhöhlenstimme. ›Also, wen hamwa denn hier allet. Oh, da drüben, der olle Italiener! *›Gutenä Abände, Härr Paolo!‹* – *›Nee nee, Paulsen!‹*, sagik. – Er: *›Guten Abände, Härr Neeneepaulsen!‹* – Ah, sehn Se den fetten tchechischen Filmassistenten da janz hinten, Herr Joebbels, der hat nich uffjehört zu reden: *›Die Filmkunst, müssen Sie wissen, ist meine Heimatsch!‹* – Oha, Admiral Levetzow uff halb sechse! Ja, juten Abend, ja, wir grüßen Se och von hier aus. Winkewinke. Jetzt müssen Se halt so tun, Herr Minista Joebbels, ja Ihnen och'n schönen Abend Herr Admiral. Ick nicke, ick nicke. Een janz schlauer Fuchs is dit. Ja, in der Tat, een Schaulaufen hier, wa Herr Admiral? Kieken Se sich den Oppa an, Herr Joebbels, nimmt uns beiden die janzen Frauen weg. Wie die ihn aba och umschwürren! Die Kleene da, janz außen, ham Se den Blick jesehn eben, hat se jetzt Sie oder mich so anjefunkelt, Herr Minista? – Ach du Schreck, Kurt Daluege ahebt sich von seim Platz, baumlang, wat een Füsch von zwee Komma fümf Metern, Händedruck wie'n Luschi. Na, jetze wo der ehemalje Jestapo-Chef nach j. w. d. vaschickt wurde, hat Kurti ja seine Bühne. Wie der schon kiekt, wa? – *›Einzig*

Napoleon war noch jünger als ich, als er General wurde!‹ – Ick nur so: ›*Ne oda?!*‹ – ›*Ist wahr!*‹, schwörta. – ›*Denn müssten Se doch aba bei dreifacher Körperlänge och dit Dreifache arreichen!*‹, sagik. – Hoppla, die Nase vom zweeten Saxophonisten von rechts, ham Se den j-e-p-r-ü-f-t, Herr Gauleita? Kab jehört, dass der – je späta die Stunde – och mal seine kleenen Abfälligkeiten über Sie, Herr Minista, kundtut und zwar janz unfafrorn, so soll er undscheniert jeäußert haben: *Der,* 'k zitiere und bitte um Vazeihung, *der Joebbels könne doch bestümmt herrlich uff eem einzjen Bein tanzen,* glob jetze hatta jemerkt, dasswa über ihn reden. Na, da rutscht ihm doch glatt dit kostbare Instrument vom Schoße! – Hui, wer kommt denn da uff uns zujestürmt, die is aba schnukklich, wa? Der ihre Haare, mit so eem Glanz ... oh oh oh, D-o-n-n-a-w-e-t-t-a-! ... jut *der* Blick jalt jetzt eindeutich Ihnen, Herr Joebbels!«

»Zwei mal zwei Meter!«, zischte Max Pechstein ins glitzernde Lärmen des Marmorsaals, in einer Loge sitzend, an einem größeren Tisch, dessen Gäste, bis auf einen weiteren, auf die Tanzfläche übergegangen waren.

»Ganz schön groß«, entgegnete der andere.

»Vor allem die Farben! Die Farben sind groß!«, sagte Pechstein.

»Und wieso gibstes nich diesem jungen Goldblatt? Soll ja Zeit und Geld haben, gute Verbindung wenn's ums Kunstverständnis geht. Für'n Juden sehr korrekt. Vielleicht'n Tick zu jung.«

»Hab ich dir doch versucht zu erklären«, flüsterte Pechstein und sah sich unruhig um, »der liegt im Krankenhaus, halb tot, kann nix mehr sagen, kann nix mehr sehen. Es ist fürchterlich, ich begreife das gar nicht, muss ein Unfall gewesen sein, mehr weiß ich nicht. Dieses Gemälde aber, es ist eines meiner besten Bilder in diesem Jahr, das schwöre ich dir!«

»Ja ja, is ja gut«, antwortete der andere, »schau ich mir die Tage an, nun lass uns aber recht fröhlich sein und schenk ma nach!«

EINUNDDREISSIG

Otto lag ausgestreckt auf seiner metallenen Pritsche. Die Offiziere hatten es bei weitem besser, die schliefen abseits, hatten ein richtiges Bad und saubere Wäsche, spielten Billard. Wie eine Kakerlake, wie ein Gefangener mit Gewehr, kam sich Otto vor, denn seine Behausung grenzte beinah unmittelbar an die Baracken der Häftlinge, wann würde das besser werden? Er stand als SS-Mann doch im Dienst des Reichs. Eicke schätzte ihn persönlich und versprach Besserung, doch die könne nur Schritt für Schritt erfolgen. Ja, Eicke mochte ihn, mochte Ottos Grollen. Aber der Johannes nicht, der blickte Otto in einem Gemisch aus Vorbehalt und Eifersucht an, der Krause besäße keine Haltung, soll er gegenüber Eicke gesagt haben. Der müsse noch umerzogen werden, eventuell durch Schutzhaft, er habe Otto beim Lesen erwischt.

Leibstandarte, dachte Otto, das wär doch was. Echte Elite. Ausgesucht und vortrefflich ausgestattet. Hier kam er sich verhöhnt vor. Seine langen, riesigen Stiefel hatte er noch an. Das kleine Fenster stand offen. Draußen nichts. Nur Dachau. Kein Ort. Nur ein KZ. Auf seiner Brust ein Brief seiner Schwester Helga. Das einzige Zeichen des Lebens außerhalb der Zäune, für die er sich opferte.

Geliebter Bruder!

Früher musste ich dich nur ansehen und wusste, was dir fehlt. Heute ist das nicht mehr so einfach, »du« bist nicht mehr einfach. Ich habe Angst, dich zu fragen, wie es dir geht. Angst vor deiner Wut. Angst vor deiner Antwort. Ich glaube, dass es dir gut geht. Mein Herz müsste sich schon sehr irren. Ja ehrlich, ich fühle, wie du ganz darin aufgehst, in deinen neuen großen Aufgaben!

Mutter und ich danken dir sehr für die monatliche Zuwendung, die du uns schickst, vom ehrlichen und ehrenhaften Lohn deiner Hände. Jetzt, wo Vater nicht mehr ist, ruht all unsere Hoffnung auf dir. Solange Konrad mich nicht heiratet, bin auch ich darauf angewiesen, das alles trotz Benno, der wirklich fleißig ist in der Kanzlei, aber Mandanten kann man eben nicht herbeizaubern. Ich habe eine kleine Anstellung als Typistin gefunden. Du allein bist unser Stern am Himmel, zu dir blicken wir so oft am Tage.

Bald wird alles vorbei sein, ja, glaube mir nur, all deine Schmerzen und Beschwerden. Ich habe den Herrn August, den Arbeitskollegen vom Vater, getroffen, er war ganz außer sich und erzählte, dass Vaters Abteilung längst an einem neuen und ganz heilsamen Präparat arbeite, etwas, was es noch nie gegeben hat, es wirkt jetzt schon Wunder, sagt er, und sie arbeiten rund um die Uhr daran, denn noch ist es nicht bereit, um unters Volk zu kommen, bald aber, bald! Es hat einen ganz lustigen Namen, Pervitin, wenn ich mich recht entsinne. Ach, schick uns bittebitte ein paar Zeilen, sobald du Gelegenheit findest, und über eine Fotoaufnahme mit dir und deinen Kameraden in Dachau würde sich Mutter sehr freuen! Berichte doch einmal etwas ausführlicher, was du den lieben langen Tag machst. Ich hoffe, dass die Sabo-

teure unseres herrlichen Reichs recht stramm von euch rangenommen werden und dann über ihre Vergehen nachdenken können! Bleibe gesund, möge auch unserem Führer Adolf Hitler ewige Gesundheit beschert sein, deine Schwester aus Berlin

Otto ließ den Brief sinken, blickte, auf dem Rücken treibend wie auf dem sommerklaren Müggelsee, an die Decke, als flögen dort die Wolken. Seine Finger spielten mit den Knöpfen seiner SS-Wachmannschaftsuniform. Ob der Herr Himmler seinen Namen kannte? Den Namen Otto Krause? Als Theo aus dem Müggelsee ans V-artig ins Wasser geschnittene Ufer zu Otto kam, klitschnass, die Augen blauer als der Tag, hatte er sich neben Otto gelegt, schüttelte das Haar wie ein glücklicher Hund, die Tropfen wellten Ottos aufgeschlagene Lehrbuchseiten.

»Ist das das Herz?«, hatte Theo gefragt. In den Sträuchern und gebogenen kleinen Bäumen zwitscherten die Vögel.

»Ja, rechte und linke Herzkammer, die eine birgt sauerstoffreiches, die andere sauerstoffarmes Blut«, antwortete Otto und betrachtete Theos Bauchnabel, in dem eine Perle See lag.

Otto hatte mit Deubel einen sauberen Tausch vereinbart, Deubel bekam die goldene Taschenuhr von Ottos Vater, eine alte Nürnberger Arbeit – das winzige Bildnis von Otto als kleinem Jungen auf einer Wiese, das in den Sprungdeckel hineingelegt war, warf Deubel in Anwesenheit Ottos in den Papiereimer – Otto durfte sich dafür einmal beim Lagerarzt zwei kleine Ampullen Schmerzmittel aussuchen, gegen seine Kopfschmerzen. Deubel fand zwei angemessen, Otto hatte sich acht gegriffen und in seine Taschen gestopft, mitsamt der ellenlangen Nadel, die er in seinen Stiefel schob. Dann ging alles ganz schnell, der Arzt war auf dem Weg zurück und Deubel kontrollierte glücklicherweise nicht mehr nach. Otto hatte die Medizinbaracke schon seit Wochen belauert, kannte jede Schublade in- und auswendig.

Draußen sangen jetzt zwar keine Vögel, aber tausende Grillen im hellgrünen, abgekühlten Nachtgras Dachaus. Fasziniert stach sich Otto die volle Ladung zwischen rechte und linke Herzkammer rein. Was er sich da verabreichte, wusste er nicht, wollte er nicht wissen. Hauptsache Held.

Das Unglück gehört nur uns, uns Walachen, uns allein! Es ist nur in uns ohne Suche nach Erlösung. Nur in uns kann es sein ohne Ziel. Es sind einfach zu viele Wolken zwischen dem Himmel und uns Rumänen. Für einen Deutschen, für einen Helden, mag das unbegreiflich sein, einfach nur zu existieren. Doch ich, Emil Cioran, die Resignation in Person, leidenschaftlichster Saboteur des Lebens, frage den Helden, frage Lucifer, was er von seinem liebenden, sehnenden Blut für seine Aufgaben hat? Es wird ja doch nur vertrocknen in den Herzen der Menschen und sie werden ihm nicht folgen, sie werden ihrer Pflicht folgen, der Pflicht, gehorsam zu sein, gehorsam für die Diktatur, gehorsam für die Demokratie, je nachdem.

Ein Umherirrender bin ich und das ist mein letzter Spaziergang durch Berlin. Otto, weißt du noch, wie du mich das erste Mal abholtest? Weißt du noch, wie ich zwischen deinen Harald-Paulsen-Platten eine Monosson fand? Warum zitterst du, Otto? Denkst du, ich wusste nicht, dass du dich vergiftest hast? Doch dein Zittern ist mehr als die Sucht, sie ist dein heimlichster und sanftester Schrecken, Otto, du kannst nicht fassen, dass du dich fürchtest wie jeder andere auch. Kannst nicht verstehen, warum in deinen Albträumen immer nur du selbst vorkommst, nun, da sich die Figur, der du jahrelang hinterherschlichst, endlich einmal zu dir umgewandt hat, ja, da hast du dein *eigenes* Gesicht erblickt! Ohne Helm, ohne Abzeichen, ohne Ehre ... nackt und vergessen ... tot, unter brennenden Gestirnen.

Ich suche weiter, suche den Traum, bei dem ich nichts empfinde, suche Vernunft, die verträumt sein kann. Ich bin ein Erschöpfter der Vernichtung des Zaubers. Wo ist die Ellipse, auf die ich mich schwingen kann, um wenigstens einer Geometrie gewiss zu sein? Zu viel Liebe, zu viel Beachtung habe ich dieser Welt geschenkt, darin bin ich ein Held wie der Held in meinen Gedanken, dessen Narbengesicht voll Schatten liegt in diesen Tagen. Ich spüre, wie er sich selbst durchblättert und durchblättert und immer wieder durchblättert.

Meisterschaft ist das Leben. Ich beherrsche es nicht. Nur an der Oberfläche, jedenfalls nicht, sobald ich hineinblicke, dann sehe ich nur den Tod. Dann sehe ich, dass ich mir nichts vormachen kann. Tüchtig sein, erschaffen – wozu, für wen, warum? Ich bin so anders als alle. Ich wäre der Einzige in einem Meer, der die Arme nicht zum Schwimmen breitet, sondern um nach dem Schaum der Irrtümer zu fassen.

Ich muss meinem Vater recht geben, alles ist vorherbestimmt. Vielleicht nicht einmal von Gott, sondern von der Kadenz des allerersten Herzschlags. Dieser erste Pulstropfen ist immer in mir, ich höre mich in den Bauch meiner

Mutter fallen, ich weiß, da war ein Stern gestorben, weil ich entstand und ich weiß, keine Notenfolge hätte mich in den Tiefen ihres Bauches zu einem anderen machen können, als ich jetzt bin. Der, der Gott selbst Vorwürfe macht, und wozu mich schließlich mit seinen Religionen auseinandersetzen? Argumente gegen das Christentum hatte bereits das gesamte wurmstichige 18. Jahrhundert erschöpft, daneben haben wir überhaupt nichts Neues zu bieten. So wie das Heidentum dem Christentum weichen musste, wird auch das Christentum weichen müssen, einer anderen Form von Glauben, erklärter und tödlicher. Ich wage dennoch nicht, meinen Glauben abzulegen. Er hilft mir, die Angst vor dem Unbegrenzten, mein Fieber und meine Neugier zu hemmen.

Ich vertreibe mich selbst aus diesem Paradies namens Berlin. Es vermochte mich nicht zu trösten und ich werde keinen Menschen trösten können mit meiner Philosophie, weil sie das nicht kann, weil Philosophen nichts gebären. Keine Poesie, Musik oder Mystik erheben, die so viel mehr sind als die Philosophie. Was ist das Denken noch neben ekstatischer Schwingung, neben metaphysischen Nuancen, wie sie der Poesie zugrunde liegen? Noch kein philosophisches System vermochte mir eine unabhängige Welt zu vermitteln. Ihr könnt so viele Philosophen lesen, wie ihr nur wollt, ihr werdet niemals das Gefühl bekommen, dass ihr andere Menschen werdet.

Um zu dir selbst zurückzukehren, um dich zu erinnern, müssten alle Blauheiten, die du in dir trägst, der Tanz aller betörenden Bläuen, die du je erstiegen hast, dir zuteilgeworden sein und dir nie mehr entrissen werden können. Sie aber werden dir als *Erstes* genommen, denn diese Welt ist nichts als Scheinbarkeit, ist nichts als unverzeihliche Verirrung. Wenn dein Herz, diese Zuflucht all deiner Sinne, Spiegel all deiner Vorahnungen, wenn dein Herz es schafft, dass *mit dir* alles lebt und stirbt, dann hast du der Welt alles eingehaucht.

– Vor mir kreist das Hakenkreuz. Auf Weiß. In Schwarz. Unter Rot. Groß und kalt.

Es weht im warmen Nachtwind wie ein Vorhang, wie das Tuch vor einem Fenster, das *nicht* geöffnet werden darf. Die Stadt scheint verschluckt von ihr, Straßennamen geändert, Wege verschwunden. Berlin, ein Gesicht ohne Kennzeichen, ohne Narben, ohne Anmut. Ein Gesicht, wie die erste Steinskizze eines Bildhauers, dessen Modell nicht mehr zu den Sitzungen kam, ein Gesicht, das stehengeblieben ist.

Die Linden steigen auf wie die dröhnend stumme, ganz langsam anhebende Auffahrt zum weit entfernten Tempel eines einsamen Pharao. Das weiße Licht der hohen Laternen, von riesigen Mücken umschwirrt, ist die Allee einer *anderen* Zeit innerhalb der Zeit. Die schönen Paare, die mir begegnen, Sklaven. Ich besitze ein Schicksal, das Narbengesicht in meinen Gedanken besitzt eines, doch all die Menschen hier, sie besitzen keines. Diese Zeit wird ihnen zum Schicksal werden.

Ach Talleyrand, der Held hätte dich um ein Haar zum Vorbild gewählt, doch in seinen Narben glitzerte ein Nein, denn in deinen Passepartouts warst du nichts als ein Schurke, denn du warst nichts als die Kopie der Kaltblütigkeit, das hat der Held durchschaut. Er hat seinen Sturz angehalten, jetzt hängt er mitten in der Zeit zwischen interstellaren Nebeln, willkommen in meinem Leben.

Alles ist eigentlich so einfach.

Die Ewigkeit ist einfach, denn sie macht einen konfus.

Der Schmerz ist einfach, ich kann ihn einfach einem anderen zufügen.

Die Lüge ist so einfach, sie ist jedes Wesen.

Einzig und allein in der Liebe sind wir *kein* Zufall. Sie ist das einzige Jenseits. Jenseits von Wahrheit, jenseits von Erkenntnis.

ZWEIUNDDREISSIG

Hitler allein.

An einem Schreibtisch.

In einem Raum.

Hinter den feinen und dunklen Haaren unterhalb seiner Nase und oberhalb seiner Oberlippe liegt das Philtrum, die kleine Bucht, die von zwei Sensen geteilt wird. Bei ihm sehr stark ausgeprägt für seine beiden inneren Embryonen, aber verdeckt vom Bart zu *einem* Führer.

Er trägt ein weißes Hemd, eine eichenbraune Krawatte, seine narzissgelbe Führerjacke, schwarze Hose, hellbraune Socken und schwarze Schuhe. Am Arm die Hakenkreuzbinde.

Sein Haar ist frisch gekämmt, heute von noch keiner Schirmmütze geformt, ebenholzbraun. Sein Gesicht an Wangen und Nasenoberfläche ganz leicht sonnenbehaucht. Die Ohren hübsch und der Hals glatt. Blähungen quälen ihn. Gedanken-Blähungen.

Durch die Fenster dringt kein Laut an ihn heran, es ist die vollkommene Stille. Gott und Teufel und der Regen kennen diese Stille, es ist jener Moment, wenn sie nachdenken. Gott über sich. Der Teufel über sich. Die Tropfen über sich. Diese Stille klingt, als würde sich die Luft zu einem übergroßen Raum in der Ewigkeit aufkuppeln.

Er legt den Bleistift nieder, schiebt das Papier weg, lehnt

sich zurück, den Kopf nach vorn, die Arme auf den beiden Lehnen, die schönen, weich geäderten Hände ganz ruhig.

Er ist schon zu Dreiviertel in die neue Materie eingedrungen, in den Stoff der Verwandlung, in die Sphäre der Körperlosigkeit, nur noch ein letztes Anspannen aller verborgensten Kräfte und wäre diese Schlappheit nicht, wenn er sich auszehrt vor den Massen, wäre diese Schwächung seines Wesens nicht, würde er noch viel mächtiger sein, ja, elementarer! Vitaminspritzen ins Blut haben sich als holde Begleiter erwiesen, doch es müsste auch da etwas Höheres, Reineres, Unerklärlicheres geschaffen werden. Etwas, das nur fürs Reich zutage gebracht würde. Eine kleine Pille vielleicht, stellt er sich vor, die alles in sich trägt, was ein Körper wie der seine aushalten, verleihen und überdauern muss. Eine deutsche Wundermedizin für alle Sorgen.

Manchmal, in Minuten wie diesen, weiß er es. Weiß er, dass alles vergeblich, verloren und verboten ist. Dann ahnt er, wie viele Zeiten-Ringe im Unendlichen ihn erwarten, dem Fegefeuer schuldiger Hochkunst. Und doch kann er die Finger nicht davon lassen, von der Oberfläche des Kosmos, denn genau der sucht ihn auf, beschleicht, vollendet ihn. Dann widert ihn alles Irdische an. Jeder Stuhl, auf dem schon einmal ein Mensch saß, jeder Tisch, an dem schon jemand schrieb, jedes Gebäude, das bereits steht und jede Straße, die da schon immer war. Dann kann er es nicht mehr sehen und riechen ... er will es neu! Alles neu. Die Materialien, die Formen, das Gedächtnis. Selbst die Luft soll anders sein, mit ihm in ihr soll sie nichts tragen als Konzentration, Meditation und Menschenlosigkeit.

Menschenlos ist er, denn in all den Millionen Gesichtern

liegt zugleich kein einziges. In all den Augen kein Blick. In all den Händen keine Berührung. Es ist der Schwarm einer unendlichen Masse, die seinen Sog begehrt, die er allesamt nicht betrachten, nicht erkennen, nicht lieben kann.

Meditation in ihrer höchsten Stufe ist Rausch. Was steht noch darüber? Abermals Rausch!

Seine einzige Chance, um von sich selbst freizukommen, ist die Erhöhung aller Ausmaße, die Zerstörung jeder Stimme, die Erhebung absoluten Verdrusses!

Es gibt jetzt keinen Weg mehr zurück für ihn, nur noch den, der sich selbst überstürzt. Nur noch die goldene Rutsche in den Augenblick und jeder Augenblick muss einzigartig werden, muss verbluten und zerleuchten! Dazwischen liegen seine erstarrten Spiegelungen in sich selbst, die Neutralisation seiner Existenz.

Er steht auf, tritt auf den Balkon hinaus, in diesem Sommer fertiggestellt von Albert Speer.

Ein massiv geometrisches, niedrig muskulöses Schiff, einfach an das Gebäude gehängt, von schweren, weiß abstrakten Adlerflügeln gestützt. Ein selbst-geborener Raum, der nach außen steigt ohne Herkommen, ohne Zukunft. Eine Herzgrabkammer, die, leer und ramsesartig träumend, ihre Macht aussickern lässt. Sehr schön, sehr gefährlich, überaufmerksam und allein.

Von diesem Weltzimmer aus fühlt sich die Welt gedrückt an. Hitler nimmt kein Leben, keine Schicksale wahr, er bekommt einzig und allein die Essenz von Kontrasten. Blut und Liebe und Schmerz, Heimat und Erde und der Einzelne – was ist das? Ahnen die Sterblichen auch nur einen Hauch *seiner* Vorsehung? Haben sie schon einmal die Haut des Universums mit ihren Fingerkuppen befühlt? Kennen sie die Befehle hinter der Zeit? Haben sie irgendeine Kenntnis davon, wie es ist, sich selbst zu umkreisen, in schmerzhaftester Präzision, durch die Augen nie schlafender Sonden?

Seine Finger streicheln den Balkonsims und das ganze Gebäude, die Kanten der Fassade, die Umrisse der Wilhelmstraße – alles beginnt sich in einer fortlaufenden Stromlinie abzuzeichnen. In ultravioletten Linearröhren und Lichtleisten entsteht die Vorschau einer unverhandelbaren Vision. Alles fluoresziert! Alles steht! Überall zum Licht erweckte Baupläne und Zeichnungen! Grundrisse, die entflammen, und Schnitte, die jede Gotik schlagen, und Perspektiven, die keine Physik mehr dulden!

Hitler sieht die Lindenachse vor sich, gipfelnde Obelisken, die Spinne im mondfarbenen Kranz darüber sich drehend und drehend! Er sieht den Reichsadler in Stein ausgebreitet, vom Brandenburger Tor bis runter zum Schloss, in gebieterischer Doppelreihe seiner tausenden Flügel! Er sieht die nie mehr schlafende Beleuchtung der neu gezogenen Straßen! Sieht die Meisterwagen der Ingenieure, sieht den Ballettschlag der sauberen Stiefel der Leibstandarte! Sieht sich in all dem aufragen und seine Hände lösen sich vom Stein, die Finger befragen den Nieselregen, ihre wohlgeformten Nägel und Kuppen werden streng und gelenk, das Blut in ihnen pumpt! Er ist der Erneuerer! Der Künstler seines Reichs! Kaiser über die Linien, die nicht mehr fragen werden *Was ist ein Jude?* sondern *Wer ist Jude?*

Endgültiger Entzug ihrer Rechte, endgültiger Entzug ihrer Ämter!

Die reichsgesetzliche Trennung von ihrem Blut zum arisch Artverwandten, zu den Reichsbürgern, den Staatsangehörigen, ist jetzt die letzte Vervollständigung einer Hingabe hoch zur Schanze in die Vollendung! Dann … dann … dann wird die Sonne aufgehen!

Hitler blickt erfüllt um sich, geht wieder hinein und schließt die Tür hinter sich.

Leopold lag im Krankenlager. Er konnte sich kaum bewegen. Links von ihm ein älterer jüdischer Herr, rechts von ihm ein junger Kommunist. Der Kapo erschien, ein Häftling, der wegen diverser Diebstähle und Körperverletzungen schon lange inhaftiert war und nun nach dem Rechten sah, wofür er den inzwischen dreifachen Rübeneintopf bekam.

»Bedenken Sie«, sagte der jüdische Mann, als der Kapo ihm verkündete, er sei nunmehr aus dem Krankenlager entlassen, »ich kann nicht mehr. Aufstehen schon gar nicht, tun Sie, was Sie nicht lassen können.«

Der Kapo schlug ihm mit einem langen dünnen Stock auf den Kopf. »Steh auf, sag ich dir!«

Leopold wütete, außer sich, mit den verbliebenen Zahnstücken im siebzehnjährigen Mund.

Der Kapo schlug auch ihn: »Und du hör auf zu jammern. Interessiert hier keinen.«

»W-wach für die Wunden! Gib wach f-für die Wunden!«, flehte Leopold.

»Spinner, hab nix und selbst wenn, würd ich dir nix geben. Halt's aus oder krepier, beides ist hier erwünscht«, der Kapo lehnte sich gegen Leopolds Bett.

»HAU APP!«, Leopold krallte sich in die Pritsche. »Verpich dich, du Veruäter. HAUB APP! Lach unch allein!«

»Der kommt immer wieder«, murmelte der Kommunist neben Leopold. »Vor allem, wenn er Hunger hat, sucht er nach uns, sucht nach allem möglichen, für'n richtiges Brötchen macht der alles. Sobald meine Krätze hier weg ist, werd ich den gehörig auf seinen Platz verweisen, will aber nicht noch ein zweites Mal in Stehbunkerhaft: Drei Tage und drei Nächte haben die mich in so einen Betonschacht gesteckt, meine Zunge musste ich nur ausstrecken und berührte die Wand vor mir, an meinem Schädel hinten spürte ich die zweite Wand, an meinem Ellenbogen rechts die dritte und an meinem Ellenbogen links die vierte Wand. Wenn du da schreist, hörst nur du es allein. Wenn du dich da einkotest, riechst nur du es allein. Wenn du da drin weinst, weinst du für dich allein.«

»Du bicht doch auch bald duan, dich werden chie holen, wuenn chie dich nicht mehr bauchen, wircht chon chehn! Du bicht so dumm, so DUMM, dach es weh tut!« – Leopold fasste sich ans Herz. »Die ham mir wuach gegeben«, und er begann zu weinen, bitterlich und laut. »Der cheich Lagerartcht hat mir wuach gegeben, ass ich h-hab bewusstlos war vor Schmerzen, ich wueiß es ganch genau!«

»Schnauze!«, der Kapo schlug auf ihn ein. »Man versteht ja kein Wort aus deiner eingeschlagenen Klappe, halt sie besser, sag ich dir, sonst lassen sie deine Schwester nicht mehr frei!«

Leopold erstarrte. »M-meine Schwe-chter? Wach habt ihr ... wach haben die mit ihr ... wo icht chie?«

»Stadelheim. Schutzhaft. Jetzt überlegen sie, was sie mit ihr machen.« – Der Kapo zerrte den jüdischen Mann von der Liege und schlug auf ihn ein. Der Kapo hatte Hunger.

DREIUNDDREISSIG

Rudolf Diels betrat Carinhall. Unangekündigt, unbeherrscht und unerschrocken! Göring führte ihn sofort in ein Zimmer, wo sie unbeobachtet waren.

Göring war außer sich: »Was fällt Ihnen ein, hier so aufzukreuzen?«

Diels warf sein Jackett über einen Sessel: »Was fällt Ihnen ein, mich warten zu lassen?«

Sie standen sich gegenüber. Diels einen Kopf größer. Göring fluchte. Über ihnen, riesige Balken, um sie herum, Kunst der Renaissance-Meister.

»Was erlauben Sie sich, mit den deutschen Kardinälen zu komplottieren?«, rief Göring.

»O Gott! An genau diesen bösen Karl-May-Geschichten erkennt man Heydrich und seinen SD«, lachte Diels laut.

»Stimmen diese Unterstellungen? Antworten Sie gefälligst!«, befahl Göring.

»Ach du liebe Güte, meinen Nachweis der jüdischen Großeltern Heydrichs, den ihm SS-Nebe längst zugespielt hat, wird mir Heydrich nie verzeihen«, sagte Diels. »Ich hätte ihn damals verhaften sollen, als Sie noch nicht auf ihn angewiesen waren.«

»Lassen Sie das! Wo und wann haben Sie die Kardinäle getroffen? Was haben Sie mit ihnen geredet?«, grölte Göring.

»Sie selbst erlaubten mir, mit Erzbischof Schulte in persönlichen Konnex zu treten«, sagte Diels.

»Erinnern Sie mich nicht an meine eigenen Worte!«, schrie Göring.

»Dann gerne an die Adolf Hitlers: *Diels, tun Sie alles für einen konfessionellen Frieden.«*

»Und das machen Sie zum Führerbefehl?!«, dröhnte Göring.

»Den meisten Verbrechern von Gauleitern kann man nur auf diese Weise entgegentreten«, sagte Diels.

»Wie sind Sie hier reingekommen, verflucht?«, wetterte Göring.

»Genau dafür haben Sie mich mal eingestellt«, antwortete Diels.

»Was glauben Sie eigentlich, wer Sie sind?«, schrie Göring, die Arme in die Hüften gedrückt.

Diels nahm sich gelassen Rotwein aus einer Karaffe. Göring lief auf und ab. Diels legte sich über die Récamiere unterhalb eines Jagdszenengobelins beim Kamin, die Beine ausgestreckt. Ein riesiger Ring aus brennenden Kerzen glomm über ihnen.

»In der Schatzkammer sollen Sie sich getroffen haben, in der Schatzkammer des Doms!«, begann Göring von Neuem.

Diels nahm einen Schluck. Noch einen. »Ich habe mich mit den Kardinälen nicht getroffen, wenn Sie damit die Erzbischöfe von Köln, Breslau und München meinen. Die Kardinäle Faulhaber und Bertram begrüßte ich einmal im Vorzimmer des Führers, sie waren auf mein Drängen hin zu einer persönlichen Aussprache erschienen. So. Fertig. Einen Komplott gibt es da nicht und ich habe weder zu Land noch zu Wasser noch durch die Luft mit denen Kontakt aufgenommen. Würdest du nun endlich deine närrischen Märchen lassen, Hermann?«

»ICH VERBITTE MIR! ICH BIN! ICH! WAS ERLAUBEN! Sie sollen in der Schweiz Urkunden und Aufzeichnungen deponiert haben!«, brüllte Göring.

»Das wäre keine schlechte Idee«, fand Diels und nippte weiter am Wein. »Köstlich. Mosel?«

»Diels! Das Haus ist voller Leute, lassen Sie den Unsinn! Es geht um Ihren Kopf!«, Göring trug eine riesige Spitzenbluse.

Diels musterte ihn abfällig.

»Was grinsen Sie derart?!«, wollte Göring wissen.

»Psssssssst ...«, Diels bat um Ruhe, »das Haus ist voller Leute.«

»Sie sind ja betrunken!«, brüllte Göring.

»Wenigstens sehe ich die Realität«, Diels schenkte sich nach.

»Und die wäre bitte schön?«, forderte Göring.

»Sie wissen längst um die Bestien, denen Sie Ihre Polizei anvertraut haben und Sie sind leider nicht asiatisch genug, Herr Ministerpräsident – auch wenn Sie so tun –, um an deren Praktiken langfristig Gefallen zu finden. Deutschland ist in Gefahr. Sie sind kein byzantinischer Sultan. Erwachen Sie!«

»Sie sind kein Regierungsrat mehr! Halten Sie sich da raus!«, schrie Göring.

»Bei Shakespeare macht der Rat den König«, Diels stand auf. Sein schwarzes Haar glänzte im Kerzenschein, seine zarten Lippen, vom Wein angedunkelt, wollten ausbrechen. »Der Rat, der Hitler jetzt umgibt, ist ein Rat aus Gestalten, die nur dem Bösen und auch nur dem Bösen in Hitler selbst zugewandt sind, das Gute in ihm verweht, es kann sich da gar keine gesellschaftliche Kultur entwickeln, es fehlt das geistige Niveau. Erfahrung, Sachverstand, Gesinnung werden als Eindringen in sein Zauberschloss verstanden. Die Frauen, die da ein und aus gehen, sind auch ganz danach. Während der Kreis schöner, interessanter, begabter Frauen vergeblich wartet, vorgelassen zu werden und von Goebbels zurückgehalten wird, in seinem Serail. Goebbels führt Hitler nur noch anspruchsloses, blondes Kahlwild zu. Und Sie, Sie glauben ernsthaft, dass sich Hitler für Ihren Wirtschaftswahn interessiert, der ist ihm gleich, Sie ihm auch, im Übrigen.«

»DIELS!«

»Initiatoren und Exekutoren, die Hitlers Ausarten zum Falschen bewegen, mit ihren skurrilen Ideen, die sich in seinem Kopf dann zu totalitären Endlösungen verwandeln. Ich habe Ihnen das schon einmal gesagt, der Führer ist wie ein Transformator, schwacher Strom kann zu Starkstrom, eine fixe Idee zu übermenschlicher Energie werden. Und dann noch die Masse, diese Menschen. Sie kontrollieren sein Bewusstsein und er ihres. Nichts ordnet das, nichts waltet darüber, nur dunkle Leidenschaften und mediales Wechselspiel, inmitten Sie: Was werden Sie tun?«

»Was stellen Sie sich hier mitten in den Weg? Ja sagen Sie, haben Sie jetzt den Verstand verloren? Wo wären Sie ohne MICH? Sie sind nicht der Einzige, der Juden rausgeholt hat!«

»Wenn Sie mich ignorieren«, sagte Diels, »stelle ich mich vor Sie, störe ich Ihren Frieden, der nur eine Preisgabe unseres Landes ist.«

»SCHLUSS DIELS!«, forderte Göring und sein Bauch blies

sich auf. »Das hier ist nicht Ihre Amtseinführung in Köln!«

»Sie meinen, wo Sie eingeflogen wurden von Ihrer Wotan-Flotte?«, Diels probierte ein anderes Sofa aus, eines am Fenster, der Wald raschelte herein, kühler Nachtwind hinterher.

»Sie!«, brüllte Göring. »Sie haben mich kompromittiert, im Stich gelassen und verraten!«

Diels zündete sich eine Zigarette an. »Auch eine?«

»Haben Sie sich eigentlich für die SS-Uniform beim Himmler bedankt?«, fauchte Göring.

»Klar«, versicherte Diels. »Ganz im neuen Hofstil habe ich ihn angeredet, ein Ton, der jetzt überall angesagt ist und ohne Umwege direkt hinten rein kriecht. Aber er weiß auch so, ohne Dankschreiben, wie gern ich die trage. Himmler kennt meine Vorlieben. Manchmal schlafe ich damit, manchmal fasse ich die Uniform heimlich an, das erregt mich. Himmler würde jetzt im Gespräch sagen, *manchmal mag man einfach ein wenig unanständig sein.*«

»DIELS!«, stampfte Göring. »Wenn man uns hört!«

»Wer sollte schon mithören? Höchstens Ihr Forschungsamt, Herr Ministerpräsident«, Diels zerdrückte die Zigarette in einem kolossalen Aschenbecher, schob sich wieder eine in den Mund.

»Sie haben nie verstanden, worum es wirklich geht! Sie haben mir immer nur Ärger gemacht! Ich kann Sie so nicht schützen, Diels!«, fauchte Göring. »Keinen Tag länger!«

»Weil ich ein Gewissen habe.«

»Weil Sie es auch nach dem Röhmputsch nicht lassen konnten! Die Morde mit aufklären zu lassen, wo Sie es längst besser wussten! Justizminister Gürtner hatte dem

Erlass des Kabinetts doch zugestimmt, dass die Morde rechtens waren und keine Verfahren gegen die Exekutive eingeleitet werden sollen! », rief Göring.

»Ich war der Einzige, der Gürtner nach dem 30. Juni aufsuchte, er war niedergeschlagen, denn seine Bedingung für eine Unterschrift war gewesen, dass die Morde an der SA nicht aufgeklärt, wohl aber die übrigen Tötungen ordentlichen Gerichten zur Aburteilung übergeben würden. Ich stand lediglich Joel und Dohnanyi zur Seite, eine gesetzliche Sühne herbeizuschaffen für die zu ›Unrecht‹ Ermordeten. Doch Ihr Himmler –«, Diels wurde unterbrochen.

»Er ist nicht MEIN Himmler!«, brüllte Göring.

»Ich bitte um Verzeihung, ich meinte Ihren neuen Polizeichef, der hat jegliche Feststellungen unter Mitwirkung der Polizei verboten und schließlich entzog sich auch Hitler den Erörterungen, weswegen Joel und Dohnanyi Sie aufsuchten, um durch Ihre Hilfe Hitlers Versprechen einzulösen«, Diels stand gegen das Fensterbrett gelehnt, den Windhauch am Rücken, eine Hand in der Hosentasche.

»Sie haben nur für Unruhe gesorgt! Immer und immer wieder!«, empörte sich Göring breitbeinig und hielt sich den Schädel von zwei Seiten fest. »Was habe ich nicht schon alles für Sie getan, wie haben Sie mich nicht schon tausendfach mit Ihren Überredungskünsten ins Verderben geschickt!«

»Es wäre kein Verderben geworden, hätte Hitler mitgewirkt, aber Goebbels redete ihm ständig rein und ohne Himmler wollte Hitler keine Entscheidung treffen. Joel und Dohnanyi leiteten die gerichtlichen Schritte gegen die weiteren Ermordungen des Röhmputsches dennoch unbekümmert ein, eine noble Tat! Und was geschah? Himmler erwirkte, dass Hitler persönlich einschritt und die Untersuchungen niederschlug. Wann werden Sie endlich etwas *tun,* Herr Göring? Hören Sie es denn nicht, das Gelächter, das Ihnen gilt?«, Diels trat auf ihn zu.

»DIELS!«, Göring ballte eine Faust, er wollte Diels ins Gesicht schlagen, hielt sich in allerletzter Sekunde davor zurück und es fiel ihm so schwer wie noch nie etwas. Sein formloser Torso war am Ertrinken. Er beruhigte sich nach Minuten, in denen die ganzen letzten Monate und Jahre über ihn hereinbrachen. »Sie ... Sie müssen aus der Schusslinie, Diels, in Köln sind Sie nicht sicher genug. Begreifen Sie das nicht?«

»Begreifen Sie nicht, dass wir alles verspielt haben?«, Diels sah ihn an, mit Augen, in denen Eichendorff sang ... *ich suche die blaue Blume ... ich suche sie noch immer ... kann nicht aufhören, sie zu suchen.*

Göring sah ihn auch an, bebend und verletzt, unentschlossen und unaufrichtig, unendlich verwirrt und warmherzig, eitel, brutal und loyal. Ihre Blicke schlugen gegeneinander.

»Jedenfalls ... na jedenfalls können Sie heut Nacht nicht mehr weg, Sie wollen doch wohl nicht allein durch die Brandenburgischen Wälder wandeln?«, Göring räusperte sich. »Na, wir werden schon ein bequemes Bett in diesem großen Haus für Sie finden, vielleicht Zimmer Cäsar. Jetzt kommen Sie mal zur Ruhe und schlafen ein paar Stunden. Nun also ... also gute Nacht, Diels, ich ... ich muss zu meinen Gästen zurück.«

Hitler erwachte.

Auf einmal.

Sein Herz war aufgescheucht aus Erinnerungen, aus Momentaufnahmen von sich selbst, wie Stufen von Kameraaufnahmen in einem Stummfilm.

Er kam sich vor wie ein schwarzer Papst, wie umgedrehte Liebe, wie Hoffnung, die sich zerstückelt und im Zerstückeln neue Kraft schöpft.

VIERUNDDREISSIG

Ich verlasse die schaukelnden Bewegungen Berlins, ich verlasse den Selbstmord, ich verlasse das Licht, nur die Unendlichkeit der Zeit kann ich nicht verlassen und wie armselig, soeben kam sie mir in den Sinn, ohne dass ich anschließend den Anstand gehabt hätte, deshalb in Ohnmacht zu fallen. Gestern erhielt ich einen Anruf aus einer Irrenanstalt, doch beim besten Willen konnte ich der Person nicht erklären, wie sie ihr Hirn wieder zusammensetzen, wie sie die Milliarden beschädigter und rebellischer Zellen erneuern könnte. Es tat mir leid. Ich wusste einfach nichts zu sagen. Vielleicht bin ich schon mit einem schlechten Gewissen geboren. Vielleicht habe ich in früheren Leben außergewöhnliche Verbrechen begangen, die mich nun so formen, wie ich bin.

Es tut wohl, auch nur zu denken, man könnte sich umbringen. Es beruhigt. Man atmet auf. Wenn man, so wie ich, ständig jenseits der Welt ist, bringt einen zumindest der Gedanke, man könnte sich selbst abschaffen, auf ein Niveau der Lebenden zurück, ja führt einen dem Leben zu. Der Selbstmord ist viel mehr, als ich glaubte. Er ist Hoffnung. Hoffnung, etwas zu überstehen. Vielleicht ist es möglich, zu beten ohne Amen. In einer glaubenlosen Welt etwas zu hauchen. Nicht in Stücke zu zerspringen, obwohl man weiß, dass man einen *Schädel* hat! Vielleicht ist es möglich, sich in die Stimmgabel des Seins hineinzuschwingen und *seinen* Ton zu finden. So wie der Evangelist Markus seinen Löwen fand, den er immer gesehen haben muss, wenn sein eigenes menschliches Antlitz sich im Wasser oder in einer kostbaren Schale spiegelte ...

In der Nachfolge Christi steht ... *erlöse mich von dieser Stunde.* Warum aber hat der Verfasser nicht geschrieben ... *erlöse mich* von *allen* Stunden?

Ich werde für Sie beten, sagte mir mal jemand. Ach wirklich? Und wer wird Sie anhören, fragte ich?

Gottes Nichts ist so groß. Alles ist verdammt. Keiner weiß es. Nur ich.

Meine Wutanfälle, dieses Bedürfnis zu explodieren, allen in die Fresse zu hauen, Welten zu ohrfeigen – wie soll man dem Herr werden? Ist hier ein Friedhof in der Nähe? Kann ich dort für immer bleiben? Ich will keiner Versuchung mehr erliegen. Ich will einen Löwen erblicken, wenn ich *mich* im Spiegel ansehe. Ich will eine Berührung von Gott, doch er trocknet in mir aus. Sein Nichts tut weh. Oder ist es der Missbrauch mit dem Nichts, den seine unwürdigen Philosophen mit mir trieben?

Diels versuchte einzuschlafen, als ein Geräusch an der Tür seines Zimmers ihn eigenartig beunruhigte. Ganz Carinhall schlummerte, doch er spürte da die Gegenwart von jemandem. Unhörbar trat er mit seinen nackten Füßen über den kostbaren dunkelroten Teppich, den Revolver fest umschlossen, balancierte zur Klinke, legte den Kopf an das florale Holzwerk der Tür und lauschte.

Atem.

Auf der anderen Seite.

A t e m …

– Diels riss die Tür auf und … zielte ins Nichts!

Zu seinen Füßen kauerte der junge Löwe Cäsar, den Göring vom Berliner Zoo geschenkt bekommen hatte.

Schweißgebadet lachte Diels auf, ließ ihn herein. »Entschuldige, ist das etwa dein Gemach?«, er setzte sich aufs Bett und lachte immerfort.

Der Löwe streckte sich, gähnte mit den spitz diamantenen Zähnen und grub sich in den dichten Teppich hinein, den Kopf auf den flauschigen Pfoten.

Vielleicht zog es ihn zu Diels, weil der Löwe *sich* in ihm sah. Die Fechtnarben schnitten sich eigenartig ähnlich dem Fellmuster bengalischer Tiger in Diels' Wangen hinein. Cäsar fühlte bei ihm wohl eine *andere* Nähe als zu seinem eigentlichen Herrn. Etwas wie widerspenstiges Gleichgewicht, stolze Wärme, kreatürliches Schweigen. Etwas wie Angriff aus der absoluten Stille.

Ja, Hermann Göring hatte eine Vorliebe für Raubkatzen.

FÜNFUNDDREISSIG

Emil Cioran stand rauchend und in seinem besten Jackett auf einem barocken Restaurantbalkon in Bukarest. Es war Mitternacht, der Herbst war nah, die Luft kälter und die Nebel heller.

Sein Haar wiegte sich wie ein üppiger Seidenstrauch im Wind. Prachtvolle Häuser schnitten schöne Straßenkurven, Lichter waren überall an, hier ging noch keiner schlafen.

Drinnen hatte sich ein geräuschvoller Kreis seiner Freunde versammelt, die seine Rückkehr aus Berlin feierten, ihn, den Reisenden aus dem Geheimnis, das alle faszinierte. Aufs Reisen verspürte Rudolf Diels eine Lust wie noch nie. Er trat auf den kleinen Balkon seines Hotelzimmers in Karlsbad hinaus, eben jenes Zimmer, in das er vor zwei Jahren geflüchtet war, als der SA-Mann Packebusch sein Büro und seine Wohnung durchsucht hatte. Er entzündete das Feuerzeug, einen Kugelschreiber, eine Goldschmiedearbeit aus seiner Heimat Berghausen, lange bevor die Amerikaner so etwas anboten. Vom Schein der kleinen Flamme, die seitlich herausstob, breitete sich honiggoldenes Licht über sein gebräuntes Gesicht aus. Über ihm trieben Wolken vor einem Mond her, der riesig schwoll. Das verschachtelte Karlsbad mit seinen arrogant stilvollen Besuchern leuchtete ruhig. Kaum einen Ton hatte Emil während des Essens drinnen von sich gegeben, sondern aufs Plaudern und Essen und

Trinken bestanden, all die Fragen schienen ihm größer, als der Umfang der Vorstellung der Versammelten reichen konnte, er wusste alles geschickt zu umgehen, indem er ständig den Gesprächen auswich und eine Atmosphäre begünstigte, die chaotisch, wohlig und trunken war, indem er immer zum rechten Moment irgendetwas aus *Macbeth* zitierte und anschließend schallend auflachte.

Freunde nach längerer Zeit wiederzusehen, barg doch immer etwas von einem Unglück in sich, besonders wenn man selbst derjenige war, *allein* auserkoren, den Mond zu berühren. Diels berührte die Nacht mit seinen Augen, als er sich zurücklehnte und gegen die barocke Fassade stand, die langen Beine über Kreuz, im Hemd und einer braun leinenen Spitzbundhose. Er nahm einen langen Zug, dabei strich er mit der Kuppe seines Daumens über die tiefe Rille seiner Narbe, da, wo sich seine Wange spaltete. Gläser hörte man in den späten Bars und manchmal ein Lachen. Emils Lachen hatte es schlagartig schwer, seit er im Saal des Restaurants ein lächelndes Portrait erblickte. Die echte, strahlende Zufriedenheit darin, das Glück, das war nicht fair. Während Emils Lachen eines war, das nicht damit klarkam, irgendwann einmal nicht mehr da zu sein. Ratlos, sich selbst gegenüber grenzenlos treu, starrte er hasserfüllt das Bildnis an. Treue Menschen, die Tschechen, fand Diels. Harmonie, Kontrolle und Mut besaßen sie. Er erinnerte sich schmunzelnd an die *Bohemia,* die damals über seine Amtsenthebung geschrieben hatte. Dass es eine dramatische und gefährliche Flucht gewesen ist, bei der Diels zuvor gewarnt worden war, war in dem Zeitungsbericht unerkannt geblieben. Die *Bohemia* hatte aber verkündet, dass mit seinem damaligen Ausscheiden 1933, die »letzten menschlichen Hemmungen auf dem Weg zur Gewaltherrschaft gefallen seien«. Frei heraus hatte der Nationalsozialist Hinkler, Polizeipräsident von Altona, der zum kurzzeitigen Nachfolger von Diels geworden war, erklärt, nun mit SA und SS zusammenarbeiten zu wollen und seine antijüdischen und antikirchlichen Parolen erschallten so zum ersten Mal auch von der Politischen Polizei. Inzwischen waren mit dem Dioskurenpaar Heydrich-Himmler die »Schwarzen« ja ganz und gar eingezogen. Für Diels war die SS eine Sekte, deren einziger Hunger Macht war. Macht und nur Macht. Kein Staat, keine Gestalt, keine Aufgabe, kein Gedanke, einzig Macht. Sie zu besitzen, war für Emil eine Vision geblieben oder nicht? Hatte er sie etwa doch schon ausgestrahlt? Etwas angerichtet? Oder geheilt? Die Dinge, die von einem abhingen, und die, die nicht von einem abhingen, wenn man das nur selbst von sich wüsste, dann wäre alles gut. Am schlimmsten sind die Fragen, die man sich selbst stellt, dachte er. »Hast du was gefragt?«, rief Diels ins Zimmer hinein. Die Frau auf seinem Hotelbett warf das Betttuch von sich, setzte sich müde und mit verspieltem Ausdruck auf. »Machst du Musik? Mach doch endlich Musik, Rudolf! Ich habe einen Koffer voller Platten dabei, spiel doch mal eine, mir ist nach Musik, Musik, Musik!«, und ihre rötlichen Locken hüpften. Emil sprang wieder rein, legte sein Jackett ab und machte sich an den Platten-Schrank. Musik aus aller Welt, hier, im faschistischen Bukarest. »Nur nix Amerikanisches!«, lachte sein Freund Omul. »Alles, nur nix Amerikanisches!« Zu spät, Emil zog eine *Master's Voice* hervor, legte sie vorsichtig auf, während Diels mit einem lockeren Finger die Nadel dicht am Rand anlegte und kurzes Regenrauschen ohne Regen folgte, die knisternde Zeit. Dann *Al Bowlly Blue Moon. You saw me dancing alone ... without a dream in my heart ... without a love of my own ... blue moon.*

Emil erntete großen Beifall für die Auswahl und wurde von allen gleichzeitig zum Walzer genötigt. »Oh, ich liebe *Blue Moon!*«, rief sie und stieg nackt aus dem Bett, ging mit Diels in Grundposition und: Eins und zwei und eins und zwei und eins und zwei. »Emil! Du schleichst um die Damen herum wie eine Katze!«, rief Omul. Diels strich über ihren Rücken, während sie auf kirschrot lackierten Zehenspitzen, mit geschlossenen Augen und ihren hin und her gondelnden Hüften den Melodien folgte. »Du drückst meinen Schoß an dich«, bemerkte sie und öffnete verstohlen ein Lid. »Was dagegen?«, fragte er. »Keineswegs!«, rief Emil. »Ich versuche mich nur angemessen zu bewegen, Omul! Ich möchte den Damen nicht auf die schönen Seidenschuhe treten!« – Sie zog Diels ins Seidenbett. »Und wohin geht's morgen?«, fragte sie, setzte sich auf ihn und knöpfte bedächtig sein Hemd auf. Er lag da, blickte zur Stuckdecke hoch, seine schwarzen Brauen leuchteten. »Weiter«, antwortete er. »Es geht immer weiter.«

»Unmöglich!«, keuchte Emil lachend. »Kann nicht mehr! Pause!« – Die Platte stockte! Emil eilte hin, um nachzusehen. »Was ist es?«, fragten die anderen. »Hier«, sagte Diels und begutachtete die Schellack im Schein der Nachttischlampe. »Ein kleiner, aber sehr tiefer Einschnitt.« – Emil zog ein Tuch aus seiner Hosentasche und rieb darüber. »Das wird nicht helfen«, meinte Diels, »die ist hin.« – »Hin und weg«, grinste Emil Cioran im Schein der anstoßenden Gläser. »Ich bin so hin und weg vom Leben!«

QUELLEN

Die Autorin lässt Emil Cioran und Rudolf Diels bis in deren eigene literarische Pointierungen auftreten und erzählt sie weiter.

EMIL CIORAN:

»Auf den Gipfeln der Verzweiflung«. Berlin 1. Aufl. 2019.
»Leidenschaftlicher Leitfaden II«. Berlin 1. Aufl. 2013.
»Absturz in die Zeit«. Stuttgart 1972.
»Gevierteilt«. Berlin 4. Aufl. 1991.
»Über Deutschland«. Berlin 2011.
»Das Buch der Täuschungen«. Berlin 1. Aufl. 2019.
»Über das reaktionäre Denken«. Berlin 1. Aufl. 2018.
»Widersprüchliche Konturen«. Frankfurt am Main 1986.
»Lehre vom Zerfall«. Stuttgart 10. Aufl. 2018.
»Dasein als Versuchung«. Stuttgart 5. Aufl. 2017.
»Geschichte und Utopie«. Stuttgart 5. Aufl. 2017.
»Vom Nachteil, geboren zu sein«. Frankfurt am Main 19. Aufl. 2019.
»Die verfehlte Schöpfung«. Frankfurt am Main 14. Aufl. 2017.

PATRICE BOLLON:

»Cioran – Der Ketzer«. Frankfurt am Main 2006.

BERND MATTHEUS:

»Cioran – Portrait eines rasenden Skeptikers«. Berlin 2007.

RUDOLF DIELS:

»Lucifer ante Portas. Zwischen Severing und Heydrich«. Zürich 1949.
»Der Fall Otto John: Hintergründe und Lehren«. Göttingen 3. Aufl. 1954.
Diels' Briefe vor und nach 1945 und Auszüge aus seinen Nürnberger Prozessakten.

KLAUS WALLBAUM:
»Der Überläufer. Rudolf Diels (1900–1957) – der erste Gestapo-Chef des Hitler-Regimes«. Bern 2009.

BENJAMIN CARTER HETT:
»Der Reichstagsbrand. Wiederaufnahme eines Verfahrens«. Hamburg 1. Aufl. 2016.

ALEXANDER BAHAR / WILFRIED KUGEL:
»Der Reichstagsbrand. Wie Geschichte gemacht wird«. Berlin 2001.

CHRISTOPH GRAF:
»Politische Polizei zwischen Demokratie und Diktatur. Die Entwicklung der preußischen Polizei vom Staatsschutzorgan der Weimarer Republik zum Geheimen Staatspolizeiamt des Dritten Reiches«. Berlin 1983.

CHRISTIANE KOHL:
»Das Zeugenhaus. Nürnberg 1945. Als Täter und Opfer unter einem Dach zusammentrafen«. München 1. Aufl. 2015.

EUGEN KOGON:
»Der SS-Staat. Das System der deutschen Konzentrationslager«. München 1988.

VOLKER WACHSMANN:
»KL – Geschichte der nationalsozialistischen Konzentrationslager«. München 2018.

NORMAN OHLER:
»Der totale Rausch – Drogen im III. Reich«. Köln 9. Aufl. 2020.

CHRISTIAN HARTMANN u. a. (Hrsg.):
»Hitler, Mein Kampf: Eine kritische Edition«. München, Berlin 2021.

RALF GEORG REUTH (Hrsg.):
»Joseph Goebbels. Tagebücher 1924–1945 in fünf Bänden«. München, Zürich 1992.

JÜRGEN MATTHÄUS / FRANK BAJOHR (Hrsg.):
»Alfred Rosenberg. Die Tagebücher von 1934 bis 1944«. Frankfurt am Main 2018.

KATRIN HIMMLER / MICHAEL WILDT (Autoren und Hrsg.):
»Himmler privat: Briefe eines Massenmörders«. München 2014.

ERIK LARSSON:
»Tiergarten – In the Garden of Beasts«. Hamburg 1. Aufl. 2013.

WILLIAM E. DODD jr. / MARTHA DODD (Hrsg.):
»William E. Dodd. Diplomat auf heißem Boden«. Berlin 1962.

MARTHA DODD:
»Meine Jahre in Deutschland 1933 bis 1937. Nice to meet you, Mr. Hitler«. Frankfurt am Main 2005.

ANDRE FRANCOIS-PONCET:
»Als Botschafter im ›Dritten Reich‹«. Mainz 1980.

LAURENZ DEMPS:
»Berlin-Wilhelmstraße. Eine Topographie preußisch-deutscher Macht«. Berlin 1994.

ALBERT SPEER:
»Architektur«. Frankfurt am Main, Berlin, Wien 1978.

HANS GEORG HILLER VON GAERTRINGEN (Hrsg.):
»Das Auge des Dritten Reiches. Hitlers Kameramann und Fotograf Walter Frentz«. München, Berlin 2006.

BORIS VON BRAUCHITSCH (Hrsg.):
»Der Schatten des Führers. Der Fotograf Walter Frentz zwischen Avantgarde und Obersalzberg«. Berlin 2017.

LANDESARCHIV BERLIN u. a. (Hrsg.):
»Leo Rosenthal. Ein Chronist der Weimarer Republik. Fotografien 1926–1933«. München 2011.

NICOLAUS SOMBART:
»Jugend in Berlin«. München 1984.
»Pariser Lehrjahre«. Hamburg 1994.

REINHARD MEHRING:
»Carl Schmitt zur Einführung«. Hamburg 5. Auflage 2017.
»Carl Schmitt: Aufstieg und Fall. Eine Biographie«. München 2009.

WERNER FROTSCHER / BODO PIEROTH:
»Verfassungsgeschichte«. München 10. Aufl. 2011.

HARTMUT MAURER:
»Staatsrecht I. Grundlagen. Verfassungsorgane. Staatsfunktionen«. München 2. Auflage 2001.

WERNER MOSSE (Hrsg.):
»Entscheidungsjahr 1932. Zur Judenfrage in der Endphase der Weimarer Republik«. Schriftenreihe wissenschaftlicher Abhandlungen des Leo Baeck Instituts. Bd. 13. Tübingen 1965.

HANS-JOACHIM SCHOEPS:
»Bereit für Deutschland: Der Patriotismus deutscher Juden und der Nationalsozialismus. Frühe Schriften 1930 bis 1939. Eine historische Dokumentation«. Berlin 1970.

MICHAEL BRUMLIK:
»Preußisch, konservativ, jüdisch: Hans-Joachim Schoeps' Leben und Werk«. Wien, Köln, Weimar 2019.

LANDESARCHIV BERLIN:
Wiedergutmachungsakten aus dem Berliner Landesarchiv zu Max Böhm (dem deutsch-jüdischen Eigentümer und Betreiber von »Lutter&Wegner« und »Borchardt«) nach Protokoll-Aussagen von dessen Sohn, wie mit Böhm und seinem Restaurant »Lutter&Wegner« in Berlin bereits 1934 von Seiten der SA »umgegangen« wurde.

MAX LIEBERMANN:
»Max Liebermann: Briefe. Band 8: 1927–1935. Hrsg. von Ernst Braun«. Würzburg 2019.

JÜRGEN TRIMBORN:
»Arno Breker – Der Künstler und die Macht. Eine Biographie«. Berlin 1. Aufl. 2011.

ARNO BREKER:
»Im Strahlungsfeld der Ereignisse 1925–1969«. Preußisch Oldendorf 1972.

MARIANNE FEILCHENFELDT BRESLAUER:
»Bilder meines Lebens. Erinnerungen«. Berlin 2010.

FELIX HARTLAUB:
»Aus Hitlers Berlin. 1934–1938«. Berlin 2014.

MATTHIAS WEICHELT:
»Der verschwundene Zeuge. Das kurze Leben des Felix Hartlaub«. Berlin 2020.

MAX OSBORN:
»Der bunte Spiegel. Erinnerungen 1890 bis 1933«. Hürth bei Köln 2. Auflage 2013.

GOLO MANN:
»Erinnerungen und Gedanken. Eine Jugend in Deutschland«. Frankfurt am Main 1986.

JULIUS POSENER:
»Fast so alt wie das Jahrhundert. Eine Autobiographie als Epochengemälde. Vom späten Kaiserreich über die kurzen Jahre der Republik in die Zeit des wechselvollen Exils«. Berlin 1990.

KARL HOFER:
»Erinnerungen eines Malers«. Berlin 1953.

MARGRIT BRÖHAN u. a. (Hrsg.):
»Willy Jaeckel (1888–1944). Gemälde. Pastelle. Aquarelle«. Berlin 2003.

STEFAN GEORGE:
»Gedichte«. Frankfurt am Main, Leipzig 2005.

ROBERT ZOSKE:
»Flamme sein! – Hans Scholl und die Weiße Rose. Ein Biographie«. München 2018.

PETER HOFFMANN:
»Claus Schenk Graf von Stauffenberg. Die Biographie«. München 2. Auflage 2008.

HENRY O. MALONE:
»Adam von Trott zu Solz. Werdegang eines Verschwörers 1909–1938«. Berlin 1986.

GÜNTER BRAKELMANN:
»Helmuth James von Moltke. 1907–1945. Eine Biographie«. München 2007.

ALBRECHT VON KESSEL:
»Verborgene Saat. Aufzeichnungen aus dem Widerstand 1933 bis 1945«. Berlin, Frankfurt am Main 1992.

ERNST JÜNGER:
»Sämtliche Werke: Erste Abteilung, Tagebücher III., Strahlungen II., Band 3«. Stuttgart 3. Auflage 2011.

DIETER SCHOLZ / MARIA OBENAUS (Hrsg.):
»Die Schwarzen Jahre, Geschichten einer Sammlung 1933–1945. Für die Nationalgalerie, Staatliche Museen zu Berlin«. Berlin 2015.

BERNHARD FULDA (Hrsg.):
»Emil Nolde – Eine deutsche Legende. Der Künstler im Nationalsozialismus«. Berlin 2019.

LOIS HECHENBLAIKNER / ANDREA KÜHBACHER / ROLF ZOLLINGER (Hrsg.):
»Keine Ostergrüsse – Die geheime Gästekartei des Grandhotel Waldhaus in Vulpera«. Zürich 2021.

ENNO KAUFHOLD (Hrsg.):
»Berliner Interieurs. Photographien von Waldemar Titzenthaler«. Berlin 2001.

BAUHAUS-ARCHIV BERLIN und LANDESBILDSTELLE BERLIN (Hrsg.):
»Berliner Lebenswelten der zwanziger Jahre. Bilder einer untergegangenen Kultur. Photographiert von Marta Huth«. Frankfurt am Main 1996.

ROBERT STUHLEMMER:
»Nobelkarosserien aus Berlin«. Halle/Saale 2017.

REBECCA SCHWOCH (Hrsg.):
»Berliner jüdische Kassenärzte und ihr Schicksal im Nationalsozialismus. Ein Gedenkbuch«. Leipzig 2009.

DIRK LÜERSSEN:
»Wir sind die Moorsoldaten – Die Insassen der frühen Konzentrationslager im Emsland 1933 bis 1936; biographische Untersuchungen zum Zusammenhang zwischen kategorialer Zuordnung der Verhafteten, deren jeweiligen Verhaltensformen im Lager und der Auswirkungen der Haft auf die weitere Lebensgeschichte.« Osnabrück 2006.

CLAUDIA SCHLENKER:
»Frauen in nationalsozialistischen Konzentrationslagern.« Konstanz 1998.

ROBERT SOMMER:
»Das KZ-Bordell. Sexuelle Zwangsarbeit in nationalsozialistischen Konzentrationslagern.« Paderborn 2009.

JAN MITTENTZWEI:
»Höhepunkt der Kampfzeit. Die Pommersche NSDAP zwischen Auflösung und Machtergreifung«. Studia Maritima, 2014, 27/II, 217–240.

ANTISEMITISCHE HETZBLÄTTER:
»Der illustrierte Beobachter«, Verlag Franz Eher Nachf., München, Ausgaben Dezember 1932 und Januar 1933.
»Der Angriff, Das deutsche Abendblatt in Berlin, Herausgeber Joseph Goebbels«, Ausgaben August, September und November 1932.

WOLFGANG BENZ / BARBARA DISTEL (Hrsg.):
»Terror ohne System. Die ersten Konzentrationslager im Nationalsozialismus 1933–1935«. Berlin 2001.

MONIKA HORSKY (Hrsg.):
»Man muss darüber reden – Schüler fragen KZ-Häftlinge«. Wien 1988.

BIRGIT SCHWARZ:
»Geniewahn: Hitler und die Kunst«. Wien, Köln, Weimar 2009.

CARL VON OSSIETZKY:
»Der Zeit den Spiegel vorhalten«. Hamburg 1989, sowie Schriften 1932.